"十三五"江苏省高等学校重点教材（编号：2017-2-134）

学术规范与学科方法论研究和教育丛书
主编 叶继元

受教育部人文社会科学专项任务项目（科研诚信和学风建设）重大课题"学术规范和学科方法论研究"（11JDXF001）资助

2019年江苏省研究生教育教学改革重大课题"外国语言文学学术规范现状与问题研究"（JGZD19_003）成果

外国语言文学
学术规范与方法论研究

杨金才 主编

南京大学出版社

学术规范与学科方法论研究和教育丛书

名誉顾问 张岂之 张异宾

学术顾问 （按姓氏笔画顺序）
　　　　　王月清　冯笑天　朱　剑　朱庆葆
　　　　　刘志彪　许　钧　孙　平　孙建军
　　　　　杨　忠　张新建　金鑫荣　秦惠民
　　　　　徐　雁

主　编 叶继元

编　委 袁培国　李　刚　成　颖　郑德俊
　　　　　袁曦临

编　辑 陈　铭　王雅戈　徐美凤　郭春侠
　　　　　谢　欢　杨　柳　臧莉娟　施　敏
　　　　　史建农

《学术规范与学科方法论研究和教育丛书》总序

叶继元

"学术规范是什么"是每个从事学术研究和即将从事学术研究的学人都希望了解的问题,如同从事任何工作一样,要做好一件事情,首先必须要掌握"应知应会",何况是学术研究这项人类高级、复杂的脑力劳动和精神活动,更需要扎实的学术训练和基本功。学术规范,通俗地讲,就是治学的"应知应会",就是学术的基本功。了解和遵守学术规范,所进行的学术研究才有价值,才能与国内外同行进行有效的交流,才能体现出学者对学术的贡献,才能促进学术创新和知识增长。

一、学术规范研究背景及其内容

"学术规范是什么,如何构建"是近20多年来中国学术界讨论时间较久、内容涉及较深、讨论者来源较广、影响面较大的一个论题。从讨论内容看,探讨的问题涉及多个方面,从规范的界定,规范与规则、规范与范式的关系,规范化与本土化、规范化与专业化的关系,"思想"与"学术"的关系,规范化与"文化霸权",规范的张力与限度,学术规则中传统的自律到他律,建立规则与超越规则等,既有学术自由、学术道德、学术共同体自主性和自律性等所有学科均面临的共性的宏观规范问题,也有文献引注、学术注释、参考文献著录格式、编排方式规范等形式化、技术性、底线性的微观规范问题;既有学术管理体制、机制,"知识生产"、知识增长方式、社会科学研究的质量评价、程序正义与评审制度、学术批评等"外部"规范问题,也有研究选题的选择、研究综述的撰写、知识产权的尊重、理论和方法的应用、研究结果、结论的说明等"内部"规范问题。从讨论者所属学科看,既有法学、经济学等社会科学,也有文学、史学、哲学等人文学科。从发表的文章类型看,既有研究性文章,也有商榷性的批评文章,还有综述各家观点的综述性文章。从发表文章的期刊看,既有正式连续出版物号的期刊,也有使用正式书号的"学术集刊"。尽管在讨论前期,学界对"学术规范"的定义、包含的内容尚未达成共识,对采用何种引文注释规范等仍有争议,但对学术规范达到的目的、所起的作用或功能、所包含的最基本内容等的认识还是大同小异。许多观点虽然已有学人提出,尚不够系统,但却具有重要的启发意义。例如,有的论者明确指出,学术规范最基本的四条:"第一,为探索知识而为。第二,承上启下,将过去的知识同未来的知识联系起来。第三,人己有别……须将人之贡献与己之贡献分开,一一引注说明。第四,研究程序虽不必拘同,但报告出来至少须包括要解决的问题;所针对的理论;所使用的方法;资料来源;解析过程;已所发现;结论。"[①]可见,尽管所论未必全面,但文中已涉及规范的目的、引文规范、研究程序规范等一些内容,这些内容与笔者和笔者团队之后概括出的学术基本规范、研究综述规范、引文规范和研究程序规范等有许多相通之处。又如,有的学者认为:"在中国国情下,学术规范可先由学界进行理论性探讨,最后恐怕还得由权力机构予以颁布实施,方能有效。这些由权力机构颁布的规范,还要在实践中继续接受学界的批评,逐步改进与完善。这个过程愈快愈好,因为它不仅关系到目前学术界能否健康动作,而且关系到新一代学人的成长。"[②]尽管作者在这里没有阐述学术界与权力机构的区别及学术共同体具有自主性、自律性、专业性等特点,但强调"在中国国情下(高校等学术机构正在进行但尚未完成去行政化的改革),为了学术新人的成长,主张探讨学界与管理部门良性互动的可能性",是值得深入思考的。

二、《规范(试行)》的颁布及其反响

2004年8月26日,《高等学校哲学社会科学研究学术规范(试行)》(以下简称《规范》)的正式发布,应该说是具有重要意义的事件。《规范》从起草到颁布,历时3年,是由多个学者起草、多家高校反复讨论修改、教育部学术机构——社会科学委员会讨论通过、教育部颁布的。《规范》共有七部分二十五条款,这七部分为总则、基本规范、学术引文规范、学术成果规范、学术评价规范、学术批评规范和附则。《规范》全文文字虽不长,仅2000余字,但蕴含的内容丰富,象征意义显著,它不仅为学者及准学者们的自律提供了"准则",而且为他律提供了依据,创造了拓展的条件。《规范》甫一发布,就引起了学界、教育界及舆论界的广泛注意,尽管有一些学者对管理部门的介入抱有疑虑,对权力部门是否能对造成学术失范、学术不端和学术腐败的制度性原因进行实质性反思和有所作为持保留意见,但绝大多数学者对《规范》的发布及其象征性意义给予了充分肯定。在笔者看来,《规范》及时吸收了论者各种意见中的合理成分,总结了众多学者的研究成果,明确了一些重要的学术理念和广大学者公认的一些规范。比如《规范》明确提出了学术规范的目的是保障"学术自由"、"学术积累与学术创新",这就很好地解释了学术规范与学术创新的关系。学术规范的目的之一是倡导做真学问,真学问的精髓是创新,创新又必须有规矩(或规则或规范),必须建立在前人和他人成果的基础上。当需要突破原有规范才能创新时,新的规范就应运而生了,因此科学、合理的学术规范不仅不会阻碍学术创新,而且某种意义上能更好地促进创新。显然,《规范》中的这种归纳不仅是对西方学术界推崇的R.K.默顿提出的普遍性、公有性、无私利性、有条件的怀疑等学术基本规范的吸取,而且是对中国学术研究中"求真"、百花齐放、百家争鸣、自由之思想、独立之精神的传承

---

① 张静.规范化与专业化[M]//邓正来.中国学术规范化讨论文选.北京:中国政法大学出版社,2010:21.
② 鲁品越.利益驱动与科学规范[M]//邓正来.中国学术规范化讨论文选.北京:中国政法大学出版社,2010:35.

和整合。又如，《规范》概括的学术引文规范、学术成果规范、学术评价规范、学术批评规范是大家公认的最重要、最基本的一些规范，但有关这些规范的内容散见于各种文献之中，尚未集中系统阐述。《规范》不仅是自律的准则，为学者在研究中自觉遵守提供了帮助，而且提供了他律的依据，为制定具体实施办法和惩处规定创造了条件。因为一旦一个学人知道了哪些做法是规范的，哪些是不规范的，那么他就能有章可循，也可据此规范，为识别他人的失范或不端的学术行为提供助益，从而形成舆论压力，达到他律的一些效果。《规范》还特别强调"各高校可根据本规范，结合具体情况，制定相应的学术规范及其实施办法，并对侵犯知识产权或违反学术道德的学术不端行为加以监督和惩处"。这就为他律创造了良好的条件。如果说自律对于大多数所知不多或根本不知学术规范为何物的学人有作用的话，那么值得注意的是，"广大专家学者广泛讨论、共同参与制定"的"游戏规则"，就为学者自己遵守规则、规范奠定了良好的基础。《规范》起草、修改和正式出台的过程从一个侧面反映出，为了促进学术健康发展的共同目的，学术界与管理部门应该建立一种良性的互动关系，在解决学术问题时，应以学术共同体为主体，管理部门遵从学术发展规律进行引导管理，学术就能够繁荣发展起来。

《规范》是面向人文社会科学所属各个学科而制定的，特别注明是"试行"，并强调"将根据哲学社会科学研究事业发展的需要不断修订和完善"，这就表明《规范》的出台只是一个起点，今后将在更大的范围内吸取更多学者的合理建议。人文社会科学所属各个学科、不同领域的有关规范都应由学者逐步研究和制定。

三、学术规范论著、译本的出版及其意义与深化

在《规范》出台的前后，一批建设性成果问世，诸如《学术规范读本》、《中国学术规范化讨论文选》、《学术规范与学风建设论坛》、《学术规范导论》、《学术规范通论》等。同时一批翻译国外的有关科学伦理、学术责任的图书出版，诸如《科研伦理入门》、《学会引用》、《诚实做学问》、《科研道德：倡导负责行为》、《规则与潜规则：学术界的生存智慧》等。2009年6月教育部社会科学委员会学风建设委员会组织编写了《高校人文社会科学学术规范指南》（以下简称《指南》）一书，在《规范》的基础上详加解说。《指南》正文共八节，第一节说明与学术研究相关的基本概念；第二节阐述学术伦理；第三节至第七节以学术研究的环节为纲，介绍和解释相关的学术规范，即选题与资料规范、引用与注释规范、成果呈现规范、学术批评规范、学术评价规范；第八节着重介绍了学术资源获得与权益自我保护的知识。正文之后附有教育部颁发的相关文件。《指南》既是高校教学和研究人员关于学术规范的共同约定，也是进行学术规范教育的指导性用书，适用于教师和学生。同年11月，科技部科研诚信建设办公室组织专家、学者编写了《科研活动诚信指南》和《科研诚信知识读本》两本书。2010年6月，教育部科学技术委员会学风建设委员会组织编写了《高等学校科学技术学术规范指南》一书。

纵观以上这些著述，可以看出有关学术规范的研究取得了显著进展。例如，学术规范有了明确的、较为公认的定义；学术规范的作用或功能、目的的观点渐趋一致，一些核

心术语、概念渐渐清晰,有关规范或规则或要求日益被认同,其内容体系框架已初步形成。然而,也应清醒看到,当下对于学术规范的研究仍处在引进、吸收、消化阶段,且对国外学术规范建设的机制、状况的研究还不大深入、系统;现有成果有待进一步系统化和增强公信力,对抄袭、剽窃、引用及其格式等核心概念及其应用仍须进一步扩大共识;尚未对中国本土有关学术规范建设的实际情况加以系统概括和总结,反抄袭查重系统仅从技术角度监测学术不端绝非杜绝学术不端之根本途径,尤其缺乏特定学科指向的、更具有操作性、系列性的学术规范研究指南或培训教材。《学术规范通论》所论述的内容涵盖人文社科和自然科学,是所有学科共性规范的"通论"。《学术规范导论》、《高校人文社会科学学术规范指南》的学科范围是人文社科。而《高等学校科学技术学术规范指南》、《科研活动诚信指南》和《科研诚信知识读本》则面对自然科学。对于人文社科而言,在人文社会科学共性规范下,概括出文史哲、政经法等各个学科个性规范,并用通俗、简明的语言撰写出系列性研究和教育丛书,应是当务之急。

教育部有关科研管理部门及时顺应学界这一要求,于 2011 年 3 月首次设立人文社科研究科研诚信和学风建设专项任务重大课题"学术规范和学科方法论研究",明确要求精选和翻译研究主要国家相关资料,系统介绍国外学术规范建设的机制、状况。结合中国科研及其管理实际,总结符合国情的文科学术规范和方法论体系,编写面向青年研究人员及未有基础学术训练学者的包括哲学、经济学、文学等 16 个学科在内的《学术规范与学科方法论研究和教育丛书》(以下简称《丛书》)。

四、《丛书》编写的思路、内容与希望

编写文科各学科学术规范与方法论研究和教育方面的系列丛书,在我国还是首次。尽管近期笔者已见到几本有关中国古代史、文艺学研究的规范和方法的单独著作,其内容主要讲述学者自己治学、研究的经验及其总结,也包括"学界已经约定俗成的一些必须遵守的规则",或学术研究的"通理常则"、"公例",对学术新人自然有很大的助益,但这些书毕竟涵盖仅一两个学科或领域,且未形成较有共识的、大体统一的内容框架和叙述方式。因此,如何系统集成国内外有关学术规范和学科方法论研究成果,整体呈现阶段性知识积累,全面转化成果为系列教育培训资料,如何与各高校学者密切合作,力邀学术造诣深且对学术规范和方法论有兴趣、有成果的学者,根据统一大纲分工合作编写各分册,以便发挥规模效应和整体效应,就显得十分必要。

由于现代学术产生于国外,其研究历史较长,因此总体看来,国外有关学术规范和学科方法论的研究水平也高于国内,尤其是各种技术性规范文本的编写,很具特色。例如,美国既有适用于文理各科、已有 110 年历史的《芝加哥文体手册:作者、编者和出版者必备指南(第 16 版)》(*The Chicago Manual of Style: The Essential Guide for Writers, Editors, and Publishers*. 16th ed.),也有专门用于单一学科的《美国现代语言学会(MLA)文体手册和学术出版指南(第 3 版)》(*MLA Style Manual and Guide to Scholarly Publishing*. 3rd ed.)、《美国心理学会出版物手册(第 6 版)》(*Publication*

Manual of American Psychological Association. 6th ed.)、哈佛法律学会编著的《蓝皮书:引文统一标注体系(第18版)》(The Bluebook: A Uniform System of Citation. 18th ed.)、《音乐写作:文体样式表(第2版)》(Writing about Music: A Style Sheet. 2nd ed.)、《政治学文体手册(修订版)》(Style Manual for Political Science. Rev. ed.)等,当然也有物理学、化学、微生物等自然学科写作文体规范。不过,国外这些各学科规范主要是写作、用词、引文等技术性规范,其规定详细而具体。同时,为了大学生、研究生等初学者或特定者的需求,还专门出版简写本。这是值得借鉴的,但切不可盲目全盘照搬国外的成果。西方有悠久的文化历史、道德精神,中华文化亦如此,其中有很多优良的道德精神,如"富贵不能淫,贫贱不能移,威武不能屈"、"究天人之际,通古今之变,成一家之言"的史识和"实录"精神等,这些与默顿提出的学术四大规范等一样,能直接导引出学术研究的基本规范和写作规范。有鉴于此,一方面,我们应该继续学习发达国家的研究成果;另一方面,应当更加注意回归本土化的探索,许多有价值的传统、惯例值得我们挖掘、整理和发扬。当然,我国现代学术研究历史不长,人文社会科学在发展中更是屡经曲折,相当多的学人的学术规范意识不强,这方面的系统教育缺失,学术失范、学术不端和学术腐败现象较之于国外为多,这有着深刻的社会原因、历史原因和研究者个体心理原因。从他律和自律两大方面看,他律方面的原因包括学术评价体系、学术批评制度的不完善,科研管理的简单化、片面化以及失范处理的软化等,这些外部环境确实在有意无意"逼"人不严谨。但为什么同处一个环境,有人失范,有人却有抵抗力呢?显然还有自律的原因。有人确实是明知故犯,即学术不端,但的确有更多的人,尤其是中青年学人确实不大清楚有关规范,或规范本身不明确而造成学术失范。因此,在吸收国外有益的经验和做法的同时,必须紧密结合中国本土学术规范化的实际情况,进行针对性研究,从自律与他律两个方面提出相应的对策。正如习近平同志最近指出:"要大力弘扬优良学风,把软约束和硬措施结合起来,推动形成崇尚精品、严谨治学、注重诚信、讲求责任的优良学风,营造风清气正、互学互鉴、积极向上的学术生态。广大哲学社会科学工作者要树立良好学术道德,自觉遵守学术规范……在为祖国、为人民立德立言中成就自我、实现价值。"[①]可见,研究学术规范,普及学术规范知识,遵守学术规范,树立良好学术道德,对于治学创新、为国利民、实现自我价值具有重大意义。

近日教育部正式颁布《高等学校预防和处理学术不端行为办法》(以下简称《办法》)。《办法》对预防与处理学术不端行为的工作机制、工作原则、预防措施、学术不端行为的类型、学术不端案件的受理、调查、认定、处理、救济与监督等内容做了全面规定,提出了许多重要的制度举措。诸如明确了预防与处理的主体是各高校,高校应当建立集教育、预防、监督、惩治于一体的学术诚信体系;突出了预防为主,教育与惩戒相结合的原则。《办法》单列"教育与预防"一章,突出预防为主的要求;明确了学术不端的类型。学术不端是不遵守学术规范的行为,或曰"失范",且是"失范"中故意为之的一些行为,包括:剽窃、抄

---

① 习近平.在哲学社会科学工作座谈会上的讲话[N].光明日报,2016-05-19(7).

袭、侵占他人学术成果,篡改他人研究成果,伪造数据或捏造事实,不当署名,提供虚假学术信息,买卖或代写论文等。《办法》侧重于对学术不端行为的处理,这与学术规范及其教育相辅相成,是一个问题的两个方面,"教育"与"处理"就是一软一硬,也就是习近平同志所讲的"软约束和硬措施",只有两手都要硬,才能收到良好效果。

《丛书》题名中的"学术规范"是一个核心概念。笔者在《学术规范通论》中曾对学术规范下过定义:"学术规范是指学术共同体根据学术发展规律参与制定的有关各方共同遵守的有利于学术积累和创新的各种准则和要求,是整个学术共同体在长期学术活动中的经验总结和概括。"[①]2009年出版的《科研诚信知识读本》直接引用了该定义。《高校人文社会科学学术规范指南》所给出的定义也与该定义接近。现在看来,为了突出学术共同体的主体地位,精简文字,该定义可以被适当修改为:"学术规范是指学术共同体根据学术发展规律制定的有利于学术积累和创新的各种准则和要求,是学术活动中的经验总结和概括。"

从上述定义可以看出,一个学科的发展,依赖于该学科学术共同体的努力,只有通过共同体的讨论和认可,才能形成规范。规范不是哪个人、哪个机构单独"制定"的,而是源于和发展于学术共同体。且这种规范是有利于学科发展的,是"经验总结和概括",这种总结和概括又是动态的,是随着研究经验的不断积累而变化的。当已有的规范"不利于学术积累与创新"时,新的规范就将取而代之。这里的研究"规范",与库恩的研究"范式",含义有些许相似、交叉,但亦有不同。范式是指某学科共同体认可的一套解释系统,诸如术语、理论等,而规范不仅指术语、理论等的认同,而且涉及研究活动的全过程,包含丰富的内容。规范既不同于法律,也不同于道德,但又与它们有些许交叉。没有规范是万万不行的,但一切依赖于规范也是不明智的,规范再细,也不能杜绝失范、不端等现象,必须要有"法"和"道德"的补充。从目前研究看,学术规范中的研究规范,其内容大体包括基本规范、研究程序规范、研究方法规范、学术成果呈现规范、引文规范、署名及著作方式标注规范、学术评价和批评规范等。这里既包含研究形式的技术规范,又包括内容的技术规范,包括科研的基本价值观或科学精神,包括研究工作中的应知应会的要求,应贯穿学术活动的全过程。

《丛书》题名中的"学科方法论",既指某一学科一般方法及方法论(各学科共有的方法论),也指某一学科具体的方法及方法论。方法不是方法论,方法论是有关方法的理论,这与学术规范中"研究方法的规范",即有关方法的使用原则、原理、规则、要求等有密切联系,从这个角度看,学术规范可以涵盖学科方法论。它们都要对如何开展学术研究的底线要求(构成性规范)、如何进行好的研究的准则(范导性规范)提供帮助。由于方法论对提高研究的质量具有重要作用,因此将它从规范中抽出并与规范并列,加以强调,也是完全可以理解和可行的。如果说这里的"学术规范"主要是讲如何进行"真的"、"好的"科研的话,那么"学科方法论"则是如何提高科研质量的高要求。总之,在内容布局上,研

[①] 叶继元.学术规范通论[M].上海:华东师范大学出版社,2005:5.

究方法论应在总体上服务于学术规范，学术规范是大前提和大目标。

中国文科学术规范和学科方法论具有"特殊性与本土性"。政经法、文史哲等学科不同的研究对象、不同的研究目的、不同的研究视角、不同的术语系统和言说方式使不同的学科各具特点，从而使不同学科在发展过程中形成了自己的有别于其他学科的规范和方法论。

《丛书》题名中之所以有"教育"二字，是因为《丛书》主要是为人文社会科学各学科大学生、研究生、青年教师及未接受过系统学术训练的各级研究人员、编辑、出版者、信息管理学者、科研管理工作者等而撰写的，力求由浅入深、深入浅出地系统介绍文史哲、政经法等各学科研究的基本规范知识和最新进展，试图达到"普及读物"、"教辅书"的发行量和影响力。

学术规范和学科方法论是伴随着现代科学的发展而形成的关于学术研究应该遵循的价值观、规章制度和技术方法。《丛书》的着重点是为刚入行的各学科的新人及未接受学术规范系统训练的研究人员提供一个简洁、科学和实用的研究规则指南。具体说来，各分册内容大体包括：

1. 概述本学科的术语规范、主要理论、学科基本建制等。包括本学科的基本概念、基本命题与定律、核心内容、学科性质、学科体系、学科边界、主要学派、代表性学者、经典著作、相关院系、专业期刊、学会协会、学科基本价值与研究操守等。

2. 阐述学术研究规范。按照学术研究和不同学科的学术研究过程和特点，从研究计划的设计、实施、评价等各个环节，重点阐述本学科独特的研究规范。包括学术研究基本规范、研究程序规范、研究方法规范、学术成果呈现规范、引文规范、署名及著作方式标注规范、学术评价和批评规范。着重厘清规范与创新的关系。

3. 探讨学科方法论。从本学科一般方法再到本学科具体方法，从研究方法到方法论的顺序展开。

4. 结合学科自身研究领域的经典案例，介绍本学科的规范和研究方法、伦理、规则与政策要求。

在《丛书》编写期间，课题组在国内外学术期刊及《中国社会科学报》等媒体上发表了20多篇论文和文章，撰写咨询报告5篇，翻译了英文、德文、日文等有关学术规范研究资料一百余万字，建立了专门的学术规范网站。课题组主要成员应邀参加有关的学术会议，并做专题报告。课题组还组织了3次专题研讨会，邀请国内著名专家针对所遇到的难题进行研讨，诸如何充分吸收国外学界的先进的有关成果，如何发掘继承中国固有的学术规范传统，如何平衡文科通用规范和各学科独特规范，如何平衡学术规范与研究方法及方法论的关系，如何将深奥的学术问题进行深入浅出的阐释等，专家们的合理建议给了课题组许多实质性的支持与帮助。课题组在充分吸收国内外先进知识的基础上，结合国内实际，规范有关术语，抽象相关命题和原理，拟定了《丛书》各分册统一的编写大纲，与来自清华大学、中央民族大学、武汉大学、陕西师范大学、东南大学、南京艺术学院和南京大学等相关学科的学者,签署了科研合同,南京大学出版社和东南大学出版社同时将《丛书》申报到江苏省"十二五"重点出版规划项目。

经过各位作者和编者的努力,现在《丛书》开始出版了,我作为主编,看到多年的策划、与作者反复的交谈、研讨、多次的审稿终于有了成果,心情非常愉悦,希望本套丛书的出版,能对我国人文社科研究的发展,对培养学术新人起到一些作用,为学术规范和学科建设做出一点贡献。

《丛书》在编写之初,曾希望在内容上既能有理论深度及丰富的内涵,同时在形式上也能活泼多样,在保证质量的情况下加快撰写及出版,力争做到《丛书》各分册"三个统一"(统一编写提纲、统一文字语言风格、统一出版)。但现在看来,由于时间和水平所限,各位作者的行文特点不一,只能部分达到这些要求了。书中差错难免,热诚希望广大读者不吝赐教,以匡不逮。

感谢"教育部人文社会科学研究专项任务项目(科研诚信和学风建设)重大课题《学术规范和学科方法论研究》"的资助(项目号"11JDXF001"),感谢南京大学校领导张异宾、朱庆葆、杨忠、社科处王月清和文科各院系的支持和帮助,感谢《学术规范与学科方法论研究》开题专家组专家张岂之、秦惠民、魏贻恒、孙平等提出的宝贵意见,感谢课题组专家许钧、刘志彪、风笑天、朱剑、孙建军、徐雁、袁培国、郑德俊、袁曦临、李刚、成颖等提出的建议,感谢我的研究生陈铭、王雅戈、徐美凤、郭春侠、谢欢、杨柳、睢颖、臧莉娟及刘利等在书后索引、编务、会务等方面所做的工作,感谢本书引用文献的作者,感谢南京大学出版社社长兼总编辑金鑫荣、施敏以及东南大学出版社总编辑张新建、史建农等编辑的辛勤劳动。

2016 年 7 月 31 日

目录 Contents

前言 1
第1章 外国语言文学学科概述 1
  1.1 外国语言文学学科界定 1
    1.1.1 外国文学 1
    1.1.2 外国语言学及应用语言学 2
    1.1.3 翻译学 2
    1.1.4 国别与区域研究 3
    1.1.5 比较文学与跨文化研究 3
    1.1.6 外国语言文学在人文学科中的地位 4
  1.2 外国语言文学的研究范畴 5
    1.2.1 英语文学与非英语文学 5
    1.2.2 欧洲文学与美洲文学 6
    1.2.3 非洲文学、亚洲文学及大洋洲文学 6
    1.2.4 外国语言学及应用语言学 7
    1.2.5 翻译学 7
    1.2.6 国别与区域研究 7
    1.2.7 比较文学与跨文化研究 8

第2章 外国语言文学研究规范的途径 9
  2.1 外国文学研究 9
    2.1.1 文本 9
    2.1.2 作者 10
    2.1.3 读者 11
    2.1.4 外国文学史 12

  2.1.5 外国文学批评史 ·················· 13
 2.2 外国语言学研究 ······················ 14
  2.2.1 语言本体 ···················· 14
  2.2.2 西方语言学流派 ················· 16
  2.2.3 宏观语言学 ··················· 17
 2.3 翻译学研究 ························ 18
  2.3.1 文本分析 ···················· 19
  2.3.2 文类翻译 ···················· 19
  2.3.3 翻译史 ····················· 20
  2.3.4 翻译过程 ···················· 21
 2.4 外语教学研究 ······················· 22
  2.4.1 外语学习策略 ·················· 22
  2.4.2 外语教师 ···················· 23
  2.4.3 外语教材 ···················· 24
  2.4.4 外语课程 ···················· 25
 2.5 外国语言文学研究的基本操守 ··············· 26
  2.5.1 学术道德 ···················· 26
  2.5.2 学术自由 ···················· 27
  2.5.3 学术平等 ···················· 27
  2.5.4 学术创新 ···················· 27

第 3 章 外国文学的研究路径 ·················· 29
 3.1 问题意识 ························· 30
  3.1.1 问题的发现 ··················· 30
  3.1.2 问题的筛选与整合 ················ 31
 3.2 选题意识 ························· 33
  3.2.1 选题的基本原则 ················· 34
  3.2.2 选题的价值评判 ················· 35
  3.2.3 选题的路径修正 ················· 36

第 4 章 外国文学研究的学术写作规范 ··············· 38
 4.1 标题的科学性 ······················· 38
  4.1.1 点睛与升华 ··················· 39
  4.1.2 主标题与副标题 ················· 40

  4.1.3 小标题与分节号 ·········· 40
 4.2 摘要与关键词 ·········· 41
  4.2.1 摘要的功能 ·········· 42
  4.2.2 摘要的文体 ·········· 42
  4.2.3 关键词的准确性 ·········· 43
 4.3 署名与责任意识 ·········· 44
  4.3.1 署名规范及其问题 ·········· 44
  4.3.2 署名权与责任方式 ·········· 45
 4.4 文献综述的撰写 ·········· 45
  4.4.1 文献综述的作用 ·········· 45
  4.4.2 文献综述的要素 ·········· 46
 4.5 学术论证的思辨 ·········· 46
  4.5.1 分析问题的基本方法 ·········· 47
  4.5.2 解决问题的基本途径 ·········· 48
  4.5.3 结论生成的回归性 ·········· 48

第5章 外国语言文学引文、注释规范 ·········· 50
 5.1 基本概念 ·········· 50
  5.1.1 引文的功能 ·········· 51
  5.1.2 注释的功能 ·········· 51
  5.1.3 引文和注释的关系 ·········· 51
  5.1.4 如何防止剽窃 ·········· 51
 5.2 操作方法与原则 ·········· 52
  5.2.1 引文的必要性 ·········· 52
  5.2.2 引文的功效性 ·········· 52
  5.2.3 引文的合理性 ·········· 53
 5.3 引文使用的学术规范 ·········· 53
  5.3.1 MLA 格式学术引文规范 ·········· 53
  5.3.2 APA 学术引文规范 ·········· 62
  5.3.3 内嵌式引文 ·········· 72
  5.3.4 独立式引文 ·········· 72
  5.3.5 转化式引文 ·········· 73

第6章 外国语言文学研究的理论方法 ········· 75
6.1 基本概念 ········· 75
6.1.1 现象分析与理论诉求 ········· 75
6.1.2 外国文学研究的理论体系 ········· 75
6.1.3 外国语言学研究的理论体系 ········· 77
6.1.4 应用语言学研究的理论体系 ········· 79
6.2 外国语言文学的主要理论方法 ········· 84
6.2.1 外国文学研究的经典批评范式 ········· 84
6.2.2 外国文学研究的后经典批评范式 ········· 89
6.2.3 语言学研究的传统方法论 ········· 94
6.2.4 语言学研究的跨学科方法论 ········· 95

第7章 外国语言文学研究的评价机制 ········· 97
7.1 学术批评 ········· 97
7.1.1 基本概念 ········· 97
7.1.2 基本方法 ········· 99
7.1.3 基本原则 ········· 101
7.2 同行评价 ········· 102
7.2.1 基本概念 ········· 102
7.2.2 基本方法 ········· 103
7.2.3 基本原则 ········· 107
7.3 外国语言文学评价体系的构建 ········· 108
7.3.1 现状与问题 ········· 108
7.3.2 发展与完善 ········· 109

第8章 外国语言文学研究的创新机制 ········· 111
8.1 基本概念 ········· 111
8.2 创新与传统的关系 ········· 111
8.2.1 传统的生成与影响 ········· 111
8.2.2 创新的必要与功效 ········· 112
8.3 学术创新规范 ········· 113
8.3.1 学术创新的几种范式 ········· 113
8.3.2 学术创新的几种误区 ········· 115

第 9 章　外国语言文学学术成果发表规范 ······················· 117
9.1　基本概念 ··· 117
9.1.1　学术成果形态 ·· 117
9.1.2　发表与出版 ··· 120
9.2　外国语言文学投稿 ·· 122
9.2.1　专业领域期刊 ·· 122
9.2.2　投稿注意事项 ·· 126
9.2.3　出版物的再使用规范 ··································· 128
9.2.4　网络平台使用规范 ······································ 129

索引 ··· 131
引用文献 ·· 136

前　言

为适应我国经济、社会、科技和高等教育的发展,国务院学位委员会、教育部于2009年启动了学科目录修订工作,并对学科目录设置与管理机制进行改革,增设了"艺术学"门类,一级学科由89个增加到110个,由国务院学位委员会、教育部于2011年正式下发通知,公布了新的《学位授予和人才培养学科目录》。按照通知,新目录适用于硕士、博士的学位授予、招生和培养,并用于学科建设和教育统计分类等工作,学士学位按新目录的学科门类授予。外国语言文学属于文学门类的一级学科,代码为0502,经修改调整后下辖外国文学、外国语言学及应用语言学、翻译学、比较文学与跨文化研究和国别与区域研究五大研究方向,涵盖英语语言文学、俄语语言文学、法语语言文学、德语语言文学、日语语言文学、印度语言文学、西班牙语语言文学、阿拉伯语语言文学、欧洲语言文学、亚非语言文学、外国语言学及应用语言学、翻译学、比较文学与跨文化研究、国别与区域研究等二级学科方向。

遗憾的是,长期以来,外国语言文学所辖各二级学科方向各自运行,未能很好地在一级学科平台进行融合、相互支撑,明显存在发展不平衡,在一定程度上影响了学科的整体发展和学术规范的培养与引导。鉴于目前国内尚无专门涉及外国语言文学学术规范与方法论研究的入门书,我们从人才培养实际出发,结合学科五大主要研究方向,探讨一下外国语言文学学术规范和方法论研究等问题,旨在培养学生的学科意识,引导广大学生开展规范性学术研究。

《外国语言文学学术规范与方法论研究》是教育部人文社会科学研究专项任务重大课题"学术规范和学科方法论研究"(11JDXF001)子课题研究成果,列入"学术规范与学科方法论研究和教育丛书",也是2019年江苏省研究生教育教学改革重大课题(JGZD19_003)成果,得到了江苏省学位办和江苏省文学类研究生教育指导委员会的悉心指导和大力支持,特别值得一提的是,朱新福、王银泉、倪传斌、王金铨等教授通力协作,发挥了省文学类教指委委员的指导和参与作用。

全书共九章,具体分工如下:袁小明负责第一章;张景华、刘白、曾建松负责第二章;

于雷负责第三、四章;龚璇、周艺负责第五章;吴志杰、王育平负责第六、七章;丁冬负责第八章;浦立昕、李颖负责第九章。他们都是外国语言文学学科方向的博士,受过严格训练,且学有专长,以十分认真和严谨的态度完成了编写任务。姜礼福副教授和白雪花、孙红卫等博士应邀参与调研并校对文字。在此,谨向以上所有人员表示衷心的谢意。

在编写出版过程中,我们又得到了南京大学出版社施敏主任的关心,责任编辑刘慧宁提出了许多好的意见和建议,特此一并致谢。由于我们水平有限,书稿中难免存在舛误或失当之处,敬请读者批评指正!

杨金才

2019 年 12 月于南京大学和园

第1章 外国语言文学学科概述

1.1 外国语言文学学科界定

根据教育部印发的《学位授予和人才培养学科目录》(2018)，外国语言文学为文学门类的一级学科，主要研究对象为外国语言、文学、文化及相关内容。其中包括外国文学、外国语言学与应用语言学、翻译学、国别与区域研究、比较文学与跨文化研究等研究方向，下设英语语言文学、俄语语言文学、法语语言文学、德语语言文学、日语语言文学、印度语言文学、西班牙语语言文学、阿拉伯语语言文学、欧洲语言文学、亚非语言文学、外国语言学及应用语言学、翻译学、比较文学与跨文化研究、国别与区域研究等二级学科。

1.1.1 外国文学

外国文学是指除中国文学以外的世界各国文学。广义上讲，外国文学研究指的是对中国文学之外的所有文学的研究，研究中既借鉴吸收域外文学批评方法，又扎根于民族文学，以发展和繁荣我国文化为目的，致力于对他国的各种文学思潮、文学理论与流派、文学体裁、作家作品的研究，并关注外国文学在中国的接受情况，同时兼顾中国文学文化经典、文艺思潮、文学理论及思想在世界上的传播与影响。外国文学研究容许学科之间的互相交叉，与语言学、文化研究、历史学、哲学、美学、心理学、社会学等其他学科联系密切，且相互影响。

狭义上讲，在学科设置方面，我国有中国语言文学下的外国文学研究和外国语言文学下的外国文学研究两种。中文系的外国文学专业可上溯到晚清《钦定京师大学堂章程》，张之洞在设计中国文学门类时，给西方文学留下一席之地。民国期间，辜鸿铭在北大授英国文学课程(1914年)，周作人则开设"欧洲文学史"课(1917年)；20世纪90年代在乐黛云等学者的呼吁下，中文系开始开设比较文学和世界文学专业，1997年国务院与国家教育委员会颁布《授予博士、硕士学位和培养研究生的学科、专业目录》，确立比较文学与世界文学为中文一级学科下的二级学科，以代替中文系的外国文学。这些课程和专业的设置都立足于本国文学发展需要,学习他国文学,以期发展本土文学。外国语言文学下的外国文学专业则始于1926年清华大学成立的西洋文学系,当时要求学生学习文学史和全部西方国家文学。外文系的外国文学专业不以服务母语文学为第一要义,而是希望透过文学作品窥视对象国的文化心理、精神内核、民族品格或情感结构等,从而全面掌握对象国的知识。① 近年来,中文系和外文系的外国文学学科出现交叉融合状态,研究方法和研究内容多有重合,但总体而言,外国语言文学学科下的外国文学仍多以区域文学研究为主,大致可分为英语文学研究和非英语文学研究,也可以从地缘关系上划分为欧洲文学、美洲文学、非洲文学、亚洲文学和大洋洲文学几大区域文学研究。

1.1.2　外国语言学及应用语言学

语言学研究起源于人类对文字的发明和对语言的地域变异和历时变异的思考。语言研究早期主要集中于对书面语言的研究,之后逐渐向社会科学领域扩展,到20世纪上半叶,已发展为横跨人文和社会科学两大门类的学科。

语言学有不同分类。从语言的性质和功能角度看,语言学可以分为"理论语言学"和"应用语言学"两大类。理论语言学包括语音、音系、形态、句法、语义和语用等内容,它可以对个别语言进行研究,也可以对多种语言进行综合研究。而应用语言学有广义和狭义之分:广义上包括语言和(国家)政策的结合(如语言规划、语言计划,语言文字的规范化、标准化、现代化),语言与计算机的结合(如计算语言学、机器翻译、语言信息的处理、计算机情报检索、语料库语言学),语言学习与教学,语言学与其他学科的结合(如社会语言学、文化语言学、心理语言学、法律语言学、人类语言学、神经语言学、言语病理学、接触语言学、翻译学、词典学、跨文化沟通、文体学、语篇分析、话语分析、教育语言学、对比语言学、认知语言学),等等;狭义上可将应用语言学视为研究第二语言和外语的教和学的学科。②

从研究的对象(语料)角度看,语言学则有"普通语言学"(General Linguistics)和"个别语言学"(Particular Linguistics,也称专语语言学)两大类。③ "普通语言学"是在对多种具体语言研究的基础上建立起来的理论体系,其研究重点为语言的一般规律和共性,也可称为一般语言学。"个别语言学",顾名思义就是以个别语言作为研究对象而建立起来的理论体系。

由此可见,"外国语言学及应用语言学"中的"外国语言学"可以理解为中国境内除了汉语语言学以外的多个或个别语言学研究,而"应用语言学"研究则指利用"个别语言学"理论或"普通语言学"理论对与语言相关学科问题的探讨。

1.1.3　翻译学

翻译学是以翻译目的、翻译主体、翻译关系、翻译单位、翻译过程、翻译策略、翻译标

---

① 王炎:《外国文学是什么?》,《外国文学》2015年第5期,第29—30页。
② 黄国文:《关于"外国语言学及应用语言学"的思考》,《外语与外语教学》2017年第4期,第5页。
③ 同上,第4页。

准、翻译技术、翻译哲学等为研究对象的一门学科。翻译学本来是语言学的一个分支,20世纪70年代以来,随着霍尔姆斯(James Holmes)的《翻译研究的名与实》的发表,各种翻译研究论著层出不穷,翻译研究机构纷纷设立,翻译教学在全球数百所高校也陆续展开。翻译学作为一门学科逐渐获得相对独立的地位。在我国1992年之前,翻译专业全名是"翻译理论与实践",是硕士研究生的专业名称,列于文学门类的外国语言文学之下,与"英语语言文学"、"语言学与应用语言学"等专业并列。1992年国家技术监督局发布的《学科分类代码》把翻译学科列在了"语言学与应用语言学"之下,与"语言教学"等并列为三级学科。2006年教育部发文,宣布设置"翻译"专业,并批复部分高校自2006年开始招收"翻译专业"本科生,这标志着在我国"翻译学(或专业)从语言学、应用语言学独立出来,成为一门独立的新兴学科。"[①]翻译学的主要任务是:研究翻译的历史、理论、流派;探讨翻译的性质、作用、标准、原则和方法;描述实际的翻译过程,说明各类翻译的特点和不同要求;探索语言转换的科学性和艺术性;确定翻译人员应具备的素养、才能和培养提高途径,并预测翻译事业的发展方向,等等。[②] 翻译学具有较强的综合性和跨学科性,如比较文学、语言学、跨文化交际、文化研究、哲学、历史学、心理学、社会学等领域都会在翻译中有所体现,同时,语言学、文艺理论、跨文化交际等学科的研究理论与方法也常常被利用到翻译学研究之中。

1.1.4　国别与区域研究

国别与区域研究最早可溯源至大航海时代及其后欧洲国家对各殖民地、非欧民族的研究[③],它在欧洲扩张殖民时期起到了相当大的作用。近代,日本和美国基于战略上的考虑,也在很多大学开设此学科。长期以来,我国并未开设此专业,对一个区域和国家的研究通常情况下只是其他一个学科中的某些课程内容。随着中国的对外开放、国际交往的扩大和深化,尤其是当今国际格局正发生着的剧烈变化,了解世界已是当务之急。教育部于2018年开始在全国不同高校设立国别与区域研究中心,其主要目的是根据区域的地理和历史状况,针对区域内国家、社会、各种集团的实际情况,系统地收集资料和信息,了解和把握所研究区域的总体特征,进而预测其未来的发展动向。国别与区域研究是了解世界和研究世界的重要学术途径,能够为国家制定发展战略和政策措施提供智力支持,有利于推进文化交流,有利于"一带一路"等政策的实施以及人类命运共同体和新型国际关系的构建。

1.1.5　比较文学与跨文化研究

外国语言文学学科下的比较文学与跨文化研究为2018年教育部学科调整中新设的学科,其中包括比较文学研究和跨文化研究两部分。比较文学研究和中国语言文学学科

[①]　庄智象:《关于我国翻译专业建设的几点思考》,《外语界》2007年第3期,第14页。
[②]　谭载喜:《翻译学》,武汉:湖北教育出版社,2005年,第85页。
[③]　许伟通:《大学新使命:区域国别研究》,《高教与经济》2012年第3期,第1页。

下的比较文学和世界文学研究有共通之处,其目的是充分发挥外文系的语言优势,借鉴比较文学与世界文学的研究理论和方法,对两种或两种以上民族文学之间相互作用的过程,以及文学与其他艺术门类和其他意识形态的相互关系进行比较,其中包括影响研究、平行研究和跨学科研究三个方面。从某种意义上说,跨文化研究是比较文学跨学科研究的延伸。其采用比较文学的研究路径,从大文化角度,既关注平行研究又兼顾影响研究,以发现不同国家和不同地区间的文化差异和共性,探究其背后形成的原因,寻求人类文化的共同特征和普遍规律。通过比较以更好地认识自我,克服文化自我中心主义,增强对他国文化现象的了解,从而促进不同文化间的沟通和交流,消除文化冲突,建构求同存异的大同世界。

1.1.6 外国语言文学在人文学科中的地位

在经济全球化、文化多元化的 21 世纪,外国语言文学的学科地位及重要性愈加明显。外国语言文学学科的发展对于提升我国的外语教育与外语人才培养质量,推动我国人文社会科学进步,促进文化传承与传播,加强与世界各国人民之间的了解与交流等方面都发挥着不可替代的作用。

从外国语言文学学科所包含的内容可见,翻译学直接服务于不同国家间的文化交流。借助于翻译,我们得以了解并吸收其他国家的科技发展成果、先进的人文思想,同时通过翻译,也使得中华文化走向世界,翻译学有助于我们系统地认识、了解和把握翻译,提升翻译水平和翻译质量,促进翻译实践和翻译事业的发展。外国语言学及应用语言学研究,揭示了语言的特质与演变规律,不仅帮助我们更好地学习和使用语言,反思语言在我们日常生活中的功能与运作方式,从不同语言的形式和功能中更好理解语言同思维、社会等之间的互动关系,加深对我们自身的理解,进而促进与持不同语言的人群间的相互交流,形成正确的自我与他者之间关系。

外国文学学科对于世界优秀精神产品的流通和传承意义重大,通过学习外国文学,我们能够更好地提高国民审美能力,尽管中国文学已经打开了我们的精神世界,但是缘于不同地理和文化而生产出的另一种文学能让我们通过不同视角审视世界和生活。另外,文学作品也是一种文化深层心理的产物,因此从外国文学的阅读和研究中,我们能够发现另一种民族文化的历史真实。外国优秀作品也是另一种文化下的思想精华,作家们在作品中既思考了社会现实,同时也对未来世界提出了各种不同的设想,以构建更高层次的人类社会。所以,从不同作品的研读中,我们可以发现人类灵魂中的美好与智慧,从而推进整体社会的人文进步。

外国语言文学研究也对其他学科产生了深远的影响。如对自然科学,正是文学作品中的驰骋想象,才激发了人类的飞天欲望,古希腊神话也让我们对浩渺的星空充满了神往。在心理学领域,弗洛伊德(Sigmund Freud)所提出的"俄狄浦斯情节"直接源于古希腊剧作家索福克勒斯的戏剧作品内容。早在 20 世纪初,美国女作家肖邦(Kate Chopin)就通过小说《觉醒》揭示了女性在男权社会下的压抑,这对女权运动的发展起到了推波助澜的作用。族裔文学研究、酷儿研究等同样都对我们的生活进行了深入思考,促使我们不断反思我们的社会、政治、经济等运行机制,以实现世界范围内更大程度上的社会公平。

外国语言文学研究也为国家和地区之间的交往提供支持和帮助,尤其是国别和区域研究、跨文学研究等,有助于我国的外交政策的制定,增进对其他国家和地区的了解,促进交流与合作,减少不必要的矛盾和冲突。

1.2 外国语言文学的研究范畴

由前文可见,外国语言文学作为一级学科,下设不同方向,且不同方向有各自的研究对象。总体来看,本学科是对中文以外的所有语言、文学与国情等展开的各种形式的研究。根据研究方向,大致可分为外国文学、外国语言学及应用语言学、翻译学、国别与区域研究、比较文学与跨文化研究五个方向。其中外国文学作为文学研究,其研究内容可以为文学史、作家研究、作家作品、西方文论、文学翻译、文学对比、比较诗学、文学批评或其他相关领域。我们也可以对其进一步分类:从语言上,分为英语文学与非英语文学;从地域上,可分为欧洲文学、美洲文学、非洲文学、亚洲文学和大洋洲文学。外国文学研究的目的就是通过他国文学作品的研读,了解他国的文化,同时也能推动中国文学的发展和传播。另外,我们在研究他国文学时,也不应局限于单一国别,而应能综合不同国家各自的状况,发现它们之间的差异以及整体规律,从而将不同地域的文学生产都纳入统一的体系当中,这也正是歌德早年之所以提出"世界文学"理念的原因。下文针对每个方向的研究范畴进行逐一说明。

1.2.1 英语文学与非英语文学

英语文学研究指的是对所有英文创作的文学以及相关问题的研究。它既包括传统意义上的英美文学研究,也包括对澳大利亚、加拿大等英语国家的文学研究,这些国家近年来涌现出大量优秀的作家和作品,是英语文学的重要部分。另外,曾经的英属殖民地,如爱尔兰、南非、印度等,也有英语文学创作的佼佼者,如乔伊斯、叶芝、泰戈尔、库切等,对他们的文学作品或相关问题研究也属于英语文学研究范畴。

外国文学研究中的非英语文学研究则指对中国文学之外的非英文文学进行的研究。其中既包括常见的俄语文学研究、法语文学研究、德语文学研究、西班牙语文学研究,还包含日语文学研究、阿拉伯语文学研究、印度语文学研究以及其他各种不同文字文学研究。值得一提的是,早期的日本、朝鲜、越南等国以及当下的新加坡也有大量汉语创作的作品,这些产生于完全不同社会文化的文学文本也是世界文学的一部分,如果将它们列为中国文学显然不妥,故非英语文学研究也应涵盖此类文学。

1.2.2 欧洲文学与美洲文学

欧洲古代本无国家概念,且自早期历史以来,国家概念在欧洲也历经变化,所以在对欧洲文学进行界定时,不能简单按照国别进行划分,而应从早期尚无国家概念时算起。古代欧洲文学包括古希腊文学、古罗马文学两部分,形式上有神话、史诗、抒情诗、哲理诗、寓言、悲剧、喜剧、散文和小说等各种体裁,另外古代欧洲文学也生产出很多文艺理论,如柏拉图(Plato)、亚里士多德(Aristotle)、贺拉斯(Horace)等,他们都对文学进行了理论概括和思考。进入中世纪后,欧洲出现了教会文学、史诗与谣曲、骑士文学和城市市民文学等,同时诸如意大利、法兰西、俄罗斯等国别文学逐渐成形。文艺复兴后,随着欧洲主要国家的建立,欧洲文学基本可以从国别上进行区分,即英国文学、俄罗斯文学、法国文学、西班牙文学、德国文学、意大利文学等以及其他地处欧洲的国别文学。

美洲文学主要包括美国文学、加拿大文学以及拉丁美洲文学。拉丁美洲是美国以南所有美洲地区的通称,包括中美洲西印度群岛和南美洲的整个地区。拉丁美洲文学主要可以分为西班牙美洲文学、巴西文学和安第斯文学。

1.2.3 非洲文学、亚洲文学及大洋洲文学

非洲文学是外国文学的一个重要组成部分,其历史可追溯到产生于公元前3000年前的古埃及文学。20世纪以来,非洲文学的创作成果日渐丰富,许多非洲作家享有很高的世界声誉,索因卡(Wole Soyinka)、马哈福兹(Naguib Mahfouz)、戈迪默(Nadine Gordimer)和库切(John Coetzee)等曾荣获诺贝尔文学奖。然而,直至20世纪60年代,非洲文学才引起国人的注意,而真正研究是从"文革"结束后方才开始。[①] 目前研究对象多集中在南非和尼日利亚的文学,以及北非六国使用阿拉伯语创作的文学。值得注意的是,非洲文学除了使用英语、法语、阿拉伯语和葡萄牙语外,还包括使用他们自身民族语言创作的文学,如安哈拉语、马尔加什语、斯瓦希里语、基库尤语、豪萨语等30多种非洲语言,这些语言都成为不同民族文学生产的媒介。例如,乌干达诗人普比泰克(Okot p'Bitek)、坦桑尼亚作家夏巴尼·罗伯特(Shaaban Robert)分别使用卢干达语与斯瓦希里语进行创作,他们的作品深受西方文学研究者的青睐。其实,非洲地区的54个国家都有自己的民族文学,每个国家各种形式的文学作品都可以作为非洲文学研究的对象。

我国对亚洲外国文学作品的接触始于随佛经翻译过来的一些印度传说、寓言、童话和民间故事。[②] 后来犹太教的《旧约》全译本和伊斯兰教的《古兰经》的摘译本也先后被介绍到中国。进入20世纪后,日本文学和印度文学逐渐受到重视,随着中国同周边亚洲国家的交流日益增多,印度尼西亚、越南、缅甸、韩国等国的文学也渐渐进入国内外国文学研究视野。亚洲文学主要可分为东亚地区的汉文学圈、南亚与东南亚地区的印度文学

---

① 黄晖:《非洲文学研究在中国》,《外国文学研究》2016年第5期,第147页。
② 刘安武:《亚洲外国文学在中国》,《中国翻译》1996年第1期,第32页。

圈、西亚与中东地区的伊斯兰文学圈，①因此亚洲外国文学研究范畴可包括三大文学圈中除中国文学外的所有文学及文学思想。

大洋洲文学研究是我国外国文学近年来刚开辟的一个新的研究领域。从地理上看，大洋洲可分为波利尼西亚、密克罗尼西亚和美拉尼西亚三大群岛。这些岛屿由于种种原因，在政治、经济、文化和语言等方面存在着巨大的差异。然而，它们在文化上保持着千丝万缕的联系。当地的文学形成和生产离不开长期以来的历史、宗教、文化及政治等因素。大洋洲文学正是在这些政治独立运动、区域意识滋生、大学建立、民主意识及社会制度的西方化等各种环境下发展和繁荣起来。② 从某种意义上说，大洋洲文学是巴布亚新几内亚文学和以南太平洋大学为核心的十一个岛屿国家的文学。其中包括南太平洋岛屿人民的口传文学和神话故事等，以及由南太平洋国家公民以英语为主创作的新兴大洋洲文学。③

1.2.4 外国语言学及应用语言学

按照前文分类，"外国语言学及应用语言学"的研究范畴可以分为"理论语言学"与"应用语言学"两大类。理论语言学主要研究对象为外语语言的性质、形式、意义、构造、功能、变异、进化、获得和产出。应用语言学主要研究对象为外语语言的教学、使用、规划和政策，语言能力评测，双语和多语现象，语言与文学、民族、社会和文化的关系，言语与人的思想、心理和行为的关系，言语产品的加工与合成（包括机器翻译），词典学等。

目前"外国语言学及应用语言学"学科下通常涉及的领域有语音学、音系学、词汇学、形态学、句法学、文体学、语义学、语用学、社会语言学、历史语言学、语言哲学、二语习得、语言测试、心理语言学、认知语言学、神经语言学、计算语言学、话语分析、词典学、外语教学、机器翻译、语言信息处理、法律语言学等。④

1.2.5 翻译学

翻译学主要是借鉴语言学、文学、跨文化交际等学科的研究理论与方法，研究口笔译活动及其规律，以及文学与文化的跨语言、跨民族、跨国界的传播、接受和交流的规律与相关理论问题，主要研究范畴包括翻译理论、翻译史、翻译政策、应用翻译、翻译批评、翻译教学研究、口笔译研究、机器辅助翻译研究、翻译产品、翻译人才培养等。⑤

1.2.6 国别与区域研究

根据坦斯曼(Alan Tansman)的观点，国别与区域研究的主要内容是：长期和专业性

---

① 王向远：《论亚洲文学区域的形成及其特征》，《重庆大学学报(社会科学版)》2009年第1期，第116页。
② 王晓凌：《南太平洋文学初探》，《江淮论坛》2005年第2期，第118页。
③ 同上，第119页。
④ 参见《0502外国语言文学一级学科简介》。
⑤ 同上。

地学习和掌握所研究国家或区域的语言;深入实地的调查研究;对所研究国家或地域的历史、社会观点、资料和评注材料的密切关注;超越对细节的描述性研究,测试、完善、批判和发展以实地研究资料为基础的宏大理论(Grand Theory);多学科的,有时甚至要跨越社会科学与人文科学界限的研讨,对某一个区域的研究并不排除对区域中某一个国家的集中深入研究。① 从坦斯曼的概括可见,国别与区域研究具有跨学科性,一切有利于了解对象国国情的知识体系都可能会有涉及,研究者须借助历史学、哲学、人类学、社会学、政治学、法学、经济学等学科的理论和方法,探讨语言对象国家和区域的历史文化、政治经济体制和中外关系,以更深入地了解对象国的各个方面。

1.2.7　比较文学与跨文化研究

比较文学主要研究各国文学之间的关系与文学的普遍规律和特征,并通过文学推进不同文化间的理解和互补。根据雷马克(Henry Remark)的观点,比较文学是超出一国范围之外的文学研究,并且研究文学与其他知识和信仰领域的关系,包括艺术、哲学、历史、社会科学、宗教等。② 可见,比较文学也打破学科界限,研究文学与其他领域之间的关系。具体而言,比较文学的研究范围包括两方面:一是跨国界研究,研究不同民族、文化之间的文学关系;二是跨学科研究,研究文学与其他艺术形式、其他意识形态乃至自然科学之间的关系。

作为比较文学研究的延伸,跨文化研究更加强调跨学科性,且范围较大,不同文化间的各个层面都可以成为其研究内容,如环境问题、国际合作问题、人口问题、战争与和平问题等都是跨文化考察的对象,另外也包括文化经验和文化态度等不同层面,而且既可以关注不同文化间的共性与差异,也可关注他们之间的相互影响。

---

① 转引自许伟通:《大学新使命:区域国别研究》,《高教与经济》2012年第3期,第2页。
② 转引自姚连兵:《亨利·雷马克比较文学跨学科思想探赜》,《当代文坛》2015年第1期,第38页。

第 2 章
外国语言文学研究规范的途径

作为外国语言文学研究者,找到学术研究的途径是从事外国语言文学研究的重要一步,也是很关键的一步。学术研究途径不仅有助于个人的学术成长,也能帮助研究者从整体上把握好本领域的学术规范。研究者可以在外国文学研究、外国语言学研究、翻译学研究中找到个人的学术研究途径,并形成具有鲜明特色的学术研究。本章主要介绍外国文学、外国语言学、翻译学和外语教学等四大领域的学术研究途径。

2.1 外国文学研究

外国文学研究有外部研究与内部研究之分,具体又可分为文本、作者、读者、文学史与文学批评史等多种。

2.1.1 文本

文学是具有独立品格的精神产品,文学作品的关怀不仅仅是某一时期或某一阶级的,而是整个人类的。其独特的感动人类心灵的美学内涵,具有超越时空的特性,它的评价标准比一定时段的政治、文化要更高,也更为深远。因此"文本本身是动态的,未完成的,不断丰富的,一个时代的文学作品总是处于'生产状态'中,它需要文本研究的追踪来把它们'经典化'。"[①]所以,文本是摆在文学批评家面前最大的"客体"或对象。文本研究可以从以下两个方面开展。

第一,运用理论视野进行文本研究。对于文本的研究,不能将视野和方法只停留在对"思想"、"语言"、"结构"的简单分析上,而需要真正具有现代意识地从深层次考察文本艺术探索的理论实践。因此,吸取理论学科研究的成果并诉诸实践,是我国外国文学学科研究取得发展的重要前提。我们在运用西方文学批评理论的同时,也要立足本国文化的基础,形成独立而深刻的文学批评话语。"真正优秀的文学研究,应该是有领先于文

---

① 吴义勤:《文本研究——当下文学批评的软肋》,《南京师大学报(社会科学版)》2007 年第 5 期,第 127 页。

创作的思想观念,而不是跟在创作后面亦步亦趋,应该引领文学创作潮流,而不是只跟在创作后面为它做总结。"①因此,真正的文本研究要超越"理论→文本"模式的思维方式,形成"文本→理论"的思维模式,通过对文本的研究,发现、总结、升华出理论内涵。

第二,文本分析。对于文本分析的方法主要介绍以下三种。一是"新批评"细读法。布鲁克斯(Cleath Brooks)认为要深入研究文本,最基本的方法就是细读。只有通过细读才能理解文本的价值体现在何处。文本细读可谓一种语义学的解读,其特征主要体现在:第一,重视文本语言与思想的关系。认为文本语言的功能和意义可以体现为思想、情感、语气和语义四个方面,如果能准确把握语言的这些因素,就能够解读文本的意义;第二,重视语境对语义分析的影响,在细读文本时,注重字、词、段与上下文之间的联系,正是这种联系确立了特定词、句或段的意义,同时也要考察整个文本的语境;第三,重视文本的内部组织结构,文本是一个隐含着丰富意义和价值的符号结构,细读应考虑这种符号结构。二是"叙事学"分析法。"叙事学"探讨艺术语言的叙述手段,即一个故事如何通过叙述被组织起来成为一个统一情节结构的。"叙事学"分析法主要包含故事分析(故事序列分析、故事类型分析等)与叙述视角分析(叙述者的人称、位置、可信度,叙述者的声音,叙述的速度等)。三是"符号学"分析法。符号学是个相当宽泛的概念,通过对文本中的叙事符号(色彩符号、象征符号、意象的所指与能指、修辞格的运用等)来考察文本的内部结构,从而打开文本中瑰丽诡异的内宇宙。

从本质上说,文本研究的过程实际上是文本意义的不断开发与增值过程。因此,文本研究应该是批评家的立身之本。一切从文本出发也应该是外国文学批评的基本原则。

2.1.2 作者

艾布拉姆斯(M. H. Abrams)在《镜与灯》中将文学批评分为四个要素:世界、作者、作品和读者。可见作者问题是外国文学研究中必不可少的一环。外国文学研究中对于作者的研究也经历了一个嬗变的过程。柏拉图将诗人看作神的使者,作者是被神的灵感所感发,陷入迷狂之后才会创作出伟大的诗篇。19世纪浪漫主义也赋予作者至高无上的地位,雪莱(Percy Shelley)就曾宣告:"诗人是世间未经公认的立法者。"进入20世纪,各种学派的理论家不断打破理论僵局,重新言说作者,他们将作者拉下神坛,打破其神秘性与神圣性。艾略特(T. S. Eliot)否定了作者的"个性"和"独创性",将作者当成"思想的储存器";在他看来,作者只是媒介,作者不是去发现新的感情,而是将许多人普通的情感提炼成诗而已。"新批评"派排斥作者在阅读中的作用,将作者推至文学研究的边缘。罗兰·巴特(Roland Barthes)则认为作者写作创造的文本不过是个假象,作者并没有创造什么,写作不过是文字的自我言说,而不是作者作为主体的行为。尽管作者的地位逐渐削减,但作者在文学研究中地位的变化也反映了文学研究是一个发展的、动态的过程。然而不管理论视角如何调整,文学作品总是以文本的方式存在,那么作者对文本的书写就一定

---

① 贺仲明:《文本研究与中国现当代文学学科之发展》,《南京师大学报(社会科学版)》2007年第5期,第119页。

是理解与联系文本的必要条件,作者作为创作的主体在作品中所起到的作用就不应该被完全忽视。

对于作者的研究,可以借鉴俄国学者维诺格拉多夫(Ivan Vinogradov)"作者形象"(author image)这一概念。维诺格拉多夫如此阐释"作者形象":对于文学作品研究而言,重要的不是现实中的作者其人,也并非现实生活中作者的个性、经历和思想投射到作品中的影子,而是作品中潜移默化存在的作者,换言之,是化解于作品、体现于文本中的作者。因此,在对作者进行研究时,要从文学修辞学的视角提出作者问题,关注文本的语言——个人具体的、个性化的语言,通过语言来探讨作者、讲述者及其主人公的全部话语结构之间的关系。维诺格拉多夫指出:"'作者形象'——这是一部作品真谛的集中体现。它囊括了人物语言的整个体系,以及人物语言同作品中叙事者、讲述者(一人或更多)的相互关系;它通过叙事者、讲述者而成为整个作品思想和修辞的焦点,作品整体的核心。"①

对于作者的研究,巴赫金(Mikhail Bakhtin)也在许多著述中做了阐述。作者的责任、作者的功能、作者与主人公的审美关系等问题一直是他思考的焦点,可以说,这些也是他著名的对话理论的文学渊源。巴赫金认为在对作者进行研究时,要重视作者和作品主人公之间"超语言学"的相互关系,即所谓的涵义关系——对话关系。作者的言语和人物的言语,也不是纯粹语言学意义上的关系,它们分属于不同的涵义层面,在文学作品中相互交错在一起,它们之间可以有对话关系。而作者在这一对话中采取的立场便决定了作品最后的涵义立场。由此可见,巴赫金是从哲学的角度入手,将作者作为文学作品中与主人公和其他人物并存的一种声音来研究的。

对于如何对外国文学中的作者进行研究,策略与方法不一而足。正如《何为作者》的编者这样写道:"有关作者主体的争论持续不断,不存在单一的'理论'方法……只能是各种策略、见解、学术与政治责任的多元讨论。"②因此,对于作者的研究方法也应该是多元的。然而不管采用何种策略,对作者的研究都是必要的,也是有价值的。

2.1.3 读者

在传统的文论中,文学的意义要么属于作者,要么属于文本,而读者只不过是作品传达的信息和作者赋予作品的意义的接受者。因此,在传统的外国文学研究中,鲜少对读者进行研究。随着20世纪60—70年代读者批评理论的兴起,读者研究已成为外国文学研究的一个重要趋向。在接受美学文论家伊瑟尔(Wolfgang Iser)看来,作品意义的不确定性与空白促使读者去寻找作品的意义,从而赋予读者参与作品意义构成的权利,这种由意义的不确定性与空白构成的就是"召唤结构"。文本的召唤结构激发读者进行想象和发掘作品潜在的审美价值。根据伊瑟尔的观点,一部作品的不确定点或空白处越多,读者可能越深入地参与作品审美潜能的实现和作品艺术的再创造。80年代以后,诸多文

---

① 白春仁:《文学修辞学》,长春:吉林教育出版社,1993年,第252页。
② Maurice Biriotti. *What is An Author?* Manchester:Manchester UP,1993,p.2.

论家建构各种读者模型。姚斯(Hans Jauss)将历史观引入文学批评,认为文本总是产生于某个历史时代,它总包含着那个时代的意识观念或者那个时代的"视野",而某一时代的作者在创作时都有自己心目中的读者,也希望他的读者能很好地接受他的观点,于是他提出"历史读者"这一构想。卡勒(Jonathan Culler)的"理想读者"观指出一个有文学能力的读者就是在受教育过程中接触文学、积累经验,从而掌握了一套阅读文学作品的程式。当这个读者阅读文学作品时,他所内化了的阅读程式就会反过来决定他从文本中得到的文学意义。因此,"理想读者"总能超越语言层面而达成对文学意义的适当理解。霍兰德(Norman Holland)把精神分析运用于读者反应批评理论,他认为读者与文本的关系是一种本我幻想与自我防御的关系,因此构造出"互动读者"这一模型。此外,相关的概念还有费什(Stanley Fish)的"有见识的读者",瑞法代尔(Michael Riffaterre)的"超级读者",普林斯(Gerald Prince)的"零度听众",布鲁克-罗斯(Christine Brooke-Rose)的"代码读者",以及布斯(Wayne Booth)后于伊瑟尔使用但含义截然不同的"隐含的读者"等,这些都让读者的主体意识不断得到巩固。

理想读者是作者想象中的知音,他能紧随作家的思绪,领悟各种隐喻背后的情感意图,感受作家心灵脉搏的跳动。然而在实际阅读作品的过程中,读者领会的意义与作者想要表达的意义总会存在一定程度上的偏离。如果将这种偏离看作"误读",那么误读便是阅读中必然存在的现象。布鲁姆(Harold Bloom)宣称"一切阅读都是误读",他认为误读乃是一种创造性衔接的历史行为,没有创造性的误读,文学就不可能发展。因此,对误读的肯定和强调即是对积极阅读的强调,以期读者在阅读过程中有新的发现、新的创造。值得一提的是,这里的误读是指读者领悟作品的意义与作者的原义发生偏离,并非指读者本身的意见发生错误。

对文学意义的追寻是无止境的,每个时代的读者都在以正读或误读的形式努力接近文学的意义。文学的交流性特征要求作家创作出蕴含丰富的文学作品,给读者留下阐释的余地,即"空白"和"不确定点",吸引读者积极地参与作品的再创造,使读者的主观能动性得到最大限度的发挥;同时也对读者提出更高的要求,因为只有努力成为有"见识的读者"、"理想读者",才能使文学意义得到最充分的实现,文学与文学研究也才能深入发展。

2.1.4　外国文学史

外国文学史既包含世界文学史的编写与研究,也包含国别史。前者的代表性成果有朱维之、赵澧主编的《外国文学史简编》与聂珍钊主编的"马工程"教材《外国文学史》等;后者有王佐良主编的《英国文学史》与张冲、朱刚、杨金才、王守仁主撰的《新编美国文学史》等。《外国文学史》与《英美文学史》分别是中文专业与英语专业学生的主干课程内容,也深受学生的喜爱。因此,《外国文学教学大纲》对外国文学史的编写进行了规范,要求体现以下原则。一是规范性。要正确对待亚非文学与欧美文学,给予公允评价。各章节按照一定的规格来编写,根据作家的重要性分为几等,每一等分别给予一定的字数限制,安排合理。二是实用性。要符合教学实际,做到点面结合,既要论述流派与思潮,又要重点介绍作家作品,既要分析思想内容,又要阐释艺术成就。

在遵照编写大纲的基础上,中国学者进行外国文学史研究还应该体现鲜明的中国特色。对此,王佐良认为中国学者应该在以下五个方面下功夫。

一是叙述性。首先,要把重要事实交代清楚。要大量引用原作,加以翻译,让读者通过它们多少知道一点原作的面貌。中国人撰写的外国文学史和外国人自己编写的文学史应当是不一样的。面对中国读者,首先要把重要史实和作品向他们交代清楚。其次,叙述者要会讲故事。把文学史当作故事来讲,把其中的重要情节当作故事的高潮来介绍,把其中的主要人物写活写深。这样的文学史才能吸引读者。

二是阐释性。要很好地阐释外国文学,应当着重思考以下四个方面:首先,如何对过去的经典作家进行重新评价。其次,如何把过去不重视或被抹杀的女性、少数民族等方面的作家包括进来,纠正过去以男性、白种、欧洲人为中心的历史观的不公正。再次,阐释不应限于主题,也要谈到诗艺和语言,力求把题材和技巧结合起来谈。最后,阐释还要有新意。充分利用我国的文化资源与文学传统,丰富和发展外国文学作品的意义。作品虽产生于一国,阐释却来自全球,文学的世界性正是在这里。

三是全局观。要在无数细节中寻出一条总的脉络。王佐良认为中国历来对文学品种的演进,有一种共同的概观,这是中国学术的特点。例如汉赋、六朝乐府、唐诗、宋词、元曲、明清小说等,在每一个品种内部又理得出兴衰变化,虽然限于文体,不失为一种脉络,有利于写诗史、散文史、小说史。所以,王佐良认为中国学者也可从全局出发,把握好外国文学史的研究。

四是历史唯物主义观。将文学放在社会语境中考察,根据具体的情况来理解文学作品,是历史唯物主义的重要特点。但在研究外国文学史时应当有分寸地使用这种方法,不能只将文学放在经济和政治的环境中考察,从而忽视了文学和艺术本身。

五是文学性。既然外国文学史谈的是文学作品,就要着重文学品质。讨论诗歌不能只谈内容,还要谈论诗艺。上面所说的整体发展脉络就包括了诗艺本身的发展变化。其次,讨论文学问题的文章也应是文学作品。

当然,这五个方面并非将所有外国文学史研究需要注意的囊括在内。但王佐良富有洞见地提出了具有中国特色的外国文学史这一概念,体现了他的学术敏锐性和发展中国学术的使命感,值得外国文学史的研究者借鉴。

2.1.5 外国文学批评史

文学实践活动涉及文学与社会生活的关系、作家与作品的关系、作品组织构造内部的关系以及读者与作品的关系四个方面。文学理论就是对这四个方面的关系的理性认识。文学理论是对文学实践的概括、总结和对文学发展的希望与预言,反过来又指导和影响文学实践活动。文学批评往往是对文学理论的具体运用。每一个文学批评家都是自觉或不自觉运用某种关系去进行认识,同时还受到时代的、民族的、阶级的以及个人环境所涉及的哲学观念、道德观念、宗教观念、政治观念、科学观念等多种因素的影响。因此,文学批评史是多视角、多侧面且不断发展变化的。一部外国文学批评史就是不同时代的西方文学批评家基于多元视角对发展运动的文学实践进行上述四个方面的关系的认识过程。

外国文学批评史著作通常有两种写法,一种是围绕着若干理论问题或思潮、流派而展开,另一种是基本上以人物为纲。前一种有益于从宏观上厘清文学理论发展的脉络,后一种虽然在框架上不那么简明地显示出历史演进的脉络,但只要深入其内而又不拘泥于其中,就既可以在微观上展示批评家的个性风貌,又能在此基础上实现宏观的把握。以马新国主编的《西方文论史》与杨冬的《西方文学批评史》为例,他们分别采取了上述两种不同的写法。

《西方文论史》将西方文学批评的发展分为古代、近代、现代与后现代四个阶段。古代包括古希腊文艺理论、古罗马古典主义、中世纪基督教神学文艺思想、文艺复兴时期的文艺思想、新古典主义五个方面;近代包括启蒙主义文艺思想、德国古典美学文艺理论、浪漫主义、现实主义、实证主义和自然主义;现代包括唯美主义、直觉主义、象征主义与意象派诗论、现代心理学文艺理论、俄国形式主义、现象学与存在主义文艺理论、英美新批评、结构主义;后现代包括解构主义、西方马克思主义、阐释—接受理论、读者反应批评、女权主义批评、新历史主义批评、后殖民主义批评等文学思潮。大体来说古代文论研究的重点是文艺的社会作用问题,近代文论的研究重点是文学艺术与作家背景关系的问题,现代文论主要研究的是作品形式论,而后现代文论则转移到读者阅读理论的研究。这种编写方式可以让读者对西方文论的主要流派有一个全面的了解。杨冬的《西方文学批评史》基本上采用的是以人物为纲的写法,除了"文艺复兴时期的文学批评"与"德国浪漫派的文学理论"两章有所变通之外,其余38章都是以人物立题。选择这样一种写法,与著者对于个性的看重有关。著者深入揭示批评家的个性,在历史的链条上指出批评家的独特贡献。总之,在对外国文学批评史进行研究时,这两种方法都是有益的参考。

2.2 外国语言学研究

"外国语言学"一般被认为是多个"个别语言学"(如英语语言学、俄语语言学、日语语言学等)的总称,在中国来说,"外国语言学"可以指"非汉语语言学"(相当于"外语语言学")。[①] 而我们从语言本身及其功能来看,把外国语言学研究划分为语言本体研究、语言学流派研究、语言与其他领域结合的宏观研究。

2.2.1 语言本体

语言本体研究主要涉及语言的语音、音系、形态、句法、语义和语用等内容。语言

---

① 黄国文:《关于"外国语言学及应用语言学"的思考》,《外语与外语教学》2007年第4期,第5页。

本体的研究可以对具体的、个别的语言进行考察,也可以对多种语言进行对比或综合研究。语言本体研究是语言学研究的主体、基础部分,可以从以下层面展开。

一、语音学研究。语音学主要研究人类语音的发音特征,如元音、辅音、清浊音、鼻音、吐气等,涉及对元音、辅音以及音节的研究和重音、语调以及节奏等超音段音位的研究。也可以从声学或生理学的角度研究语音及其特征本身。现代语音学研究主要包括生理语音学、声学语音学、感知语音学三个分支,而随着现代科学技术的发展,实验语音学一跃成为学术界的热点。

二、音系学研究。音系学主要研究自然语言语音系统的普遍特征,包括语言系统和语言模式等。音系学研究涉及音位特征、音系规则、音系表征、音系变化和派生、重音和语调等内容。音系学可以从同节律音系学、词汇音系学、自主音段音系学和韵律音系学等几个音系子系统来开展不同层面的研究。

三、形态学研究。形态学,也称为词法学,主要研究词素,其研究对象是词的内部结构。形态学研究涉及词语的词法成分(如派生词素等)和词语的语法成分(如屈折词素等),通过研究作用于"词素"这个基本单位的规则来考察屈折变化和构词法。

四、句法学研究。句法学主要研究句子的结构。句法学研究涉及词如何按一定的规则组合而构成各种各样的句子,包括词序、词类、词组和句子结构等,如句法规则规定了词之间以及词组之间的横组合关系、纵组合关系和等级关系这三类关系。句子的语法结构也备受关注,包括句子成分的功能(如主语、谓语、宾语等)和信息结构(如主位、述位)。句法学研究最受关注的当属转换生成语法的句法部分研究,包括短语结构规则和转换规则等。

五、语义学研究。语义学主要研究意义,但是不同的人从不同角度可以对"意义"做出不同的界定。因此,语义学研究的范围特别广,如从语音角度、语法角度、逻辑角度、哲学角度、认知角度、功能角度、修辞角度、符号学角度、心理学角度和历史角度等分析语言的意义。总的来说,语义学包括词汇语义学和句子语义学,主要描述和解释词义、句义之间的各种关系(如同义、反义、语义重复、语义矛盾、歧义、前指、蕴含等),以及探讨语义与句法、语境和外部世界的关系。另外,莫斯科语义学派理论及其子理论所研究的语义学独树一帜,引发国内外的关注。

六、语用学研究。语用学主要研究语言使用的意义,或说话者的语义,指特定真实语境中说话者的意图。语用学研究一般从说话人角度、听话人角度、语境角度和动态交际的角度等探讨语言直接或间接表达的语义。语用学研究存在两大倾向:一是以分析哲学为基础,认为语用学研究应该有其严格的议题或研究对象,比如指示语、言语行为、预设、语用推理与含意、合作原则、关联理论、礼貌原则等,这是长期以来语用学的主流;二是宽泛广义的语用观,最早源于莫里斯(Charles Morris)的符号学思想,主张语用学探讨与符号功能有关的心理、生物、社会等现象。近年来,以维索尔纶(Jef Verschueren)为代表的语用学家坚持语言使用的语用功能综观论,认为语用学是语言各个方面的功能总览,即研究人类生活中语言的认知、社会和文化的功能。①

2.2.2 西方语言学流派

目前业内研究的西方语言学流派主要集中在结构主义语言学、转换生成语言学、系统功能语言学、认知语言学等,涉及这些流派的社会背景、代表人物、对语言的理解等。各流派没有是非优劣之分,都是基于不同的时代、背景以及观察与分析语言的角度而逐渐形成。西方语言学主要有如下具有代表性的学术流派。

一、结构主义语言学研究。语言学意义上的"结构"指语言单位(语音、词汇、句子等)以及单位之间的关系。语言单位又可以理解为语言的组成成分。以布龙菲尔德(Leonard Bloomfield)为代表的美国结构主义语言学在20世纪前半叶盛行很长一段时间。该流派认为每个句子就是不同层面的结构。在句子结构中,占据相同位置的语言形式之间存在纵向聚合关系,而在不同位置的语言形式之间存在横向组合关系。

二、转换生成语言学研究。转换生成语言学认为,人脑的初始状态是包括一切人类语言共同具有的"普遍语法"或"语言普遍现象"。普遍语法是一切人类语言必须具有的原则、条件和规则系统,构成语言学习者"初始状态"的特性、条件和其他东西②,它对任何人都不变,是语言知识发展的基础;每一种语言都具有符合普遍语法的部分,只在次要方面有所不同。转换生成语言学的研究主要涉及形式句法的哲学理念与基本假设、词汇规则、转换规则、支配与约束理论、最简方案等。

三、系统功能语言学研究。系统功能语言学包括"系统语法"和"功能语法"两个部分,语言的系统和功能密切联系。系统功能语言学不是这两种语法的简单相加,而是由这两个不可分割部分组成的庞大又完整的语言理论框架,关注的是语言功能在人类社会交际中的作用。语言,作为一种社会符号,在表述说话人想表达的语义时,必然要在语言的各个语义功能部分进行相应选择。那么,语言系统正是人们在长期交往中为实现各种不同语义功能所形成的。系统的建立需要语言在社会交际中行使其功能,语言的功能是由语言单位在系统中的位置决定。系统功能语言学研究涉及小句的信息、交换、表述功能,词组和短语及其复合体,小句复合体,衔接和话语等方面。

四、认知语言学研究。认知语言学侧重语言的心理方面研究,探讨认知方式在语义形成中的作用,同时也关注社会文化、百科知识对于语义理解的必要性。语言是一种认知活动,是对客观世界认知的结果,语言运用和理解的过程也是认知处理的过程。客观现实世界是人们体验和认知的基础,而认知则是人们对客观世界感知与体验的过程,是人与外部世界、人与人互动和协调的产物,也是人对外在现实和自身经验等世界万物形成的概念和意义,包含推理、概括、演绎、监控、理解、记忆等一系列心智活动。③ 因此,认

---

① Verschueren, J. *The Pragmatic Perspective*. Amsterdam: Benjamins, 1995, pp.13–14.
② Chomsky, N. *Rules and Representations*. New York: Columbia UP, 1980, p.69.
③ 王寅:《认知语言学》,上海:上海外语教育出版社,2007年,第6页。

知语言学研究涉及范畴化与原型范畴理论、意象图式、认知模型理论、事件域认知模型、认知语义学、认知语法、构式语法等方面。

2.2.3 宏观语言学

语言不能脱离社会、文化等而独立存在,除了前面对语言本体内部各层次的研究与西方语言学流派研究,外国语言学研究还涉及语言与思维、心理、社会、文化、计算机等各领域相结合的宏观语言学研究。宏观语言学研究可以从以下主要途径展开。

一、语篇语言学研究。语篇语言学是以语篇为研究对象的语言学理论和方法,探讨语篇生成者和语篇接受者的生成和理解语篇的过程,主要是超越孤立的句子的框架,从结构和功能方面来研究语篇。业内学者对"语篇"的理解不尽相同,语篇语言学则是把语言看作社会的实际交际活动,交际活动中的语言被叫作"话语",而话语的文字记录形式就叫作语篇。判断一个语言单位是不是语篇,主要看其是否在特定的语境中表达了应有的含义或具有实际效果的交际功能。因此,语篇语言学研究包括了语篇分析和话语分析的主要内容,涉及语篇的衔接和连贯、语篇类型、语篇组织模式、语篇的语义语用、语篇的元话语、语篇的主述结构、语篇的信息结构以及语篇的语体等方面的研究。

二、语料库语言学研究。语料库语言学是以实际使用中的语言事实作为研究对象,根据语料库中的素材进行相关语言研究,是一种着眼于语言运用的研究方法,具有实践性、应用性强的特点。语料库语言学研究与语料库的规模大小有关:语料库的规模越大,语料越多,就越能代表或反映实际使用中的语言现象或事实。但是,语料库规模的大小也不是唯一的重要因素。要使语料库具有代表性,就应该根据建立语料库的目的而尽可能广泛、全面、均衡地收集各方面语料。目前业内语料库语言学研究呈现出基于语料库的研究和语料库驱动的研究这两种主要研究范式:"基于语料库"的研究是利用语料库对已有理论或假设进行探索,旨在验证或修正已有理论;而"语料库驱动"的研究则是以语料库作为出发点和唯一观察对象,是对语言中的各类现象(包括词汇、句法、语义、语用、语篇等)进行全新的界定和描述。

三、社会语言学研究。社会语言学主要研究语言与社会的相互关系,主要包括语言结构和社会语境这两个方面的问题:一是通过分析社会文化现象来研究言语行为,二是通过分析语言使用现象来说明社会结构及其内在机制等。具体而言,若侧重社会对语言使用的影响,社会语言学一般从"语言集团"角度考察社会因素对语言的影响,主要涉及语言变体(如方言、社会阶层、教育程度、年龄、性别、种族等)、语域与风格、语码转换、双语或多语现象、通用语等。若是侧重语言对社会的影响,社会语言学研究主要包括语言与民族、语言政策、语言规划、语言标准化等方面。

四、文化语言学研究。文化语言学主要研究语言与文化的相互关系。对语言和文化之间关系的研究基本上都以洪堡特(Wilhelm von Humboldt)的语言世界观、萨丕尔(Edward Sapir)和沃尔夫(Benjamin Whorf)的语言相对论等理论为支撑。文化与语言既是整体与部分的包含关系,又是内容与形式的制约关系,即语言是文化的一个组成部分,而又与文化的各个部分有着相互制约的关系。"文化"这一概念本身内涵丰富、广泛,文化语言学涉及一切文化现象及一切学科。研究文化对语言的影响,主要从语言视角切入,观察文化在语言中的投影,涉及词汇文化、语音文化、修辞文化、语法文化以及语言所表现的文化差异与文化对比。研究语言对文化的影响,从文化视角切入,研究文化的特质,使语言与文化的内在联系更清楚地显示出来,涉及词汇的等级体系和话语模式呈现出的文化表征等。另外还可以开展语言与文化关系的双向交叉研究。

五、心理语言学研究。心理语言学主要关注语言与人的心理活动、思维、对世界的认识和理解等之间的联系。心理语言学研究主要涉及语言理解、语言产出和语言习得这三大领域。1. 语言理解研究主要关注语言的感知、理解和记忆过程,一般从听话人角度分析如何从话语中得到说话人内心的意图或想法,具体包括言语感知、词汇提取、句子加工和语篇理解等研究内容。2. 语言产出研究主要关注语言的产生过程,一般从说话人角度分析如何将说话人内心的想法通过语言的形式表达出来,具体包括言语产生模型的数据来源、言语产生中的语言单位、言语产生过程中的言语失误和言语产生模型这四个方面的研究内容。3. 语言习得研究主要关注儿童学会理解和产生语言的过程,具体包括语言发展的研究方法、言语感知的发展、儿童语言词汇、句子的学习及理解、语言的交际用途和儿童语言习得理论等研究内容。

六、计算语言学研究。计算语言学又被称为面向计算机的语言研究与应用,是利用计算机进行的语言分析,融合了语言学、数学和计算机科学这些不同学科的概念、理论和方法等,其研究有着重要的应用领域,如语音合成与识别、信息检索与抽取、机器翻译等。计算语言学研究主要涉及两大领域:一是利用计算机对语言文字进行各种定量化与精密化的研究,如字频和词频统计、词类分布、句型研究、文章风格研究等;二是要求语言学界为计算机进行自然语言处理、提供可计算的语法模型,从而支持自然语言的分析与生成、计算机系统的自然语言人机接口与机器翻译等各种应用。

纵观上述外国语言学研究的梳理与介绍,我们可以看出,外国语言学理论层出不穷、日新月异。然而,这些理论都是在外国语言基础上提出与发展的,从事外国语言学研究的中国学者不能只停留在就外国语言学论外国语言学,或者只运用外国语言学理论解释外国语言等层面。外国语言学研究的终极目标是为中国的语言建设服务,因此,从事外国语言学研究的中国研究者,应当关注外国语言与汉语的差异,结合中国的需要和汉语的实际,将引进的外国语言学理论本土化,为语言学理论中国学派的创建助力。

2.3　翻译学研究

作为一种跨学科研究,翻译学研究领域很广,其研究途径也是多维的。本部分主要介绍基于文本分析、文类翻译、翻译史、翻译过程的四种主要研究途径。

2.3.1 文本分析

翻译研究的文本分析首先涉及原文分析,其主要关注原文本身,考察原文中可能产生翻译问题的各个方面。这种研究可能与译者培训紧密相关。翻译学研究可以就原文的措辞、句法、语篇等各个方面的语言和文体特征进行仔细分析,对这些语言特征的分析也有助于解决翻译问题。当代翻译理论主要把原文作为一种交际性的文本,把翻译作为一种文本交际,进而思考翻译的目的、译本的预期读者、原文和译文的语篇功能,从而形成具有研究价值的课题。比如德国学者诺德(Christiane Nord)将"文外因素"和"文内因素"两方面结合起来进行原文分析。文外因素包括发送者、发送者意图、接受者、媒介、交际地点、交际时间、交际动机、文本功能八个方面,文内因素包括主题、内容、预设、文本构成、非语言因素、词汇、句子结构、超音段特征八个方面。[①] 这种分析模式为翻译的原文分析提供了可资借鉴的范式和途径。

翻译研究的文本分析的另一个重要方面就是文本比较。其一是原文与译文的比较,有偏向原文的分析,即忠实派的立场;有追求对应的分析,即对等派的立场;也有契合论的立场,主要寻求原文与译文的契合点。其二是译文与译文的比较。有偏于差异或共同点的;有偏于优劣的;有偏于先后的,即探讨译本之间继承或影响。其三是多语种文本之间的比较。这种比较有很大的难度,因为一般的研究者在语言上存在很多障碍;另外,由于译本之间可比性问题要得出可靠的结论也存在许多难点。[②]

此外,翻译研究的文本分析还可以将译文与非翻译文本进行比较分析。这种比较也叫平行文本比较,当今的语料库翻译研究为这类研究提供了很好的途径。这种研究可以考察译文与目的语其他文本之间的差异,其研究结果也是量化的,通常可以分析特定文本的语篇特征。

翻译的文本研究还可以进一步深入考察翻译评论,翻译评论可聚焦于译者本人对译作的评价和他人对译作的评价。译者本人的评价一般可以考察译作的序言和后记,译者通常会讨论翻译中的重点、主要难点和问题,也可以考察译者的翻译动机和目标读者,并进一步探讨其翻译的价值取向。他人对译作的评价通常会涉及翻译质量,翻译研究可以进一步考察译者和评价者的话语策略。

2.3.2 文类翻译

文类翻译研究可以分为文学翻译研究和非文学翻译研究。前者涉及戏剧、诗歌、散文、小说等文学体裁的翻译研究,而后者涉及科技、法律、旅游等文类的翻译研究。

一、戏剧翻译研究可以以很多有趣的学术问题为研究突破点,比如,戏剧翻译的目的是为了表演,还是为了阅读?翻译研究可能涉及译者的多元角色问题,译者可能既要从剧作者的角度考虑翻译策略,也需要从演员和观众的角度考虑翻译策略,所以翻译研究

---

① Nord, Christiane. *Text Analysis in Translation*. Amsterdam: Rodopi, 1991.
② 王宏印:《文学翻译批评论稿》,上海:上海外语教育出版社,2006年,第96页。

就问题化了。翻译研究可以考察戏剧翻译的可表演性,戏剧翻译如何突破语言和文化差异?莎士比亚的戏剧在中国翻译就有各种各样的版本,这些版本有何异同?《牡丹亭》是如何翻译成英文并搬上舞台的?中国的戏剧如何通过译介走出去?戏剧的理念、舞台场景的变化、声音和音调的高低、旁白等问题在戏剧翻译中如何处理?

二、诗歌翻译也可以为学术研究提供有趣的素材和论题。比如诗歌翻译应该是诗人译诗吗?诗歌应该翻译成诗歌,还是翻译成散文?诗歌翻译是如何处理音步、节奏、韵律和押韵的?译者翻译与原作在诗歌风格上有何差异?诗歌翻译反映了译者怎样的诗学理念?再如,翻译家许渊冲先生曾提出诗歌翻译的音美、形美和义美的"三美翻译"原则,"三美"原则对英汉诗歌互译有何指导意义?

三、小说翻译研究可以探讨长篇小说的翻译,也可以研究短篇小说;既可以从作者的视角研究小说翻译,也可以从译者和读者的视角研究小说翻译。翻译研究还可以探讨小说的语言处理策略,比如人物对话的翻译、文化专有项的翻译、场景描述的翻译、叙事策略的翻译转换等。另一个重要的研究领域就是小说的接受,也就是批评家和读者对小说的评价和接受如何。比如,林纾所译的《茶花女》采取了什么样的翻译策略?

四、科技翻译研究对象涵盖工程和技术领域的各种类型的文本翻译,科技翻译研究也涉及许多学科,比如经济学、医学等领域。科技翻译需要较高专业水准并且精通专业知识和专业术语的译者,因此术语翻译研究是科技翻译研究重要领域。相关研究可以探讨如何规范术语翻译?新创术语如何翻译?翻译实践中如何区分半术语与普通词汇?科技翻译如何处理词法、句法和语篇特征等?

五、法律翻译研究涉及法律翻译理论、法律语言特征、法律翻译原则、法律翻译方法、法律术语翻译研究等许多方面。从近现代到当代,法律翻译为中国引入了大量西方的法律思想观念、法律法规和文本,为中国的法律变革提供了很多有益的借鉴,不断注入新的生命力,相关的翻译史研究已经成为国内翻译法律研究的重要课题之一。近年来,对专门用途外语的研究热情高涨,法律语言、法律翻译等研究正是在此语言学研究背景下,日益受到关注。

六、旅游翻译同语言、文化、经济等密切相关,近年来在国内外也成为应用翻译研究的热点。旅游翻译研究的范畴非常广泛,涉及旅游公示语的翻译、旅游景点名称的翻译、旅游景点介绍的翻译、旅游文本类型翻译、旅游语篇翻译策略等许多研究课题。

2.3.3 翻译史

在人类发展史上,翻译对语言和文化的发展产生了持续性的影响,所以翻译研究也可以采取历史和文化视角。皮姆(Anthony Pym)的《翻译史研究方法》[①]对于从事这一领域的研究者来说是必不可少的入门教材,翻译史的问题意识主要涉及以下四个方面:

一、是谁在翻译?任何翻译活动都离不开译者,译者研究是翻译史研究的重要课题,

---

① Pym, Anthony. *Method in Translation History*. Manchester: St. Jerome Publishing, 1998.

突出译者的历史贡献无疑有助于提高译者和翻译的地位,译者研究也可使人们更为深刻地认识到译者对社会的构建作用,及其对人类文明进程的推进作用。所以,近年来翻译研究越来越关注译者本身,包括译者所处的历史和文化背景,出版社和编辑对译者的影响,译者的翻译策略、选材动机、翻译目的等。另外,翻译史研究还可以采取历史钩沉的方式去研究翻译史研究中所"遗忘"的译者,并把译者置于特定的历史语境和文化语境来探究译者的翻译动机和翻译策略。

二、翻译的素材是什么?翻译史研究另一重要领域是翻译素材的研究,翻译研究可以探讨在特定历史时空,译者为什么要选择特定的文本进行翻译。文学翻译研究可以探讨译者所译的文学作品对民族文学的构建有何作用。比如,胡适在五四时期翻译英美诗歌对于白话诗歌创作的意义。翻译史研究还可以考察翻译经典是如何形成的,翻译经典的形成与主流文学和文化话语的关系如何。这种研究一方面可以探讨特定文学和文化话语对翻译经典形成的作用,另一方面也可以研究翻译经典对主流文化和文化话语的影响。

三、为什么翻译?翻译研究需要回答的另一个重要问题是哪些因素促成了该历史文本的翻译。其原因可能是译者为了民族文学的构建而选择翻译特定的作品,比如鲁迅翻译《域外小说集》的目的是为了学习小说的写作和叙事技巧,从而推动本族文学的革新,这种研究已经超越了翻译研究本身,进入比较文学和比较文化的视野,由此可以进一步探讨源语文学和目的语文学之间的互动。

四、如何翻译?在翻译史上,翻译策略在很大程度上取决于翻译的发起者、出版商、译文读者以及读者喜好。翻译研究可以在措辞、句法、语篇等方面揭示翻译策略与历史语境的关系,分析历史语境对翻译策略的影响,从而揭示译者的历史贡献。这种研究要将宏观的社会历史研究与微观的语篇分析融为一体。

2.3.4 翻译过程

翻译过程研究主要是观察特定的译者在特定时间内的工作过程,这类研究通常可以与访谈法以及问卷调查法结合起来。翻译研究可以关注译者的工作程序:译者在不同的阶段是如何分布时间的?译者是如何使用参考资料的?译者是如何修改译本的?译者在什么时间阶段修改译文?译者是如何使用计算机辅助工具和翻译记忆程序的?

这种研究的价值在于其可以对译者的行为提出一系列假设,并进行验证,因而可以成为实证性很强的学术研究,并且可以为译者培训和翻译教育提供重要启发。比如可以对专业译者与初学者进行比较研究,考察两类译者在原文分析、翻译策略、译文修改、翻译软件的使用等方面存在什么差异,这种差异对翻译教学有哪些启示。

近年来,有声思维法已经成为翻译过程研究的重要手段。有声思维方法借鉴实验心理学研究,试图揭示在翻译过程中,译者的大脑思维过程,探索翻译规律、翻译策略、翻译步骤,发现译者解决问题的方法、存在的问题,从而研究翻译的内在过程,并启示于翻译教学。采用收集内省数据的方法,研究者在实验中要求受试者在完成翻译任务的同时,将大脑中即时的思维意识活动完全以口述表达。口述被同时录音或录像记录。研究者再将录音整理成书面记录,进行缜密分析研究,发现常规与特点,研究译者大脑的思维过程。[①]

翻译中的思维过程尤其适合口述表现,有声思维研究至今已取得明显成效。初期的研究证实了有经验译者的翻译与普通译者的翻译之间的区别。测试表明职业译者的认识活动远比一般译者的认识活动积极、活跃。专业翻译中的常规任务与非常规任务之间的区别因此成为附加变量。常规性任务几乎完全依靠自动处理,而非常规任务要求有意识的处理。有能力的译者则能够在两者之间运用自如。最新的研究成果涉及通过有声思维研究翻译过程的问题与改进方法,有声思维与其他方法结合研究翻译过程,采用有声思维方法研究职业译者的翻译过程,通过有声思维获取大量数据,分类归纳研究翻译过程中的影响因素、潜在的翻译策略、决定过程、解决问题的规律性等。还有更多的研究值得开拓,如翻译能力的形成过程、提高过程、取代过程,翻译涉及的外界因素的影响,如何成为胜任的译者等。有声思维为观察译者大脑思维过程,发现翻译规律、策略,研究翻译内在过程找到了一条有效的途径。[②]

2.4 外语教学研究

根据我国目前的学科分类,外语教学被划入外国语言学与应用语言学的范畴,也有学者认为外语教学属于教育学范畴,或更具体来说属于教育语言学范畴。无论把外语教学归属为"语言教育学"还是"教育语言学"或是"应用语言学",一个共同的前提是外语教学不应受制于语言学的一统天下,外语教学研究可以从以下主要途径开展学术研究。

2.4.1 外语学习策略

外语学习策略研究近年来受到普遍关注,并取得了一些突破性的成果,针对外语学习策略的研究已不仅局限于语言习得领域,其发展深刻影响着应用语言学的理论走向以及外语教学实践。随着跨学科研究的兴起和深入,学习策略研究越来越关注心理认知科学等研究领域前沿成果,以促进语言习得研究乃至应用语言学研究的发展[③]。

外语学习策略研究的重点是与语言能力相关的外语学习策略研究,主要涉及以下方面:1. 阅读策略,比如研究外语阅读学习策略的使用情况,元认知策略与认知策略的比较;猜词策略在外语阅读中所使用的情况;翻译策略对阅读理解的影响,等等。2. 词汇学习策略,比如研究高年级学习者英语词汇学习策略与低年级学习者学习策略的比较研

---

① Williams, Jenny. *The Map: A Beginner's Guide to Research in Translation Studies*. Manchester: St. Jerome Publishing, 2002, pp.23-24.
② 参见苗菊:《有声思维——翻译内在过程探索》,《外语与外语教学》2005年第6期,第43—46页。
③ 参见段然:《外语学习策略研究述评》,《长春理工大学学报》2012年第2期,第145—147页。

究;非英语专业与英语专业的学习者在词汇学习策略方法的比较研究。3.听力策略,比如研究重点大学和普通高校本科生的英语听力策略的比较,听力测试中的预测策略等。4.写作策略,包含词汇选择、句法运用、衔接与连贯、语篇组织策略等方面。

外语学习策略研究的另一重点是研究优秀外语学习者的学习策略,其目的是为了推广有效的外语学习策略,增强教学效果。近年来对优秀外语学习者的研究已经由最初对优秀学习者策略使用的分析发展到更加深入的研究,研究者们开始关注不同特质的学习者之间学习策略使用的差异。比如将内向型和外向型外语学习者的学习策略运用表现做对比分析,发现性格与外语学习策略的关系,探讨这种倾向会在外语学习过程中呈现什么样的特点。

影响外语学习策略运用因素的研究也是外语学习策略研究的热点,这主要包括与学习者相关的个人因素以及外部因素。内部因素主要是学习者个体差异对学习策略产生的影响。主要表现在年龄、个性、个人经历、学习潜能、学习动机、学习风格等方面。不同学习者运用策略的类型与行为都存在差异。学习者的个体差异对学习策略的影响已得到许多研究的支持和论证。在学习策略个体差异的研究中,心理学理论越来越受到重视。外语学习策略的选择与使用还受到外部因素的影响,外部因素有教师、家庭、学校、社会等。随着网络技术的发展,外部因素在学习应用领域也更加受到重视。比如,有研究发现网络自主学习环境能够在某种程度上对学习策略的使用产生促进作用。①

2.4.2 外语教师

外语教学的执行者主要是外语教师,而外语教学是外语教师的中心工作,无论何时,都必然是外语教师最为关注的内容。但是,外语教学又是一项追求永无止境的工作,外语教师不仅要领会和落实最新的教学理念,还要不断完善教学方法,取得理想的教学效果。外语教师是学生学习外语的引导者和指导者,因此,外语教师的导向很重要,教师引导是否得当对学生的外语学习效果有关键影响。通过对应用语言学和外语教学相关期刊进行检索,发现关于外语教师的研究课题可以从许多方面展开,比如:

- 教师课堂提问研究;
- 教师的信念对教学的影响研究;
- 教师和学生的期望冲突研究;
- 教师在教学过程中的认知、反思和行动方法;
- 教师的行业用语研究;
- 教师素质和教学能力研究;
- 教学行政管理对教师自主型教学的利弊研究;
- 在教师培训中倡导基于语料库的研究方法;
- 教师教育与发展问题研究;

---

① 参见段然:《外语学习策略研究述评》,《长春理工大学学报》2012年第2期,第145—147页。

- 教学评价标准与教师个性化发展的冲突问题研究；
- 教师的教学问题意识研究；
- 如何通过教师同行网上交流进行职业培训；
- 如何让教师对自己的教学价值观有所了解；
- 如何加强教师的自信心；
- 教师如何从媒体技术化教学中获益；
- 如何创造有利于教师学习动机的培训环境；
- 教师教学的话语策略研究；
- 教师的心理问题/心理障碍调研；
- 不利于教师发展的因素调研。①

在上述课题中,近年来外语教师教育与发展研究已经成为热门话题,其强劲势头是随着普通教师教育研究的兴起而出现的,其主要原因有三个:首先是课程改革的现实需求。课程变革是引起和深化教师教育研究的重要原因。从国际上看,课程研发者面临课程变革中的教师转变问题。学者们开始反思传统的教师培训模式,关注教师教育的根本性问题。当前我国外语教育经历着深刻的课程改革,由此而来的教师转变问题成为亟待研究的课题。其次是教师专业化运动的推动。教师寻求加强职业素质、促进专业发展,并提出一系列课题:什么是教师应有的专业素质？何种经验使教师们拥有这种素质？如何使教师自主成长、不断发展其职业专长？再次就是新兴社科理论的影响。新兴理论对教师教育研究的影响包括:建构主义对知识传授型的教师教育提出挑战;信息加工理论引发了对教师思维过程的研究;后现代思潮使人们重新审视教师的生命本质和社会角色。近年来国内外语界越来越重视教师教育研究。②

2.4.3 外语教材

中国是一个外语学习大国,有着庞大的外语教材市场,外语教材编写要求明确的指导思想、理论依据、方法原则。但是,许多传统固有的观念使教材编写落后于时代发展,特别是在当今互联网和多媒体教学盛行的时代,我国的外语教材并没有随着技术的进步而发展,而是一直伴随着我国外语教材的编写实践和理论研究的发展而发展,这使外语教材的使用存在诸多问题,也为教材研究提供了广阔的空间。

外语教材研究中的首要问题是教材的编写研究,主要包括:1.教材的定义及其地位和功能。教材,顾名思义是课本,即一课之本,是学生学习一门课程的根本,也是教师教好一门课的基础。教材是外语教学中最基本的要素,因为它是教师组织教学活动的主要依据和学生学习的中心内容。2.外语教材编写的理论。作为教材编写者,不需要追随某

---

① 参见《夏纪梅老师谈外语教学研究》,此处在原来的基础上略有改动。http://wenku.baidu.com/link?url=cEYGjM2kSLmoxLMsS3B9dyfIGiRpXBLmeABxKOOat38DnUEJifmBXPrBXV42QlFQKyjUsWu9UQXSNbYyMGFHbDufNpaoxLIYnAN65PK0uGO.

② 刘学惠:《外语教师教育研究综述》,《外语教学与研究》2005年第3期,第211页。

一种理论,或某一种流派,理想的做法是博采各家之长,为我所用。3. 外语教材编写的依据。编写外语教材,其依据是教学的指导性文件,即教学大纲。教材的编写除了要依据教学大纲外,还应充分考虑受众即教材使用者的需求。外语教材在编写时还要做充分的、较全面的需求调查和分析。4. 教材选材的考量。课文也要注意文质兼美,题材多样,兼及古今中外,篇幅不宜过长。课程的教材可借鉴母语教学的经验,采用以范文为主体的选材体系。①

其次是教材使用和评价研究。如何评价教材以及采用什么标准,这是很重要的问题。评价标准如果不明晰,其结果就会缺乏说服力和公信力。教材评价标准主要分为外部评价和内部评价。外部评价主要通过审读教材封页的序言、介绍和目录页等了解其使用对象、内容编排,以及作者对语言和教学法的看法;内部评价主要包括检查教材对语言技能的训练、教材的分级和排序、口语和听力材料是否纯正、是否能适合不同的学习风格以及能否激发使用者的积极性等方面。对教材的评价结合了学习方法、技巧培训和课堂学习等诸要素,把评价者从教师扩大到了学生,评价的目的是为了更有效地促进学生水平的提高。

目前,中国特色的外语教材编写和评价体系建构是一个紧迫而十分有意义的课题。这一课题与我国外语教材编写体系的建立、评价标准的设立、外语教材编写理论水平的提高、外语教材编写水平和质量的提高、教材的选择和使用都有着密切的关系。但它又是一项涉及面广、内容繁多的复杂系统工程。② 有很多方面都需要开展专门的调查和研究,目前这一领域的研究成果不是太多,可借鉴的资料有限,但这种研究的意义是不可低估的。

2.4.4 外语课程

外语课程是外语教学的基本组成部分。外语课程设计是否具有科学性直接关系到教学质量的高低。外语课程设计包括制定计划、设定目标、选择和组织内容与方法、决定检测和评价的手段,是一环扣一环的程序设计,是以计划、实施和评价作为设计的三个主要环节,系统地解决教学对象、教学目标、教学内容、教学方法、教学效果等问题。在三个环节中,计划往往以教学大纲的形式来体现,实施和评价则是通过教材、教法和测试去完成。如果把教学大纲比作建筑蓝图的话,那么,教材就是建筑材料,课堂教学就是建筑施工,测试就是对建筑物的检测。③

外语课程设计首先要分析、了解教学对象。课程设计要做到有的放矢,必须首先了解情况和分析情况。敬业的教师必定会认真思考自己在课堂教学中教什么人、教什么、怎么教和为什么这样教;会先了解学生以前学过什么、将来要做什么、现在应当学什么,然后再周密地计划如何组织教学、要设计哪些活动、选用哪些材料等。这除了凭可取的

---

① 参见夏桃珍、诸光:《外语教材编写研究综述》,《高等工程教育研究》2008年增刊,第43—46页。
② 参见庄智象:《构建具有中国特色的外语教材编写和评价体系》,《外语界》2006年第6期,第49—56页。
③ 参见夏纪梅、孔宪:《外语课程设计的科学性初探》,《外语界》1999年第1期,第27—31页。

经验以外,还必须注意科学性,防止盲目性和主观随意性。外语课程设计还要考虑教育目标,教育目标要把重心转移到能力和素质这两方面来。在外语教学界,这种变革趋势也随语言相关研究表现在教学目标上。除了传统的以语言为本的教学目标以外,还出现了以交际为导向、以学生为中心、以学习认知为目的等教学目标。因此外语课程设计是否体现社会、教育和师生的需求,编排是否科学,教材是否反映教学目标等问题都是非常有价值的研究课题。其中就教学目标而言,又可以考察语言能力教学目标、语言技能教学目标、语言教学内容目标、语言水平教学目标、语言任务教学目标等,从而可以深入开展课程教学研究。

外语课程设置还必须考虑学校特色、专业特点和专业目标,比如高职会展英语专业的课程设置,除了要求学生能系统掌握英语听、说、读、写、译等基本英语语言运用能力,还要求学生具有一定会展专业项目管理、会展营销管理、会展财务管理、信息管理、人力资源管理等管理知识,能组织和管理国际、国内各种会展。根据高职教育立足于社会需求培养技能型人才为目标的教育理念,参考会展人才构成,由此制定出的会展管理方向的主干课程包括:1. 英语基础课系列课程;2. 会展理论系列课程;3. 会展实务系列课程;4. 会展英语系列课程。近年来,各专业复合型人才外语课程设置和特色性外语课程设置的相关研究已经成为热点。

新课程标准对外语教学提出了新的要求,也为外语教学研究提供了许多新的课题。传统教学模式中,教师只教学生一些系统的、烦琐的知识,教会学生如何应付考试,轻视语言交流和综合能力的训练。素质教育下的新课程标准要求教师首先要实现由重语言知识传授转向语言知识与语言技能并重的转变;从重视给学生灌输结论性的知识转向重视引导学生体验知识的产生过程;从教给学生一定的知识转向激发学生的学习兴趣和培养学生学习的能力;从以教师为中心转向以学生为主体,培养有创新思维、创新学习、剖能力的新型人才。新课程标准使阅读教学、听力、写作、口语等各方面的教学目标和教学模式都发生了相应的转变,近年来,针对外语新课程标准的相关研究越来越多。

2.5 外国语言文学研究的基本操守

外国文学研究者在掌握和了解学术研究基本途径的基础上,必须坚持学术研究的基本操守。从事相关研究需要遵守学术道德、学术自由、学术平等、学术创新等学科基本伦理规范。学术规范有助于彰显学术研究的价值,使学术活动制度化,使学术研究标准化和专业化,从而促进学术创新。

2.5.1 学术道德

在从事外国语言文学研究的过程中,研究者应该遵循普遍的道德规范和行为准则,这种在学术共同体内形成的普遍道德规范就是学术道德。第一,学术道德是一种伦理规范,发挥着规范学术行为的作用;第二,学术道德是一种行为准则,是衡量和评价学术行为的标准;第三,学术道德是学术行为的责任与义务,学术行为也必须接受道德舆论的检验。学术道德体现了学术诚信,外国语言文学研究要做到"诚",那就要追求真理,尊重客观事实。外国语言文学研究也要讲究"信",主要是指研究者要尊重其他学者的学术成果。在自己的学术作品中明确区分自己的观点与他人的观点,并对借鉴或使用的他人的学术成果以及学术观点进行明确标注。

2.5.2 学术自由

在外国语言文学研究中,我们既注重学术道德和学术自由,也强调学术自由的重要性。学术自由的基本精神在于研究者在学术研究中的自由意志、独立精神和批判意识;而学术规范的宗旨即在于对学术自由的维护与尊重。那么,为什么要有学术自由呢?外国语言文学研究中的重要学术成果无不来源于自由的探索:学术自由产生良性循环,学术自由产生学术秩序,学术秩序产生有价值的学术成果,学术成果肯定学术自由,所以学术道德、学术规范与学术自由是相辅相成的。外国语言文学研究的学术自由应该不唯名、不唯利,对外国作品以及外国语言文学理论,应该善于思考、敢于质疑、敢于批判,才能做到站在一切人类文明成果的肩膀上。

2.5.3 学术平等

学术自由的前提与基础是学术平等。外国语言文学研究的学术平等首先要保护学术创新,保护学术研究者在学术创新过程中的思想自由。在学术创新过程中会产生新思想、新认识,有些甚至可能与某些知名学者的观点相左,提倡学术平等就是保护这些新思想、新认识,鼓励从事外国语言文学研究者发表学术观点,鼓励学术研究者敢于质疑前人,从而在学术思想上不断超越和创新。其次,学术平等还体现在学术成果发表上的平等,任何学术成果的发布都必须经过一定的程序、符合一定的规范,即使是著名的学者要在公开的杂志上发表文章,也要经过同行专家的评审,接受学术共同体的评价和历史的检验。

2.5.4 学术创新

学术创新是学术的生命源泉,学术创新与学术传承并不矛盾,外国语言文学研究如果没有学术传承就没有创新,任何创新都是建立在前人基础上的创新。外国语言文学研究的学术创新需要有相对开放和自由的学术环境,没有学术思想自由,也不可能有学术创新。学术创新与学术规范也不对立。规范是手段,创新是目的。改革开放以后,外国语言文学研究得到了长足的发展,出现了自中国近代以来最为繁荣的学术局面。学者从国外引进各种各样的文学、语言学和翻译理论,并加以批判和借鉴,这从很大程度上改变了国内外国语言文学研究理论贫瘠、学术性不强的局面。各种各样的异域理论思潮与本土理论相互补充、相互影响、相互借鉴,形成了百家争鸣、百花齐放的景象。这种学术的繁荣与当代学者的创新精神是分不开的。在推动学术创新时,外国语言文学研究的学者要有自我意识和学术担当,把个人的学术创新与民族文学和文化的发展结合起来。

第 3 章
外国文学的研究路径

在我国,外国文学研究作为与中国文学研究相对应的学术分支,具有其独特的地位和价值。虽然在研究方法上,外国文学研究并没有特立独行的操作方式或是理论样板,但依然表现出与母语文学研究不尽相同的思维模态。其原因大致在于三个方面:一是研究者在长期接触西文文献以及接受外国语文训练的过程中逐渐形成的认知程式与文体风格;二是外国文学作品在其叙述策略上的固有特点及其对文学批评所预设的内在要求;三是外国文学研究本身在其演进历程中形成的学科传统。要理解外国文学研究,首先有必要澄清何谓"外国文学"。王炎先生曾撰文对这一问题加以深入发掘。在对"外国文学"这一概念加以界定时,他梳理了我国"外国文学"研究的两大分支——中文院系下设的"世界文学与比较文学":

> 母语文学重在继承与认同,无论学习或研究均在自身文化传统的内部,宏观目的是延续与继承民族文学,激活其活力、更新其形态,丰富共同体的文化遗产。由于生长在同一个文化体系内,问题意识早已浸透到集体的无意识里,研究的前提往往是自明的,毋庸赘言课题的大背景,大家已心领神会。而外国文学的研究者身处对象之外冷眼旁观,所有问题要从背景介绍开始,还要求研究者全面学习和把握对象国的历史、文化、风俗和社会状况,才具备资质。虽然个体研究的角度各异,积累的对象国"前知识"也各有侧重,但每当提出任何一个问题时,仍须还原其本来的文化与思想语境,一定要掌握其语言,认识其文化逻辑,把握历史的整体脉络。不然,即使在同行间也无法有效沟通。①

显然,外国文学研究无论在问题的发现层面还是在问题的解决层面均有着其自身的学科特点和内在要求。值得注意的是,研究者需要将研究对象置于其所处的具体历史文化语境中,而这一语境的获取又要求研究者以局外者的身份去进行各类相关专业资料的阅读和理解。这使得外国文学研究不可避免地表现出一定程度的"疏离感";而文学审美

---

① 王炎:《外国文学是什么?》,《外国文学》2015 年第 5 期,第 33 页。

上的"疏离感"如果利用得当,往往会成为批评立场上的某种独特优势,当然它也是导致外国文学有别于母语文学研究的心理机制之一。

3.1 问题意识

任何学术研究均需要树立敏锐的问题意识,它是创新的基础和起点。没有问题意识的研究必然流于空洞,也无法说明学术活动本身发生的合法性和存在的合理性。当然,问题意识并非唾手可得,而是需要在长期的学术实践中不断训练,培养发现问题的敏锐性和准确性。在本节中,我们将从如何发现问题、如何筛选问题、如何整合问题等三个主要方面加以探讨,并借此说明问题意识在外国文学研究过程中的实践功效。

3.1.1 问题的发现

发现问题是外国文学研究进程中的必要环节,需要借助充分的文本细读与理性思考。有不少初学者在这一环节上流于简单化,甚至是完全缺失;其结果是研究缺乏目的性,立论缺乏必要性,在起点上就产生了严重的不足。譬如,某些论者在研究《简·爱》之际主张选择用女性主义理论视角入手,但并未就作品本身提出任何实际的问题。其原因是论者混淆了"视角"与"问题"这一对概念之间的本质区别。我们通常所熟悉的诸如"后殖民"、"心理分析"、"西方马克思主义"、"女性主义"、"解构主义"等文学理论体系并非问题本身,而是研究的方法和路径。许多外国文学研究的初学者习惯于在尚未认真细读作品之前便在头脑里匆忙定下了某一种理论框架。这使得他们的研究在起点上即发生了严重的偏差,其不当犹如刻舟求剑;这种典型的机械理论套用将不可能产生任何值得研究的学术问题,进而导致立论环节丧失其真正的有效性,创新自然也就无从谈起。因此,在发现问题之前,研究者理应认真对作品进行反复细读,带着一定的情感体验从字里行间发掘最为表象(此时不必追求深刻性或理论性)的争议之处。争议也就是文本中的不寻常之处或是令读者感觉困惑无解的诸多细节。虽然它们还不是最终的问题,但它们的累积与综合将最终帮助研究者找到一个关键榫卯,使得这些具体的"困惑"成为学术问题赖以发生的推导阶梯。

就外国文学研究而言,最佳的"问题"务必表现出三个基本特征:1. 文本内部的逻辑悖论及其暂时的不可解释性。一个好的学术问题通常在最初被意识到的阶段根本无法立刻得到解释,但恰恰得益于此,我们的研究获得了存在的空间和意义,在起点上即避免了无病呻吟的潜在风险。2. 促使读者重新回归文本的颠覆性再访。通常而言,问题并非被"创造"出来,而是在细读中被"发现",并且往往是带着某种偶然性被发现;好的学术问题经常会自己找上门来,为阅读过程平添一份愉悦的体验,它应该能够增强我们的学术好奇心,引诱我们再次进入文本,探个究竟。3. 围绕作品整体产生的审美或伦理争议。这一点非常关键,因为作品中的矛盾性、戏剧感或是悖论元素可能无处不在,那么研究者很可能会"见树不见林",以为某一处局部的问题地带便是潜在的学术问题。事实上,局部与整体是一种辩证统一的关系;如果仅仅纠缠于或是过于聚焦于某一处狭小的文本空间,我们将失去对作品整体的宏观把控,进而造成自己的狭隘研究错过了原著真正旨在传达的意旨。鉴于此,一个好的学术问题理应能够通过局部折射整体,以小见大,借助某一具体的突破口对作品的美学价值和伦理内涵进行综合的、有机的考量。

3.1.2 问题的筛选与整合

如上文所强调,发现问题对于外国文学研究的从业人员来说至关重要。但是,我们在围绕一部作品进行问题发掘时,往往会从诸多文本细节中找出形形色色的小问题;那么到底哪一些(甚至哪一个)才是真正能够牵一发而动全身的核心问题呢?显然,这里涉及的是学术问题的筛选环节。事实上,这一环节也是研究者在发现"最佳问题"之前所务必经过的阶段。没有问题的筛选,最具学术价值的问题也就无从产生。譬如我们在阅读夏洛特·吉尔曼(Charlotte Gilman)的短篇小说《黄色墙纸》("The Yellow Wallpaper")之际,可能会注意到女主人公在提及婚姻生活时带有某种反讽的意味;当然我们也可能留意到女主人公的精神处于某种病理状态;抑或是我们开始逐步关注墙纸里的幻象与女主人公的互动性关联,如此等等。这些问题作为具有不寻常特征的文本现象都还是停留在某种阅读的感性认识基础之上,还需要经过一个消化吸收的阶段,以厘清这些看似琐碎的问题或现象之间到底存在着怎样的基因关联。从这个意义上说,问题的筛选未必总是对某些其他问题的剔除,而更可能是不同问题之间的逻辑接缝处所产生的具有统领性的综合论题。如果研究者仓促立论,很可能只是捕捉到文本当中的一个枝节性的侧面,而没有注意到那一侧面与作品总体修辞之间的信息交往,进而导致研究偏离文本自身的审美规约,纵使再"热闹",也仅仅是失之偏颇的主观臆断,难以使研究成果令人信服。

我们不妨依旧以《黄色墙纸》为例。许多研究者倾向于将这部作品放在女性主义的视域中加以审视,这样一来,作品的存在价值仅仅成了宣扬抗争男权社会的"政治无意识"。这当然算是一种解读,但是某种流于陈词滥调的批评陷阱,实际上也突显了问题意识的缺乏。换言之,这是一种以理论方法取代学术问题的粗暴之举,也是外国文学研究过程中的大忌。遗憾的是,目前大量的国内学术批评均或多或少停留在这一层面之上,重复批评现象比较严重。

通常而言,围绕一个文学作品可能会在细读过程中产生若干相互独立或是相互牵制的琐碎问题。这时候,我们需要在通读文本数遍之后对那些问题加以分析排查,将无效问题或者无关痛痒的问题删除,而只保留一系列对作品形式或主题具有显著影响的问题,并在此基础上对它们加以分类组合,将小问题变成大问题,将大问题融合为问题序列。实际上,学术论文的总体框架和谋篇布局恰恰依赖于这样的问题序列。它能够使得研究沿着某种合理的逻辑展开,避免行文上的支离破碎。这里,我们不妨以马克·吐温(Mark Twain)的短篇小说《加州人的故事》("The Californian's Tale")为例。这个作品讲述了一位名叫亨利的男子因为 19 年前妻子的失踪而陷入永久的半疯癫状态,虽然平日里看似正常，可是一旦到了他妻子当年本该如期回家的那个礼拜六便开始拿出妻子的信件，与其他三位淘金矿工举办派对等待妻子的归来。如此说来，这个短篇在风格上与马克·吐温惯常留给我们的作为"社会批判家"、精通"幽默和讽刺"的印象似乎相去甚远。于是，我们会提出第一个问题：马克·吐温在晚期创作中是否逐渐摆脱先前的批判意识，而逐步走向了艺术上的感伤主义情怀？其次，我们在进行文本细读之际，会注意到小说的肇始处有一小段提及淘金废墟上那些因为淘金梦破灭而无颜返乡的失败者，那一段描写实际上与故事的整体感伤情节并不存在必然的关联性。如此一来，我们可以提出第二个问题：为什么这样一则以"哀情"为基调的凄婉爱情故事必须设置在美国淘金时代的历史背景中呢？倘若这一故事发生在纽约或是上海等任何其他地点，似乎小说中的核心故事依然能够成立。那么，这是否意味着马克·吐温的晚期创作出现了艺术上的明显瑕疵，已经无法与前期的那种犀利敏锐的社会批判相提并论？此外，更为戏剧性的一幕出现在故事的结尾处，一直被蒙在鼓里的男主人公亨利被告知他所一直期盼目睹真容的那位从未出现过的"妻"，其实已经离开这个世界19年之久了。三位穷困潦倒的矿工不过是在陪着亨利年复一年继续着对那位娇妻的毫无意义的等待。事实上，故事在最后那一刻几乎给我们带来一种强烈的反讽效应，作为读者，我们似乎有一种被叙述者"欺骗"的感觉——毕竟我们也花费了相当程度的精力跟随那位回顾性的叙述者一起等待"妻"的出现。这当然可以被视为作品修辞性的体现，但是如果我们考虑到文本之前花费大量笔墨营造"妻"的在场时，便会提出这样一个问题：作品为什么要在故事的结尾处突出这样一种带有"欺骗"的修辞功效？意义何在？难道仅仅是马克·吐温对读者搞的一场恶作剧？

  细读文本的价值在于从字里行间当中捕捉情节发展过程中富于戏剧感的时刻，在于体会人物行为中因为某种意识上的悖论所产生的价值观方面的复杂性，在于揭示叙述逻辑轨迹上的断裂或罅隙。这些关键节点均是潜在的学术问题得以产生的最佳场所。但是，文本细读过程中发掘的诸多琐碎问题需要加以整合、综合和提炼，进而产生一条能够贯穿作品整体的问题序列，如此，我们便得到了能够驾驭文本总体逻辑的研究思路，实际上也就确定了最终学术论文的基本框架。譬如我们上文所提及的《加州人的故事》中包含了一些不乏价值的小问题，但这些问题尚无法观照作品的总体，而仅仅停留在最为基本的感性印象中。因此，我们有必要将上述问题加以整合，梳理出一条能够对小说加以综合考量的问题发展轨迹。我们注意到《加州人的故事》虽然带有表面上的"感伤"元素，也似乎与"经典化"的马克·吐温相去甚远；但是，我们也发现故事在感伤之余似乎还残留着马克·吐温极为擅长的"调皮"。故事末尾留给读者的修辞性的"欺骗感"到底如何与"感伤"共同构建某种融洽的话语逻辑呢？

  可以看出，研究者对问题的整合意识其实乃是出于对作品整体话语逻辑的思考，将看似不和谐的元素设法加以融汇综合，从矛盾和悖论中找到作品的深刻性。围绕《加州人的故事》这一案例，我们注意到作品实际上在开篇处确立的淘金废墟的历史背景并非仅仅是可有可无的"哀情"发生地；马克·吐温给出的是一幅淘金梦破碎的图景，而淘金梦的发生最初恰恰因为其极具欺骗性的广告宣传;这使得"欺骗性"成为故事的修辞性"欺骗"("妻"的在场完全出于叙述者采取的有限视角——与他实际的回顾性视角存在认识论意义上的不统一)与淘金梦的历史性"欺骗"之间发生信息交往的桥梁。于是,我们开始考察"欺骗性"在这个作品中的价值体现:马克·吐温是否通过叙述层面的"欺骗性"来强化淘金梦的"欺骗性"? 此基础上又出现另一个问题,这里所谓的"欺骗性"与故事中的核心情节("妻"的无处不在而又无迹可寻)存在着怎样的逻辑关联? 如此一来,我们试图从问题入手去探测文本的总体话语逻辑,而不是聚焦于某一个具体的侧面。有了这样的关联,我们可以进一步在"妻"的"欺骗性"与淘金梦的"欺骗性"之间建立另一层面的相关性——"妻"作为美好的可爱形象不仅引诱叙述者滞留观望,而且能够将阅读者与经验性叙述者一起引入"欺骗"的话语框架内,这是否与淘金梦于淘金者一样成为一种致命的诱惑呢?

可以看出,随着对问题的不断整合和深化,我们围绕论文写作的基本线索逐步生成。我们最终可以在文本细读、发掘问题和整合问题的基础上提出一个合理的假说——马克·吐温借助一则看似凄婉的哀情故事将人物与现实的读者一起纳入一场文本的骗术当中(这符合我们之前所熟悉的那位作为讽刺、幽默大师的社会批评家的风格),通过将某种"欺骗修辞"从文本内拓展至文本外,实现对美国19世纪淘金梦的社会批判。换言之,我们在"妻"与淘金梦之间恰如其分地构建了一种隐喻性的逻辑关联,并成功地在阐释体系中将作品开端处原本看似无效的场景设置,乃至文本中原先与哀情层面并不协调的话语一同融汇到最终的问题框架当中去,从而实现了从某一点出发,然后通过逐步对各个问题加以综合提炼,建构出一个总体的研究路径。值得注意的是,外国文学研究过程中问题的筛选与整合均必须依赖于对文本自身的细读,而不是事先人为地根据某一业已获得的理论经验对问题加以"发现"和"筛选",那样做的结果无异于刻舟求剑,是外国文学研究中需要规避的理论预设式的论文写作策略。

3.2 选题意识

在外国文学研究的过程中,选题是一个十分重要的环节,因为好的选题将使研究获得事半功倍的成效,而差的选题不仅无法深入,还会导致写作本身陷入"巧妇难为无米之炊"的尴尬境地。事实上,无论是外国文学还是中国文学研究,选题从来都是同样重要的必要环节,而且出现的问题也是相似的。不妨先以21世纪以来中国现代文学研究的博士论文选题为例,我们可以发现:

> 新的研究方法层出不穷,各种理论纷至沓来,种种流行的话语,如"现代性"、"女性(主义)"等,也经常会直接在博士论文的题名中出现。但是,在数量如此庞大的论文中,自然难免质量参差不齐,部分论文缺乏创新意识,甚至简单重复前人的研究成

果(本文第三部分将对此做进一步分析),这可能也是本学科的迅速"膨胀"所带来的不可避免的负面效果之一。①

如果我们审视新世纪外国文学研究者在论文选题方面的特征,上述现象依然是成立的。为什么在选题方面会出现人云亦云的不足呢?其原因部分在于研究者要想摆脱既得的观念程式是非常困难的。当我们接受了大量的外来信息之后,也会带来一个明显的悖论,也即读得越多,留给自己的研究空间愈发狭窄。这是因为研究者的思维被暂时固化在前人的研究范畴之中,难以再跳出来带着批判的眼光反顾其他学者业已发表的成果。就学术论文的选题而言,这一"跳出"之举至关重要,直接关系着我们的写作是否能够产生创新意识。回顾这些年来外国文学领域的研究成果,我们发现重复研究是相当突出的现象,而其中尤为严重的是选题高度近似。诸如"后殖民"、"精神分析"、"解构"、"身体"、"权力"、"创伤"、"空间"和"元历史"等理论概念,反复出现在各大国内学术刊物中。这一不正常现象实际上折射出研究者在选题方面的功利心态和盲目跟从,在很大程度上乃是学术主体性的严重缺失,也是当下外国文学领域缺乏优秀成果的重要原因。鉴于此,我们有必要对选题的基本原则、价值批判以及路径修正分别加以探讨。

3.2.1 选题的基本原则

对于研究者而言,选题的意义直接关系到研究的方向是否可靠,某种意义上也关系到论文写作的可行性。尽管选题具有很显著的个体特征,但并非完全随意,而是大致因循着一套潜在的或是默认的有效方法,不妨称其为"基本原则"。这里需要明确一个概念,即学术论文的选题并不完全等同于学术论文的标题。标题是选题的终极呈现,是静态的,而选题是对问题进行筛选、整合的过程,是动态的。对于外国文学研究者来说,学术选题的基本原则大致包括以下三点:首先,选题要符合基本的社会规范和道德约束,在政治倾向上要保持积极正面,否则也不可能被任何一家期刊所接受。尽管这一原则对于当下的外国文学研究者而言往往是默认的,不需要给予特意的关注,但在涉及意识形态问题的研究领域,仍须格外谨慎。其次,选题务必突出问题意识。没有问题,即是创作动机的缺失;论文写作必然流于无病呻吟,行文机械,逻辑堆砌,杂乱无章。选题不是简单地用某个理论的帽子扣在头上,而是借助文本细读搜罗关键节点上出现的问题,并对它们加以分析、筛选和整合,直到形成一个有助于对作品整体产生影响的阐释线索。例如,我们在研究美国作家爱伦·坡(Edgar Allen Poe)的短篇小说《丽姬亚》("Ligeia")时,倘若只是从哥特文类的视角去审读,那么就不可能产生任何富于创新的问题,文章最终也只能是平庸的情节介绍和一堆哥特文学特色的堆砌,没有任何学术价值。"哥特"视角只是一个文类的风格体现,并不是问题本身。许多初学外国文学批评写作的人往往热衷于将理论视角当成问题意识,这极为不妥。如果读《简·爱》都从"女权主义"的理论框架去

---

① 洪亮:《1984—2012年中国现代文学博士论文选题分析》,《中国现代文学研究丛刊》2013年第7期,第132页。

读,那后世的研究者也就不必再去研究它了。事实上,即便是"女权主义"本身也同样包含着值得探析的问题,并非铁板钉钉的僵化概念。就此案例来说,对于这样一个已经为女权主义批评风尚掩蔽太久的研究对象,我们的选题至少还可以从两个方面去提出新的潜在问题:一是,女权主义批评的得失与功过(在多大程度上因为那一标签性的认知传统导致了我们对作品的过度阐释?);二是,作品末尾处常被读者所忽略的细节——男主人公罗切斯特有视觉复明迹象,但简·爱的消极反应出人意料。这一细节虽然出现在小说的末尾处,却具有突出的颠覆性意义,尽管依然可能处于女权主义的视野之内,但提出问题的方式和角度均发生了质变,因此是一个极为有趣的选题——"罗切斯特复明之后会怎样?"可以看出,只有问题问得好,切中肯綮,选题才有可能更为科学,表现出更佳的动机性,有更为出色的可行性。

除了以上两点,学术选题还应当注意一个原则:语境意识。研究任何一部作品均必须将其放置在文本语境(与其他相关文学文本乃至哲学文本的联系)、文化语境(折射出怎样的文化思潮)和历史语境(对历史的观照)当中。将作品放在某种坐标系中加以研究能够使研究者拥有更为开阔的视野,加深对问题的认知,同时借助各种信息流之间的交汇得以产生思想上的碰撞,更容易激发斯洛文尼亚哲学家齐泽克所崇尚的那种"理论的短路"[①]。这实际上也就涉及选题的角度问题。"角度"尽管是个仁者见仁的问题,但是依然存在优劣之别。我们往往说,"选题不可太大"或是"选题的切入点要小"等,其实也就是在强调选题应当有一个独特的"牵一发而动全身"的机制。研究一部外国文学作品,我们当然需要进行细读,但那仅仅是第一步,属于一种学术的"直视"。这个步骤十分重要,但是完全依靠它不能给予我们创新的机会,我们还务必以此为基础对作品加以齐泽克(Slavoj Žižek)所说的"斜视"(looking awry)或是美国作家爱伦·坡所热衷的"侧视"(sidelong glance)[②],如此,我们方才可能从一个看似意想不到的角度窥见文本当中原先被忽略的部分。当我们将研究对象置于语境化的坐标系当中,便可以获得多个"斜视"对象的通道,进而也获得了多种选题的可能性。譬如朱刚教授在重读欧·亨利(O. Henry)的小说《麦琪的礼物》时,某种意义上即是利用了"消费主义"的"斜视"对作品中看似代表人情交往的"送礼"现象进行了颇具陌生化效应的批评解剖,让人耳目一新。[③] 又譬如,我们在研究爱伦·坡的短篇小说《厄舍府的倒塌》之际,可以借助吉尔曼的《黄色墙纸》来反顾前者,从男女主人公在两则故事当中的主从换位来重新审视作品的中心与边缘,借此实现选题的角度与创新之间的关联。

3.2.2 选题的价值评判

学术论文的选题存在价值高低之分,选题好的批评之作能够充分揭示作品的内涵,

[①] Slavoj Žižek. *The Parallax View*. Cambridge: The MIT Press, 1992, p.x.
[②] 关于齐泽克与爱伦·坡对于"斜视"和"侧视"的方法论运用,参见 Slavoj Žižek. *Looking Awry: An Introduction to Jacques Lacan Through Popular Culture*. Cambridge: The MIT Press, 1992. 以及于雷:《基于视觉寓言的爱伦·坡小说研究》,南京:南京大学出版社,2015年。
[③] 朱刚:《重读〈麦琪的礼物〉》,《外国文学评论》2001年第2期,第46—52页。

与此同时也能将外在形式纳入考察视野之中,使得形式分析与主题探求完美地融合为一体。上文我们所提及的围绕马克·吐温的短篇小说《加州人的故事》所展开的批评即一个典型事例,它的外在情节("妻"的身体缺席与语言存在)同内部批判(淘金梦的物质缺席与精神存在)构成了形式/内容共同体,真正实现了美国批评家克林斯·布鲁克斯所谓"形式即内容"的理想状态。选题差的批评之作角度往往太"正",所看到的大体上均是别人所能看见的,因此缺乏新意,不能围绕作品提出那些扭转批评惯性的见解和思路。

通常来说,我们评判选题的价值主要借助三个方面的参照。第一是"新",也即是否能提出新角度。所谓新角度,并非指刻意的、哗众取宠的标新立异,而是指基于文本细读和问题筛选、整合之后,借助语境化的"斜视"得到的创新性视角。在这方面,齐泽克的哲学写作为我们提供了极佳的批评样板。他通过大众文化的棱镜对拉康(Jacques Lacan)的理论加以策略化的"斜视",其实也是齐泽克能够在诸多领域内实现出奇制胜的秘诀。第二是"广",即能否引发更为广泛的问题或启发。好的选题不止于解决学术问题,还能拓展新的研究领域。近年来,外国文学研究者们试图从可能世界哲学层面去理解叙事学的相关领域,或是从认知科学的角度去解释文学创作和文学情感,这些都是旨在围绕经典素材提出新问题。其价值不仅仅在于完成了一篇论文,而是由此为其他研究者打开一扇窗口,使之成为文学批评的新风尚。批评史上那些业已成为批评范式的文学理论("生态批评"、"女性主义批评"、"后殖民主义批评"、"精神分析批评"、"新历史主义批评"等)无一不是基于一种独特的视角所产生的宏观意义上的选题。这一运作放在学术微观层面(一篇论文的写作)同样适用。第三是"深",即是否能对研究对象产生深入的发掘。选题的恰当与否,一个重要标准即在于看其是否能够体现出研究路径的深刻性。譬如上文提及的《加州人的故事》在研究中如何从爱妻亡故的"哀情"表象转到叙述话语的"欺骗修辞",再联系到淘金历史所产生的隐喻性关联,即是一种抽丝剥茧、层层深入的选题。[①]

总体而言,选题的价值批判主要是依据"新"角度、"广"拓展和"深"发掘这三大标准。当然,在实际操作过程中,选题的价值评判还包括分量轻重、内容新旧以及现实关联大小等诸多其他考量。但无论怎样,选题的价值体现与上文所论及的问题意识、问题筛选以及问题整合等基于文本细读和逻辑思考进程的关键步骤密不可分。目前国内大多数学术论文选题存在重复率高、问题意识薄弱以及贪大求全等诸多问题,这些因素大大制约了学术研究的有效性和接受度,也使得我国外国文学研究长期处于一种看似繁荣、实则空乏的困境之中。

3.2.3 选题的路径修正

从事外国文学研究的工作者通常有这样一种经验,那就是选题确定后,往往在写作过程中还需要时常瞻前顾后,根据实际研究过程中遇到的种种问题对选题原先设定的路径加以调整或修正,以使得论文写作能够更为科学合理地向前推进。事实上,这样一种

---

① 参见于雷:《催眠·骗局·隐喻——〈山家奇遇〉的未解之谜》,《外国文学评论》2009年第2期,第70—81页。

必要之举往往被初学论文写作的人忽略,以为一旦选题确认,便再也无须加以研究路径的修正,直到以"挤牙膏"式的举步维艰、虎头蛇尾地将论文草草完成。选题的路径顾名思义乃是指围绕设定的选题在写作过程中聚焦于核心命题,进行思路上的微调甚至重大调整,从而理顺逻辑,构建一条行之有效的畅通阐释逻辑。譬如我们在论文写作中会遇到这样一种情形,即某一个段落的展开似乎完全与当初的选题渐行渐远,或者无法正面围绕选题进行有效的剖析。这时候,我们就有必要考察研究路径中具体在哪个地方出现了偏差,然后对那一偏差加以扭转。一般来说,偏差的出现在于行文过程中缺少某些用以逻辑转接的桥梁话语,从而导致分析发生断裂,而写作者本人并未留意,如此一来,当文字积累到一定程度之际,作者便会发现文章当中已经出现了大量明显脱离选题的言语。在论文写作过程中,实际上我们几乎很少会边写边检查与选题的逻辑关联,往往是在有了选题提供的初步印象之后便逐步向前推进。因此,在写作过程中,随着研究的展开,十分有必要在每一个关键节点上稍做停留,看看是否仍旧在选题设定的轨道上,同时也根据选题的基本逻辑思路再次确认下文将要展开的具体路径,做到心中有数。

通常而言,在学术选题业已确立的情况下发生了研究路径的偏差时,我们可以通过以下几种方式加以修正。第一种是微调,即对局部段落进行前后对调,按照自然顺畅的思维逻辑重新布局。这一方法对于那些前后段落无法合理配置的论文较为有效,能够将写作过程中的突兀呈现转变为较为平滑的叙述结构。第二种是截肢,即对行文中明显不得法的部分加以删除,以保证论述话语的完整性,决不强扯硬塞。初学论文写作的人往往出于对篇幅的考虑不舍得对业已写成的文字进行大刀阔斧的裁剪,这其实是十分错误的。实际上,文章的好坏并不在于信息的充盈度,更在于信息的贴合度;隔靴搔痒、无病呻吟的言论说得再多,也只会破坏文章阐述逻辑的修辞效果。第三种是补漏,即对文章的逻辑拐角不顺之处加以弥合、增添,使得上下文在阐述路径上完美过渡。学术论文即便大致成篇,往往也还是在段与段、节与节之间存在不同程度的断裂感或是偏离感,因此大多需要对相关节点进行文字上的充实和逻辑上的理顺,通过增加承接性话语将行文方向牢牢锁定在选题设立的既定路径上。这一点上,我们可以从美国作家爱伦·坡提出的"独一效果论"(single effect)当中得到启发,让论文的每一个段落、每一个小节均围绕选题的既定目标展开,将无效信息降到最低限度。如此,论文的整体性、结构性乃至于逻辑性方可得以彰显。

第 4 章
外国文学研究的学术写作规范

外国文学研究的学术写作规范大致包括标题命名、摘要与关键词、署名与责任意识、文献综述的撰写等几个层面。它们是研究成果的学术感和严肃性得以体现的第一道屏障,直接关系到批评的立论形态与依据。鉴于此,本章将着力围绕这几个层面加以说明,以期对外国文学的学习者提供具有实践意义的基本原则和注意事项。

外国文学领域的国内研究者大体上对国外学术论文标题的命名特征较为熟悉,当然也会意识到中英文论文在这一问题上存在着的某些差异。鉴于中文写作的具体修辞,研究者往往必须兼顾中西方论文标题命名的学术审美特征。合理的标题具有画龙点睛之功效,能够使论文呈现突出的问题意识和学术价值,不妥的标题则可能使得全篇陷于平庸俗套,似乎不必读即已到了阐释的尽头。因此,标题对于学术论文来说具有举足轻重的作用。有不少外国文学研究者热衷于在标题上"扣大帽子",以此彰显论文的高明之处,这其实是一种十分不可取的做法。学术论文重在沉潜,在看似朴实的文字之间透露某种深刻。当然,还有不少研究者对标题的设立过于草率,无法真正全面涵盖文章的总体话语逻辑,对原本较为关键的研究焦点缺乏体现,这某种程度上也损及了文章的学术完整性。鉴于此,我们将聚焦于具体案例,首先围绕主标题、副标题以及小标题的设置进行探讨。

4.1 标题的科学性

论文标题的总体要求说到底可以简化为"科学性"这一概念,它包括如何做到"题如其文"、"主副搭配"以及"以小见大"等几个基本方面。所谓"题如其文"也即如何使得标题如实反映或折射出全文的构思。譬如 2016 年第 4 期《外国文学》上刊载的魏艳辉副教授的论文,其标题是"文学评论期刊与《项狄传》小说属性的形成";这个标题既突出了研究的文本《项狄传》,也展示了研究的视角"文学评论期刊",与此同时更亮出了最核心的关键点"小说属性"。这三个信息结合在一起,使得文章的总体架构得以充分体现,即"题如其文"。有时候,我们会发现一个单独的主标题无法同时涵盖主题路径与作品对象,那么在这种情况下,我们往往可以通过增加一个副标题来解决。譬如2016年第5期《外国文学》上刊载的杨金才教授的论文,题为"文本杂糅背后的历史隐喻——论麦凯恩《舞者》的叙事策略"。可以看出,由于论文探讨的学术问题较为丰富,不仅利用了"杂糅"和"隐喻"理论视角,同时还必须将小说的"叙事策略"包含在内,因此无法在一个大标题内全部得以体现。这时候利用一个副标题便能够使得论文的所有关键信息均得以体现,也能更为突出地反映研究者的问题意识。

4.1.1 点睛与升华

学术论文的标题设置首先在于"画龙点睛"。由于论文实际涉及的学术信息较为庞杂,论者个体思维方式的独特性往往使文章的逻辑展示相对存在一定的隐蔽性,这时候,标题的作用便显现出来。它能够在读者开始阅读之前先行为全文的逻辑路径设置一个具有导航意义的标签,换言之,临时规约一个阅读策略,引导读者进入论文的叙述逻辑当中去。譬如2009年第2期《外国文学评论》上刊载的论文的标题"催眠·骗局·隐喻——《山家奇遇》的未解之谜"即用了三个关键词突出了全文的三个核心部分,从故事表层的"催眠"话语到情节修辞上的"骗局"设计再到历史指涉上的"隐喻"功效,均在主标题中明确加以突显,体现了层层深入的递进逻辑,论述流程一目了然,同时也不乏学术感。又譬如2016年第1期《外国文学评论》上刊载的论文标题"重读《抄写员巴特尔比》:一个'后9·11'的视角"将"重读"置于标题当中以突出文章的创新可能性,同时也明确了具体的研究对象——一则经典的美国短篇小说;与此同时,借助于"后9·11"这一概念旋即将经典与历史和现实并置于一处,体现了论文构思的张力与戏剧感,使读者未翻开书页便已经产生了强烈的学术好奇。

可以看出,一篇论文的内涵与价值完全可以通过恰当的标题得以强化与彰显,它能够对作者的论证路径加以高度凝缩,甚至对主题意义加以升华。所谓标题的"升华"功能,乃是指标题对论文核心理念的提炼不仅能够概括全文的思想,而且能够以更高的姿态引发读者进一步思考。申丹教授的一篇论文题为"情节冲突背后隐藏的冲突:卡夫卡《判决》中的双重叙事运动",她的标题一如既往体现了那种极具深度、稳扎稳打的朴实学术作风,而不是借助于任何表面上华丽的词藻或理论概念。但这不等于说其标题会显得缺乏戏剧感,事实上,"冲突背后的隐藏冲突"这一表述即是不同寻常之处,因为它突出了问题意识和思维结构。其次,它表明这篇文章是围绕一则经典之作展开叙事学研究,且是"双重"叙事"运动"。这些独特的概念一方面强调了文章的精巧学术构思,另一方面也展示了不乏辩证思想的叙事运动的"交互性"。为了更好地说明问题,我们不妨再举几个负面的例子以说明标题对论文学术感所起到的重要作用。例如"爱伦·坡短篇小说文体层面的解读"这样的标题,显然存在诸多不科学的因素。首先,没有突出问题意识。"文体层面"并非一个问题,而是一个范畴;不仅如此,这一概念本身也显得十分固化,缺乏学术"生机";另外,"解读"这一提法也属于一种"元话语"性的赘述,所有的论文无一例外已经是"解读",因此,一般而言,若再提"解读"就多少会有几分"无力感"。再者,爱伦·坡的70余篇短篇小说也无法全然为这一篇文章所涵盖,因此在研究范围上显得比较笼统宽泛。再比如"浅析《杀死一只知更鸟》中的哥特元素",这样的标题也存在明显的缺陷,不必读文章,单标题就已经暴露了文章的质量。一方面,"浅析"在标题中理应尽量少用,尽管在中文语境下的确有不少此类的学术自谦现象,但对于从事外国文学研究的人而言,还是应该在一定程度上观照英文学术写作的非人格化标签的特质。另一方面,"哥特元素"本身也不具有任何问题感,仅仅是个描述性概念,用在标题里显得十分干瘪。类似的标题还包括"英美文学中的哥特传统之我见"、"浅析英美文学中的哥特传统"和"《阿拉比》中的哥特特征分析"等,不胜枚举。①

4.1.2 主标题与副标题

学术论文的标题既可以取一个单独的标题,也可以依据内容所需在独立的主标题基础之上再增加一个副标题,使得标题的内涵更加丰富,同时也更好地体现论文的整体构架。正副标题之间既可用破折号也可用冒号分隔开,并不具有太大的差异。如果说略有区分的话,则基本上在于破折号往往隐含具象化思路,也即从一般到具体(如《催眠·骗局·隐喻——〈山家奇遇〉的未解之谜》),而冒号则大抵隐含抽象化思路,也即从具体到一般(如《重读〈抄写员巴特尔比〉:一个"后9·11"的视角》)。通常而言,尽可能只用独立的标题,言简意赅地体现全文思路,独立标题能够胜任绝大部分学术研究情形。我们不妨看几个例子,说明副标题实际上在某些情况下是多余的。比如"地理如何在文学中发挥作用——关于文学地理学再思考",这个标题主标题与副标题之间重合度较高,看不出两部分标题之间的逻辑必要性,读来累赘多余,一个副标题似乎已经足矣。再比如"论安德烈·马尔罗《人的境遇》的上海风貌——透过形象学外部研究的分析",这个标题过长,且副标题又试图塞入额外信息,使得标题的信息负载量几乎达到了极限。实际上,我们可以看出副标题不过是提及了一种分析的方法和角度,而且也并未能在标题维度即刻给读者指明必要的信息,关于"形象学外部研究",读者依然必须到论文当中去满足好奇感,因此这一副标题除了让标题读来拖沓冗长,完全没有必要,不如直接保留主标题来得干脆利索。可以看出,让标题看似"精干"些还是"艺术"些,其实没有一个固定的标准,主要是带着某种辩证思维从读者的角度去分析表述的长短是否适合,概念的呈现是否准确,内容的多少是否适度,等等,力争找到一个最恰当的契合点。

4.1.3 小标题与分节号

论文的标题除了正文之前的主标题(或带副标题)之外,往往在一小段概述之后需要将论文划分为几个小节,每个小节又往往配上一个小标题或者分节号,以方便读者更为有效地领会文章的各部分内容和论述逻辑。通常来说,小标题更为直观,直接点明每一节的具体阐述宗旨或核心,而分节号(一般用"一"、"二"和"三"来标示)则主要旨在将论

---

① 文中涉及的论文标题均来自中国期刊网所提供的相关信息,以下不再另作注说明。

文的整体篇幅按照一定的逻辑划分开来。使用小标题的情况往往是各部分内容相对比较独立，且议题属于平行逻辑呈现或递进逻辑呈现。使用分节号的情况往往在于论文的逻辑整体性较强，探讨的议题比较集中，无法从逻辑上而只能从结构上进行划分；按照语义的自然进展对文章的论述流程加以中顿处理，减轻读者的阅读负担，同时也使得文章的行文本身体现一定的节奏感。

小标题顾名思义务必"小"，不可与主标题产生过度重合。譬如《理查逊的〈克拉丽莎〉与18世纪英国的性别与婚姻》①一文，其论述进程通过一个引子入手，接下来是三个主体小节，分别辅之以小标题——"'感伤小说'和'情感小说'之辨"、"克拉丽莎形象的谱系"以及"僭越女德"，最后以一个"结语"总述全文意旨。可以看出，这三个小标题与主标题几乎没有任何表述上的重叠现象发生，如此可以增强小标题存在的必要性，同时亦可因此增强每一个小节的独立价值，使得全文的逻辑分布更为清晰明了。不少研究者在论文写作中对小标题的本质作用并不明确，他们往往只是将增添小标题当作一种规定性的动作，而不明白其必要性。这样一来，小标题的表述往往会表现出相当的随意性，结果反而使得论文的构架更为混乱。相对于小标题的明确化，分节号的使用则相对模糊些，但依然是按照行文的自然节奏来设定，不可随意划分。通常而言，分节号设定的每一小节结束之际在叙述痕迹上是具有明显标记话语的，让读者感觉此段结束，即将展开下一段文字的论述，通常为上一节文字的某种总结陈述。当然，在一些篇幅不算太长的学术论文当中，也间或会有不用小标题或分节号对论文加以切分的情况。虽然在理论上说，那一做法也不可绝对排除，但对于大多数外国文学研究者而言，我们依然建议使用小标题或分节号的方法让论述进程更为明确地掌握在自己手里。事实上，能否用小标题或是分节号对文章进行划分，从某种意义上说也是判断我们文章逻辑合理性的一个重要标志。如果论者发现没有办法对文章进行划分，那就往往说明文章结构尚存在问题或不合理的现象，需要做出进一步的修改或调整。

4.2 摘要与关键词

过去的较长时期，国内的学术刊物并不要求像西方学术期刊那样提供文章的摘要，但随着近20年来学术文献信息量的井喷式增长，学术界的从业人员需要有一种简便明快的手段在第一时间掌握某一文献的基本核心理念，从而判断其与自身研究的关联度。在这一背景之下，学术论文的摘要有了更为突出的存在价值。对于任何一位从事外国文学研究的人员来说，摘要的重要性不言而喻：它是学术研究的导航仪，是展现学术风景的窗口，也是读者与论者之间进行信息交往的核心界面。好的摘要言简意赅，切中肯綮，没有丝毫拖泥带水；差的摘要拖沓冗长，佶屈聱牙，闪烁其词，缺乏自信，某种意义上也反映

---

① 参见金雯：《理查逊的〈克拉丽莎〉与18世纪英国的性别与婚姻》，《外国文学评论》2016年第1期，第22—38页。

出论文结构的不合理。一篇学术论文的优劣,摘要可谓一面镜子,直接能够体现文章的学术内涵、研究方法以及学术价值。因此,从事外国文学研究的学习者务必对此高度重视。

4.2.1　摘要的功能

学术论文的"摘要"往往又称"内容提要",譬如《国外文学》和《外国文学研究》等刊物使用了前者,而《外国文学》和《外国文学评论》等杂志则采用了后者。两者意义完全一致,须根据具体刊物的投稿要求加以遵循。摘要位于正文之前,旨在介绍论文的研究问题、研究方法、研究路径以及研究结论。它具有以下几大功能:一是介绍功能,即向读者介绍论文的问题意识、基本构思和研究成果;二是突显功能,也即突显论文的核心理念、关键方法和创新价值;三是启发功能,即围绕相关学术命题展示所研究问题的复杂性与可拓展性,让读者产生一种在此文基础之上能够进一步在相关领域做出更多深入研究的希望。为了更清楚地展示摘要的具体功能,我们不妨举例加以说明。2016 年第 3 期《外国文学评论》上刊载的论文《里尔克〈布里格手记〉中的"看"》提供了这样的摘要:

> 在里尔克的长篇小说《布里格手记》中,"看"是一个十分关键的动词。对"如何看"这个问题的反思,反映了里尔克对传统认识论的批判,这种批判方法与同时期胡塞尔的现象学"还原"有高度的相似性。本文通过解读《布里格手记》的片段,揭示"看"在认识论上的意义。①

这则摘要语言干净利落,在很短的篇幅中即亮出了研究对象(《布里格手记》)、研究焦点(作品中的"看")、问题意识("看"如何作为里尔克的认识论批判机制)、研究方法(胡塞尔现象学的"还原"),几乎没有任何赘述,让读者在很短时间内掌握了论者的基本构思以及文章的基本框架,同时体现了较强的问题感,增强了阅读期望。当然,这一摘要还算不上完美,因为它在研究结论上给予得不够充分,只笼统提到"揭示'看'在认识论上的意义",而并未具体说明哪些"认识论上的意义"。因此,这则摘要总体上达到了摘要的学术要求,掌握了摘要书写的本质文体特色,但仍存在信息不全的瑕疵。

4.2.2　摘要的文体

虽然学术论文的摘要篇幅非常短,但其信息容量十分大,要想在两三百字以内将一篇长达万言的学术论文最精华的内容加以完整体现,的确具有一定的挑战性。正因为如此,摘要在很大程度上形成了自身独特的文体。为了更好地加以说明,我们可以参照 2016 年第 1 期《外国文学评论》上刊载的论文《重读〈抄写员巴特尔比〉:一个"后 9·11"的视角》,其摘要如下:

---

① 陈早:《里尔克〈布里格手记〉中的"看"》,《外国文学评论》2016 年第 3 期,第 182 页。

虽然梅尔维尔的《抄写员巴特尔比》讲述的是19世纪一个社会畸人对华尔街极端的消极反抗,但这种极端他者对抗资本主义制度和美国神话的寓言式写作却契合了当今全球反恐时代有关他者政治的伦理争鸣。透过"后9·11"的视角,我们不仅能解析这篇短篇小说背后的西方文化批判,也能实践美国文学经典与当代政治的互读,并在这种重读中辨析"9·11文学"所昭示的伦理行动。①

这则摘要不仅说明了研究对象、问题意识、研究方法,更重要的是还提出了研究结论。当然,研究结论不必具体说出正文中提及的诸多细节,而仅须以一种言简意赅的手法简要介绍即可。从文体的层面来看,这则摘要具有问题感、极简化和零解说等三个显著特点。首先,它以一种默认的交往姿态认为读者须是一位对《抄写员巴特尔比》极为熟悉的文学研究者。这种默认实际体现的是作者本人对于研究对象的烂熟于心,也折射了其学术自信。很多时候,初学者往往不会这般看似"唐突地"绕开文本的正面影响而直接进入另一个与文本相关的学术问题,相反他们会先对作品略做一番无关痛痒的介绍,而这恰恰暴露了他们的学术稚嫩。其次,这则摘要表现出极简主义的行文风格,没有过多的修辞性饰语,而是直奔主题,寥寥数语便将研究对象、问题意识与伦理关联全部释放出来,这需要对语言有较强的操控力。初学者一般而言会植入许多略带夸张的言语以显示文章的"份量",却不知学术论文的摘要恰恰需要采用海明威的"冰山理论",以一种陈述不足(understatement)的文体风格来书写。最后,这则摘要还突显了零解说的特征。所谓零解说,亦可称零评价,即作者无须在摘要中做出任何自我评价,那样做只会破坏文体的客观性。不少初学者担心读者无法了解文章的学术价值,便倾向于在摘要中做一番自我评价,这完全是多余的。一篇学术论文的价值需要通过严谨的构思、缜密的论证、合理的逻辑与扎实的分析来体现,而绝不是依赖摘要中的自我标榜。

4.2.3 关键词的准确性

在论文的摘要下方,通常还要求作者从全文当中挑出3至5个关键词。这个环节并不复杂,但许多论文写作者并不清楚关键词的真正功能,故而在挑选之际往往非常随意,这样就没有发挥学术论文关键词的作用,某种程度上也破坏了论文的严肃性。关键词,顾名思义,乃是指一篇学术论文中最能够代表论者核心思想和论述节点的关键概念。它的一个重要功能在于方便读者通过关键词对其加以检索,换言之,当我们在数据库中输入上述关键词,理应能够找到相应的文献条目。一般而言,论文中的研究对象(包括作家姓名和作品标题)、受到聚焦的关键问题以及论述过程中各节点所出现的中心词均应当成为关键词。譬如乔国强教授的论文《论王尔德的艺术化批评》即列出了"王尔德"、"艺术化批评"、"道德"、"形式"和"心灵"这5个关键词。可以看出,标题里涉及的作家姓名和受聚焦的问题概念均被列为关键词;与此同时,还将行文过程中出现的三个核心概念

---

① 但汉松:《重读〈抄写员巴特尔比〉:一个"后9·11"的视角》,《外国文学评论》2016年第1期,第5页。

列为关键词。这种挑选方法不仅仅是观照标题里的概念,还根据论者自己的阐述进程挑选了相关概念作为关键词。这当然需要论文作者对自己的论证逻辑有一个清晰的把握。实际上,如果发现自己很难在文中挑出关键词,这往往说明我们的论述结构存在不合理的现象,需要做出相应调整。一篇优秀的学术论文从标题到摘要、关键词,再到论证,直到结语,一定是给人顺理成章、水到渠成的愉悦感受;这样一个学术的完整结构能够将其优越性透过每一个环节体现出来,关键词亦不例外。

4.3 署名与责任意识

外国文学研究者在其学术写作过程中往往会接触大量来自西方学界的参考文献,因此涉及与知识产权相关的问题自然也十分突出。过去我们不太注意这方面的学术规范,"拿来主义"被庸俗化、非法化,实际上也对自身的学术价值造成了严重的影响,甚至对个人的学术名誉亦产生了不可挽回的负面效应。这其中,署名即是一门不可忽略的"学问"。作为学术创作的重要组成部分,署名的首要功能在于确认责任者的学术身份及其享有的权利和义务,是作者对著作权的声明,是作者对作品负责的一种方式和表现,同时也是便于作者与学术界同仁、读者之间联系沟通的一个桥梁。同时,署名对彰显研究者的主体性,推进学术规范和学术个性,都有着积极意义[①],正如《外国文学评论》"投稿说明"中所做出的约定——"来稿均要求原创和首发,且君子不掠他人之美,本刊将视来稿为作者之承诺"[②]。

4.3.1 署名规范及其问题

署名规范虽然不是复杂的学术问题,但一些研究者仅仅停留在默认的自我合法化的基础之上。一篇论文或是一部专著的作者可以是一人,亦可为多人,即便是独立书写,也会涉及是否存在其他人士对文章或作品的某些局部领域提供过一定的帮助和启发。多人合著的情形下,就存在作者排序的问题。如此说来,学术写作的署名规范要比想象中的状况更为复杂。首先,当作品为一人所撰写,那么执笔者自然为该文或该书之作者;遇到受他人指导或是受他人之启发,理应使用注释对此给予简要说明,如"本文在写作过程中曾受到某教授(某先生)的点拨/启发";这样做不仅不会导致学术作品的创新价值被打折扣,恰恰相反,它能够从另一个侧面体现责任者的学术严谨和对学术事实的尊重,进而使得作品的学术印象得到正面的提升。若作品为两人或两人以上撰写,那么最重要的执笔人属第一作者,其他人则按照学术贡献之大小依次进行排列。一般情况下,外国文学领域的国内重要刊物并不鼓励多人合著的学术论文,这一点与理工科或经管类期刊有较大区别。比如《外国文学评论》曾在"投稿说明"中明文规定"不接受合作"之文;这一看似

[①] 另参见叶继元:《学术规范通论》,上海:华东师范大学出版社,2005年,第186—187页。
[②] 参见《〈外国文学评论〉投稿说明》2016年第3期,第239页。

不近人情的约束实际上也是围绕国内学术研究在署名上的"代笔"现象所做出的无奈之举,一方面体现了优秀刊物对年轻学人知识产权的维护,另一方面也从侧面表明学术机构中的确存在学术责任意识薄弱的不良现象。

4.3.2 署名权与责任方式

周俊强在《署名权问题探析》一文中指出:"署名权是自己署名的权利与制止假冒署名的权利之有机结合,两者相互配合才能明确界定作品的边界,全面、充分地保护自己的作品。署名权的价值与效力范围是由作者的作品所决定,因此其行使客观上也可以产生保护作者作品整体的效果。"[1]由此可见,署名问题实际上不仅属于学术规范层面,同时也是具有法律内涵的问题,理应得到外国文学研究者的认真关注。由于本书主要面向普通的外国文学研究工作者,我们并不打算引用太多复杂的著作权等相关律法的具体说明,相反,我们拟围绕学术写作过程中最常遇到的普遍署名与责任方式进行简要说明。对于一篇学术论文而言,其署名责任方式可能是翻译或是编译,也可能是原创;对于不同的责任方式,均须在文中显著位置给予准确说明,防止产生意外学术不端现象。对于一部学术专著来说,其责任方式可能是编(著)亦可能是专著,两者的区别在于编(著)往往是责任人对既有的学术资源加以整合汇编,而专著则一般是责任人围绕某个学术问题进行的具有原创性的书写。有些从事外国文学研究的工作者选择围绕某个学术命题对国内外学者的研究成果进行挑选、整理和节选,并经过一定手段加以重新组合,这样的成果显然属于编(著),而不属于"著";因此责任人有必要在署名之际做出明确标示,不可化"编"为"著"。

4.4 文献综述的撰写

文献综述是学术创作在起步阶段的关键环节,它是我们立论的前提和基础,没有对前人研究成果的充分把握、分析、批判和提炼,我们将无法确定自己的选题是否具有真正意义上的创新精神。文献综述一方面旨在说明我们如何在前人的基础上做出新的贡献,另一方面也是为了用批判性的眼光去审视既有的研究现状,从而为我们自己的研究立场找到存在的必要性。因此,我们可以说文献综述某种意义上也是为了确认学术创作的价值所在。

4.4.1 文献综述的作用

如上所述,文献综述尽管不属于研究项目的主体本身,但具有不可取代的作用,因而值得每一位研究者认真予以重视。我们注意到,不少外国文学研究的从业人员在进行文

---

[1] 周俊强:《署名权问题探析》,《知识产权》2011年第10期,第55页。

献综述的撰写时往往习惯于罗列张三李四的文献观点，并不注重它们之间的有机关联——是对峙还是顺承？是深化还是弥补？忽略这一点，必然使得文献综述的书写流于杂乱无章，抑或是记流水账。除此之外，不少学术创作者还会有意或无意将文献综述与学术作品的正文分裂为两张皮。换言之，他们的文献综述仅仅是一种"规范"表象之下的摆设，没有对正文的展开做好铺垫，因而并未真正发挥文献综述的作用。我们认为，文献综述理应具有以下几点作用：一是承前启后，做到学术上的知己知彼，心中有数，才能防止学术研究的重复生产；二是站在别人的肩膀上说话，构建学术的历时性和共时性血脉，使得我们的研究始终处于学术信息流的交汇处，既要成为链条上的人，也要成为十字路口的人；三是设置问题意识，落实研究方向——我们的学术创作可以成为前人成果的补充，也可以是对前人成果的颠覆，但无论怎样，务必为我们自己的研究找准立锥之地。

4.4.2 文献综述的要素

文献综述通常位于正文开篇处，主要表达论者对前人研究成果的掌握情况和批判性认识，并借此提出自己的学术问题和研究思路。从某种意义上说，文献综述展示的是论者对于自己研究领域的熟悉程度与主体性认知。一位优秀的文学研究者理应对所研究的对象和学术界围绕那一对象所产生的研究结论烂熟于心、驾轻就熟、信手拈来，这是学术自信得以生成的前提条件，也是研究成果可信度和深刻性赖以形成的基础。

基于外国文学研究的大体要求，我们认为文献综述主要包括如下几个要素：一是全面性，即围绕研究对象所业已存在的重要学术成果，论者理应有一个大致全面的掌握。虽然因外语能力的固有限制不可能求全，但也应该至少将主流英语国家的重要学术代表成果尽量囊括在内，同时兼顾国内优秀的相关研究成果。就全面性来说，可以说没有上限。二是概括性，即围绕所掌握的各种研究成果进行一定程度的抽象，而不是简单罗列作者姓名、文章标题和论点摘要。不少初学者不理解这一点，误以为文献综述就是将前人的研究成果逐条摆出来，并不做任何必要的处理。这往往会导致文献综述内容杂乱，而且也大多与论题联系较少，无效信息居多。三是批判性，即对前人研究成果加以比较、分析和批判。这一点尤其重要，因为它直接关系到学术作品的创新性和学术价值。不少从事外国文学研究的人对这一点未能给予足够的重视，往往只挑选那些对自己立论预设有积极作用的文献，而刻意回避那些与自己论点存在抵牾的文献。实际上，这恰恰导致了问题意识的缺失，也在很大程度上使得自己的学术思想无法体现原创性。文献综述是学术创作的起点，也是整体立论是否经得住推敲的关键所在。

4.5 学术论证的思辨

与其他学科的学术创作一样，外国文学研究同样强调学术论证的思辨性。一位成功的研究者既可将一个复杂的学术思想以深入浅出的方式和盘托出，亦可将一个看似简单的文本现象以一种复杂深刻的形态加以问题化再现。简言之,即将简单的现象复杂化,将复杂的理论简单化。这需要研究者拥有独特的观察视角与敏锐的分析策略,实际上也是其长期的批评实践经验所培养出的学术能力。学术论证若缺乏思辨性则无法深入,更不可能产生令人信服的研究结论。为此,我们将从分析问题、解决问题以及结论生成等三个层面加以概述。

4.5.1 分析问题的基本方法

无论是一部专著,抑或是一篇学术论文,分析问题的环节都必不可少,而且在整体学术构架中所占的比重也是最为突出的,同时也是最能体现学术思辨的关键要素。分析问题的方法大致包括平行对照、交叉融合和旁敲侧击三种模式。所谓"平行对照",顾名思义,即将两个或更多文本(现象)放在同一学术层面上加以观照,既可找其共同点,亦可寻其差异处,从而使得分析更具延展性和开放性,表现出更为出色的学术张力。譬如我们在研究《加州人的故事》之际,围绕"骗局"修辞的探讨并非仅仅依赖于故事情节本身所提供的素材,而是将其与马克·吐温自传中所提供的相关线索加以平行对照,厘清"骗局"意识如何在作者生平与主人公故事之间实现"催眠"话语的互动。所谓"交叉融合",即指研究者将两种看似无甚关联的现象加以杂糅,从而使研究对象表现出全新的学术内涵。譬如我们在研究麦尔维尔的经典作品《抄写员巴特尔比》时,采用"后9·11"的视角,从而赋予其现实相关性,实现经典文学与当代政治的"互读"。"交叉融合"要求研究者具备较强的逻辑驾驭能力,在不同现象之间找准契合点,同时还必须突出研究对象的核心地位,避免主次颠倒。所谓"旁敲侧击",即采用齐泽克所提倡的"斜视"策略从某个边缘性视角对中心研究对象加以反顾,从而达到推陈出新的学术功效。与前两者相比,"旁敲侧击"乃是最富于戏剧性的问题分析法。事实上,齐泽克本人即是这一手法操演的最佳代表,因为他在其哲学写作当中即透过大众文化的棱镜去重新审视拉康,如此方有可能帮助我们"洞察那些逃逸于学术'直视'以外的方面"。[1] 作为外国文学研究的从业人员,我们拥有更多"斜视"的可能性,大量中西方文学文本可为我们所用,关键在于如何以某个边缘化文本或现象为透镜,去重新审视处于中心观察区域的目标对象。譬如我们研究爱伦·坡的理论读本《创作的哲学》之际,即可从侦探小说的文类传统出发,反顾那一读本的"故事性",从而将其视为"一则以'乌鸦迷案'为事件、以诗学批评为线索、以逻辑分析为手段的'推理故事'"。[2] 可以看出,"旁敲侧击"作为一种分析方法实际上乃是突出阅读的颠覆性,因而从此意义上说也是对诸多业已被经典化收编的文学产品加以反常规的批评和阐释,使研究对象呈现出全新性内涵与开创性意义。

---

[1] Slavoj Žižek. *Looking Awry: An Introduction to Jacques Lacan through Popular Culture*. Cambridge: The MIT Press, 1992, pp.vii - viii.
[2] 于雷:《一则基于〈乌鸦〉之谜的"推理故事"——〈创作的哲学〉及其诗学问题》,《外国文学评论》2013 年第 3 期,第 8 页。

4.5.2 解决问题的基本途径

就学术研究的目的而论,分析问题的根本目的乃是为了解决问题。为了方便理解,我们不妨将学术问题的解决分为两大类:一类可称其为"简单化",另一类则相应被称为"复杂化"。这里的"简单化"和"复杂化"并非带有贬义的概念,而是为了将其概念化而采用的一种简洁明快的表述。所谓"简单化",即我们通过学术研究活动将某个原本看似纷繁复杂的文学文本或文学理论现象加以厘清,以最为透彻的观念加以明示,实现某种批评意义上的"极简主义"。将复杂的问题讲明白,化繁为简,这不仅反映了研究者在解决问题上所体现的学术涵养,同时也是那一环节本身所要求的批评审美导向。与之相反,所谓"复杂化",乃是指通过学术研究活动将原本看似不言自明的文本现象或理论现象充分问题化,让寻常当中突显出不寻常,使得批评阐释活动表现出某种陌生化的效应。这里,我们需要克服一种误区,即以为搞文学研究,最终必定会产生一个具体的、明确的结论性的意见。事实上,最富于深刻性和启发性的文学批评往往都不会提供明确的答案,因为试图解决问题的过程本身即是整体学术价值的体现。在解决问题的环节中将一个看似简单的问题复杂化,这不仅需要研究者具备开阔的学术视野和过硬的思辨能力,更需要研究者摆脱传统的结构性思维,看到他人视而不见之物。

不少外国文学研究者倾向于在自己的学术科研实践中借用高深莫测的理论观念,以为那样经过"包装"的学术作品便能够获得某种绿色通道,实不知这恰恰暴露了研究方法的机械与思辨的空乏。上文所提及的在解决问题层面上的"简单化"和"复杂化"未必需要依仗任何外界理论的介入,关键在于研究者是否能够拥有高屋建瓴的学术视野和抽丝剥茧式的学术洞察。与此同时,"简单化"与"复杂化"也并非各自为阵,更多情况下,我们需要对这两种解决问题的范式加以辩证意义上的综合。在很多情况下,我们会发现外界理论的介入不仅无法使得解决问题的环节更具批评价值,恰恰相反,倒可能使得那一环节流于草率。似乎问题的答案早已存在于他人的理论著述中,某种意义上也就取消了我们从事学术研究的合法性和必要性。优秀的学术研究实践借助"简单化"范式体现批评审美的简约,与此同时也通过"复杂化"范式呈现批评对象的深刻。

4.5.3 结论生成的回归性

在分析问题和解决问题的环节之后,研究者需要应对如何生成结论这一技术问题。虽然在研究成果的末尾提出一种结论性意见乃水到渠成之事,但在真正操作的过程中,我们往往发现结论的生成时有偏离正题的潜在风险。解决这一问题的最佳办法莫过于采用"回归性"标准。所谓"回归性",也即在结论的生成之处特别注意对文章肇始提出的问题加以呼应。这实际上也是我们所熟悉的"首尾呼应"策略的具体应用。结论生成的"回归性"能够强化研究成果的完形结构,同时也是研究项目得以告终的关键标志,符合学术认知心理的预期。譬如在研究《奥特朗托城堡》的"哥特想象"及其"政治解读"的过程中,论者在文末总结指出:

总之，由于作者对18世纪中后期英国社会的政治和文化形式认识不清，《城堡》这部哥特小说从主题思想到故事情节设置都充满了矛盾。矛盾性也几乎成为此后哥特小说的一个共性。通过激烈的矛盾呈现和最后的妥协，小说的"哥特"想象和叙事为中产阶级提供了某种心理平衡和安慰。①

对比该论者在正文开篇处提出的相关问题，我们可以发现此结论乃是旨在试图回归文章的主旨——"以独特的表达方式呈现了18世纪后期以作者为代表的中产阶级在社会急剧变迁之际的'转型焦虑'以及他们幻想理想社会形态和舒缓压力焦虑的乌托邦冲动"。值得注意的是，结论生成的回归性往往不是对先前论题的简单复述，而是以另一种更具抽象或升华意识的话语所进行的呼应。换言之，它不仅提出结论，更使得结论的生成引发更为宽泛的思考或开启进一步深入研究的空间。

---

① 陈姝波：《沃波尔的焦虑和愿景：〈奥特朗托城堡〉中哥特想象的政治解读》，《外国文学评论》2017年第1期，第180页。

第 5 章
外国语言文学引文、注释规范

5.1 基本概念

在撰写、编辑学术论著的过程中,经常有必要对既有成果中记载的内容或观点加以引用、概括或解释,这就产生了引文和注释。引文(citations)一是指引用资料,即在一个著作中引用其他作品的片段内容或他人所发明的定义定理,二是指参考文献(bibliographic references),即为撰写或编辑论著而引用或参考的有关文献信息资源。

目前国际通行的引文规范主要有三种,由芝加哥大学出版社主持编写的《芝加哥文体手册》(*The Chicago Manual of Style: The Essential Guide for Writers, Editors and Publishers*),美国心理学协会的《APA 出版手册》(*Publication Manual of the American Psychological Association*),以及美国现代语言协会的《写作者手册》(*MLA Handbook for Writers of Research Papers*)和《MLA 文体手册和学术出版指南》(*MLA Style Manual and Guide to Scholarly Publishing*)。《MLA 文体手册和学术出版指南》是以研究生、学者和专业作家为对象的更具权威性、更为详尽的参考书,目前已出第 3 版,国内有上海外语教育出版社引进出版的英文版(《MLA 格式指南及学术出版准则(第三版)》,2013 年),也有中译本《MLA 文体手册和学术出版指南》[①]。

三种规范对引文格式和标注的规定各不相同,就正文内注释而言,芝加哥格式使用脚注和尾注,MLA 和 APA 则使用圆括号内标注,但 MLA 格式的圆括号内标注由作者姓氏和页码构成,APA 格式的圆括号内标注则由作者姓氏、出版年份和页码三部分构成。《芝加哥文体手册》历史悠久,至今仍是芝加哥大学用来规范学生论文的格式体系,就世界范围内的使用情况来看,MLA 格式广泛地应用于人文科学领域,被"美国、加拿大和世界上其他许多地方的大学出版社和商业出版社普遍采用"[②];APA 格式则多用于社会及行为科学领域,是语言学、心理学、人类学、医学等学术刊物使用或参照的格式体系。

[①] 约瑟夫·吉鲍尔迪:《MLA 文体手册和学术出版指南》,沈弘、何姝译,北京大学出版社,2002 年。

[②] 同上,p.ii。

5.1.1 引文的功能

在外国语言文学领域的学术写作中,引文通过引号和引注得以标识。引文表明当前作者正在引用他人的话语、思想或作品;表明当前作者需要在行文中呈现支持其论证、叙述和结论的基础材料;引导读者查找当前作者引用的材料。具体说来,引文在当前论著展开论证之前,用以证明当前研究的立意所在、独到之处和研究意义;在论证过程中,引用经典论著中的理论、方法或观点,作为当前论著的依据或推导前提,可以增强当前研究的说服力、可靠性和可行性。

5.1.2 注释的功能

注释的目的主要在于标明引文来源,它不仅是为了满足读者查证、检索的实际需要,也是规范的学术研究所必须的"附件",正如专著中的书目一样,它显示着一个学术成果的视野、质量、水准、趣味等诸多方面。

在当前行文中如须就某一点做进一步阐释或者增添信息,而这些内容又不适宜放在正文中,就可以脚注或尾注的形式进行注释。所以,注释的主要功能是:为正文内容提供进一步解释、说明、补充、举例等的信息;对正文某一特殊问题做相关的交代;补充有关题旨的简明评论;为引文标注出处和来源。因此,注释在性质上分为内容注释(content notes)和书目注释(bibliographic notes),在形式上分为脚注(footnotes)、内标注(interlinear notes)和尾注(endnotes)。

5.1.3 引文和注释的关系

引文是正文中所引用的、从参考文献中析出的具体内容。注释(notes)是用简明的文字对当前论著中的特定部分的解释、说明。注释中的文献注释与参考文献具有相似的作用,用于提供参考书目和引文的信息、来源,但是两者的内容、著录和标注格式都不一样。所以,引文和注释的关系表现为:1. 引文来源由注释进行标识;2. 引文被注释进一步解释说明;3. 引文可以被嵌入正文或注释,但脚注和尾注不可以嵌入正文,内标注只有放在括号内时才能嵌入正文。

5.1.4 如何防止剽窃

在行文中使用任何他人的思想及其表达而不标明出处,便是剽窃。在未明确标示的前提下,重复他人的措辞、语汇,转述、改写他人的论述,再现他人的思路等情形,也属于剽窃范畴。这并不是说不可以使用他人的语言和想法,但既有材料不能以任何方式被包装成当前作者的原创思想。

在行文中,必须将直接引语、释义引用、概括或转述的所有材料标明出处,在此基础上,考虑相关话题的读者和学术机构对引文的定位。为读者和广大学者熟知的信息,比如某位作家的生平、某个历史事件的日期,或者俗语、谚语等无须标注,可以直接使用。

但凡遇到读者想进一步了解,或者学界热议的信息,就必须标注。

引用当前作者自己的文献有时也会涉及剽窃。例如,在得到合法授权并详尽注释最初出版信息的前提下,一篇被收录于论文集的文章可以被另一份期刊再次刊出。但是,既有文献,被作者换了标题,或者正文只做了少许修改,就被当作原创再次出版,则涉嫌自我剽窃。自我剽窃同样被视为不道德行为。如果行文涉及当前作者已经出版的作品,则必须在参考书目中标注原有出版信息。

5.2 操作方法与原则

学术引文有别于广义的参考文献。严格的学术引文必须做到:1. 明确:在正确的位置清晰地表明自己使用了既有的研究成果,承认他人的知识产权;2. 规范:遵循一定的引文格式,并在同一学术作品中保持该格式的一致性;3. 详尽:对引文的出处务必交代清楚,如作者、题名、版本信息等,除非是对某一作品进行整体概括和借鉴,还需要提供引用部分所在的页码或具体位置。只有做到了上述三点,才能使学术引文实现其根本价值,即尊重知识产权,避免抄袭和剽窃,以及其功用价值,即传承研究成果、提供检索路径。为了实现这些目的,学术界制定了学术引文规范,这些规范就是关于文献引用内容、引文标注及著录的规则和要求。

5.2.1 引文的必要性

参考文献的引用和注释是学术论著的有机组成部分。在学术论著的写作过程中,"引证法"必不可少,且常与类比法、演绎法、反证法、归纳法等其他科研方法结合使用。学术论著完成后必将经历的鉴审和编辑,都十分重视引文和注释的规范性和适当性。引文和注释对学术论著及其影响力的评价和认定也起到至关重要的作用,表现为作者、编辑、学术机构对被引频次、引文量、影响因子的关注。

5.2.2 引文的功效性

从微观层面看,参考文献的引用的功能体现在以下几个方面:界定研究起点、知识承续、学术评价、预测分析、文献检索、学术论证、著作权保护与尊重、学术规范等。其中以下几点是引文的主要功能:1. 界定研究起点,将相关议题早先的研究成果与当前的研究明确区别开,从而突出他人研究的经典性或强调当前研究的原创性;2. 文献检索,为读者提供查找更多切合当前研究的资料和来源;3. 学术论证,为学术论著在分析、综合、归纳、演绎、类比、对比和推导等论证过程中发挥论据、借鉴、参照、对比的作用。

从宏观层面看,恰当、规范的引文也能体现当前论著内容的重要性和应用价值。引文中与当前论著密切相关的国内外前沿学术观点和最新文献,说明当前研究具备时效性和研究价值,是相关学术圈的热点难点;分析引文中的相关研究成果的应用价值和疑难问题,表明当前研究的实际意义和潜力。

5.2.3　引文的合理性

引用的目的仅限于介绍、评论某一作品或说明某一问题,切忌铺天盖地地过度引用。如果当前作者缺少严谨的逻辑推理,跳过或压缩了论证的过程,即便有再多的引文佐证,当前论著也不具备说服力。换句话说,引文不能构成当前论著的主要部分或实质部分。

引文应该与当前论著中的方法、结论、论证内容密切相关,是当前论证过程中必须参照和引用的文献,无特殊需要不必罗列众所周知的一般知识,切忌为著录而著录。

适度的自我引用是当前作者研究连续性的反映,但是过度的、非必要的自引则表明作者学术研究的封闭性和排他性,有可能导致重复叙述某些学术观点,造成学术泡沫。

不得损害被引用作品著作权人的利益。引文要出处明确,否则会令读者产生疑虑,使得当前论证缺乏说服力,也会给当前作者带来抄袭嫌疑。在转引时,当前作者必须在查实原始文献和第一手资料的基础上转引,并标明来源。

引文应准确无误,不得断章取义、私自改写。学术引用无论是直接引用还是释义引用,都必须忠实原文原意。直接引用要绝对忠实于原文,引文意思要与原文相吻合,标点符号、字母大小写不能随意改动,如需改动则要用注释方法标明。释义引用时,必须完整领会原文意思和精神,再用恰当的词句对其归纳概括。

5.3　引文使用的学术规范

5.3.1　MLA 格式学术引文规范

MLA 格式,对学术引文进行标记的正确方法,是在引文之后使用括号夹注,而不是使用脚注或尾注。括号内所包含的信息通常是作者、编者或其他责任者的姓名,以及引文所在的具体页码。通过这些信息,读者可以在书后或文后所附的引用文献列表中,准确地定位引文出处。

一、括号夹注的格式

MLA 格式规定,学术引文包括各种形式的非原创文字和观点,如直接引用、释义性引用、摘要引用、概括总结等,对这些都必须以括号夹注的方式进行标记,并注明来源,括号中的内容应当使读者足以确定引文的出处,同时又没有任何不必要的冗余信息,这就是 MLA 格式"足够并至简"的原则。在依据 MLA 引文规范撰写学术作品时,需要特别留意这条原则,这往往要求作者于行文时,凡遇到引用和借鉴之处,都在第一时间留下括号标记,其中载明足以指向具体出处的信息,而在修改时又对可以合并的标记加以删减、合并,最大限度地避免重复和去除冗余,最终将引文的标记信息调整到"足够并至简"的程度。比如：

It is argued that the Irish novel "shares its genesis with the English novel, as do all English-language national traditions of the genre" (Foster 1).

这句话中直接引用的部分加了引号，其出处可以在书后的引用文献中找到：

Foster, John Wilson. Introduction. *The Cambridge Companion to the Irish Novel*. Ed. John Wilson Foster. Cambridge: Cambridge UP, 2006. 1 – 21. Print.

据此，读者便可得知，引号中的这段话出自剑桥大学出版社 2006 年版的 *The Cambridge Companion to the Irish Novel* 一书的前言，前言作者与该书的责任者（编者）为同一人。须注意的是，引用文献中必须用 editor 的缩写 ed.标明责任者的身份为编者而非著者，但在正文的括号夹注中则无须做此标记，责任者为译者的也与此同理。

上述引文有以下几点：1. 正文中未指明原创者的姓氏；2. 引文来源的责任者是唯一的；3. 原创者或责任者是某个人而非某个组织；4. 引文来源于一部著作中的某页或某几页而不是对整部著作或多部著作的概括；5. 引文原创者或责任者只有一部著作被引用，即同名下只有一部著作被引用文献收录；6. 引文内容直接出自引用文献所收录的来源而非转引。在其他情况下，括号夹注里的内容和格式则须略有不同，下面分别说明。

（一）正文中已指明原创者姓氏

在这种情况下，括号夹注中只须注明页码信息，例如：

The work of Hayden White in particular has been a concerted attempt to decode the tropological forms and ideological premises of historical writing and "to consider historical narratives as what they manifestly are: verbal fictions, the contents of which are as much *invented as found* and the forms of which have more in common with their counterparts in literature than they have with those in the sciences" (82).

此处引文的原作者为 Hayden White，已在正文指明，读者按照其姓氏 White 的字母排序可在书后引用文献中查知引文出自 Hayden White 所著 *Tropics of Discourse: Essays in Cultural Criticism* 一书，因此括号夹注中只标注页码即可。

（二）引文来源有多名责任者

1. 引文来源有两名责任者，需要将两名责任者的姓氏都在括号夹注内列出，并用 and 连接。例如：

Many of the articles in *Research on Composing* advocate further exploration of the motivation for writing (Cooper and Odell).

在这个例子中，Cooper 和 Odell 是 *Research on Composing* 一书的两位编者的姓氏，依据原书的排名顺序并列于括号夹注内，在引用文献中检索时首先按照第一责任者 Cooper 的字母顺序查找。

这个例子同时还说明了 MLA 格式的另一条引文规则：如果引文以整部作品为所指，

而不是指向书中某部分的具体内容,则括号夹注内只列出责任者姓氏即可,无须涉及页码。在此种情况下,若是正文中同时还出现了责任者姓氏,或仅出现了责任者姓氏但引用文献中列在其名下的作品唯一,则完全不必再使用括号夹注对该引文进行标记,因为读者已经能够借助责任者姓氏这个信息在引用文献中找到引文的来源。这也是 MLA 格式引文规范"足够并至简"原则的一个体现。举例说明:

Slade's revision of *Form and Style* incorporate changes made in the 1995 edition of the *MLA Handbook*.

本例中,Slade 是引文责任者的姓氏,引文所指为 *Form and Style* 全书,无须注明页码,因此不必再使用括号夹注的方式来对该处引文进行标记。

2. 引文来源如果有三位责任者,应该将三人姓氏依据本来的排名顺序并列于括号夹注中,并用逗号分隔,在第三位责任者的姓氏前还要使用连词 and。

例如 Gender in Irish Society (Galway: Galway University Press, 1987)一书共有三名编者:Chris Curtin、Pauline Jackson 和 Barbara O'Connor。如果引用该书,正文中又未列出编者姓氏,则应在引文后加上括号夹注:(Curtin, Jackson, and O'Connor)。在不以全书为所指时,还要将引文的具体页码列在后面。

3. 引文来源如果有四位责任者,那么可以将四位责任者的姓氏按照上述规范并列于括号夹注内,还可以只列出第一责任者的姓氏,其后加注"et al."(此缩写的全拼是"et alii"英语意为"and others"),责任者在四人以上的,只写第一责任者的姓氏加"et al."。例如:

The authors of *Women's Ways of Knowing* make a distinction between "separate knowing" and "connected knowing" (Belenky, Clinchy, Goldberger, and Tarule 100-30).

也可以写成:

The authors of *Women's Ways of Knowing* make a distinction between "separate knowing" and "connected knowing" (Belenky et al. 100-30).

(三)因为责任者姓氏是 MLA 格式引用文献的检索依据,所以如果出现多名责任者姓氏相同的情况,需要进行特别处理

姓氏相同的责任者,如果他们的名字(first name)首字母不同,在引文括号夹注内,将名字的首字母加在姓氏前予以区别。比如某处论述引用了以下两条文献:

Clark, Michael. "Melville's *Typee*: Fact, Fiction, and Esthetics." *Arizona Quarterly* 34 (1978): 351-70. Print.

Clark, Robert. *History, Ideology & Myth in American Fiction, 1823—1852*. London: Macmillan, 1984. Print.

这两份文献的作者姓氏同为 Clark,但他们名字的首字母不同,在正文中引用这两份文献时,括号夹注内除了列明他们的姓氏之外,还要在前面加上名字的首字母,如:

(M. Clark 75 and R. Clark 67)。

如果碰巧这两位责任者不仅姓氏一样,名字的首字母也一样,那么在括号夹注内就必须写上他们的全名。比如某处引用了以下两种文献:

Kiberd, Damien, ed. *Media in Ireland*: *The Search for Diversity*. Dublin: Open Air, 1997. Print.

Kiberd, Declan. *Inventing Ireland*. Cambridge: Harvard UP, 1997. Print.

正文中引用这两份文献时,括号夹注的格式为:(Damien Kiberd 18 and Declan Kiberd 39)。

如果引用文献的责任者出现父子重名,同时儿子的名字后面以 Jr.加以区别,则在引文的括号夹注内同样以 Jr.进行区分。例如:

That book chronicles visionary experiences in early modern Spain (Christian, Jr.).

名字后用罗马数字尾缀(如Ⅲ、Ⅳ)加以区别的责任者,引文括号夹注内也要把这些尾缀加在其姓氏后面,中间用逗号隔开。

(四)引文来源的责任者为集体作者

引用集体作者(通常为某机构)编辑或撰写的文献时,需要将其机构名称放在引文括号夹注内责任者姓氏的位置,如果机构名称很长,则可在第二次及更多引用时以缩写替代,但须在首次引用时声明。例如,某著作中第一次引用《美国自然历史博物馆年度报告》时,引文格式为:

The annual report revealed substantial progress in fundraising (American Museum of Natural History 12, hereafter AMNH).

文中第二次引用该报告时,引文的括号夹注则只用缩写:(AMNH 12)。

(五)两篇或多篇引用文献的责任者为同一人

如果引用了同一个人的多篇文献,那么在每次引用这些文献时,括号夹注内不仅要有这个人的姓氏,还必须列明引文所出的具体文献,方法是将文献的标题(书名、文章名等)进行简化后,写在责任者姓氏的后面,中间用逗号分隔。例如,某学术著作引用了 John Wenke 撰写的两篇论文和一部专著:

1. "Melville's *Mardi* and the Isles of Man." *ATQ*: *The American Transcendental Quarterly* 53 (Winter 1982): 25 - 41. Print.

2. "Melville's *Mardi*: Narrative Self-Fashioning and the Play of Possibility." *Texas Studies in Literature and Language*, Vol. 31, No. 3 (Fall 1989): 406 - 25. Print.

3. *Melville's Muse*: *Literary Creation and Forms of Philosophical Fiction*. Kent: Kent State UP, 1995. Print.

上述三种文献出于同一作者之手,如果括号夹注中只包含作者姓氏和页码,则无法

指明引文的确切出处,因此需要将文献标题置于作者姓氏后面,但务必简洁、一目了然,即对标题加以适当简化,例如:

He was then thrillingly stirred by the possibilities for social reforms as well as self-fashioning (Wenke,"Self-Fashioning" 412).

(六)一段引文当中综合了出自多种文献的文字、观点等

如果需要在一个括号夹注内列明引文内容的多个出处,须按照引用顺序,将各文献分别列出,并用分号隔开。比如某一段引文的内容分别出自以下三种文献:

Shaughnessy, Mina P. *Errors and Expectations*: *A Guide for the Teacher of Basic Writing*. Oxford: Oxford UP, 1977. Print.

Shaughnessy, Mina P. "Diving In: An Introduction to Basic Writing." *College Composition and Communication* 27.3 (1976): 234-39. Print.

Brooks, Cleanth, and Robert Penn Warren. *Understanding Fiction*. London: Longman, 1979. Print.

如果作者姓氏在正文中都未被提及,则括号夹注的格式应为:

(Shaughnessy, *Errors* 79; "Diving In" 68; Brooks and Warren 5)

(七)引文来源为多卷本著作

在引用多卷本著作时,需要在括号夹注内列明引文出处的卷标,位置排在责任者姓氏的后面、页码的前面,与责任者姓氏用逗号隔开,与页码用分号隔开。

如果引文所指为多卷本中的某一卷全文,则不需页码,而要在卷标前面加上 volume 的缩写"vol.",例如:

This valuable reference work surveys the major operas of Mozart and Puccini (Newman, vol. 2).

如果引文所指为某一卷的部分文字,则需要标明页码,而卷标只保留阿拉伯数字即可,如:

Newman discusses the controversy about the quality of Mozart's *The Magic Flute* (2: 104-05).

(八)引用经典作品的夹注规范

经典作品,尤其是20世纪之前的作品,通常版本繁多,所以在引用这些作品时,可在括号夹注内增加引文出处的卷、章、节等信息,以便读者在其他版本中,也能确定引文的位置。这类附加信息由"卷"、"章"、"节"等的英文缩写加阿拉伯数字组成,置于引文页码之后,和页码之间用分号隔开,常用缩写包括:volume (vol.), book (bk.), part (pt.), chapter (chap.), section (sec.), paragraph (par.),例如:

Marx and Engels described human history as marked by class struggles (79; chap. 1).

如果需要添加多个附加信息，按照从大到小的顺序排列，中间用逗号分隔。例如：

Margery Kempe relates the details of her journey to Constance with pilgrims headed for Jerusalem (96 - 98; bk. 1, chap. 26).

如果是引用经典戏剧或诗歌，括号夹注中可以只列明第几幕、第几场、第几行等信息，页码都可以省略。在这种情况下，也不必有英文缩写，只用阿拉伯数字即可。例如：

In an aside, Claudius informs the audience that the queen has drunk from the poisoned cup he intended for Hamlet (5.2.274).

（九）引用只有标题而没有责任者的文献

如果引用的文献没有责任者或者责任者不可考，则须将文献标题进行适当简化，代替责任者姓氏置于括号夹注内。需要注意的是，简化后的标题必须保留该文献在引用文献列表中用于排序和检索的单词。例如：

Due to air pollution, Egypt plans to move the statue of Ramses Ⅱ from the main railroad station in Cairo to the west bank of the Nile ("Ancient Pharaoh Statue").

二、括号夹注的位置

括号夹注应紧跟在引文后面，一般情况下，置于文字内容之后、标点符号之前。这里所说的标点是指逗号、分号、句号、问号、感叹号等分隔意群的符号，如果引文须使用引号，则将括号夹注置于引号之外。例如：

This future empire was rather to be the natural consumption of what O'Sullivan called the "destiny to over-spread the whole North American continent with an immense democratic population" (Usher 301).

又如：

"Men and Women have different assumptions about the place of talk in relationship," according to Tannen (85).

如果在一句话当中，既有引文又有作者自己的观点，为区分二者之不同，括号夹注可以置于文字内容中间，但应紧跟引文，不打断相对完整的分句或意群。例如：

To perceive the narrator as "a furtive voyeur peeping at the lives of the natives" (Quinby 54) is quite partial or even misleading.

此例中，主语从句是作者引用 Lee Quinby 的观点，属于引文部分，表语之后的部分则是作者对引文的评论，如果将括号夹注置于句末，就会造成混淆，误将作者的评论当作引文中的观点，因此将括号夹注置于主语从句之后、表语之前。

如果引文使用省略号表示此处有节选，应将括号夹注置于省略号之后。例如：

These radical expansionists were held by the conviction that "their ancestors were a chosen people divinely appointed to occupy the largely vacant lands of the New World...and that this mission manifested itself in the unfolding of providential history since the

Protestant Reformation and discovery of America" (Sanford 2).

三、引用文献列表

MLA 格式的引用文献列表被称为"Works Cited",通常作为学术作品的最后部分附在文末或书末,和正文中的括号夹注有对应关系,即括号夹注中涉及的引文来源都应能在这个列表中找到,而且列表中不应包括任何正文中没有使用或提及的文献。这个列表提供引文来源的完整信息。

引用文献列表中各条目须按照字母顺序排列,排列依据是责任者的姓氏(surname),如果文献的责任者是机构,则以机构名称的第一个单词为依据,冠词 A/An/The 应排除在外。对于无法确定责任者的文献,如报纸上未署名的文章,以文献标题的第一个单词为依据,同样应将冠词排除。

同一文献有两名或两名以上责任者的,在排序时均以第一作者的姓氏为依据,无论各责任者是否按照字母顺序排列。

MLA 格式的引用文献列表不对文献进行归类,所有体裁和类型的文献混编在一起,全部按字母顺序排列。下面针对专著、译著、编著、文章、电子文献等不同类型文献在列表中的格式进行举例说明。

(一) 书籍条目的格式

如果引用文献是印刷书籍,那么它在列表中的条目主要由三部分构成:责任者姓名、书名和出版商信息,每部分之间用句号分隔,句号后空一格。第一责任者的姓名需要倒置,将姓氏(surname)置于首位,其他责任者的姓名无须倒置。在 MLA 格式中"University"和"Press"被缩写为"U"和"P"。基本格式如下:

Last name, First name. *Title of Book*. City of Publication: Publisher, Year of Publication. Medium of Publication.

说明:《MLA 写作者手册》第 7 版要求注明出版媒介,如 Print(书、杂志文章)、Web(网络及数据库文章)、Radio、Television 等。

1. 一位著者或编者

Spengemann, William. *The Adventurous Muse: The Poetics of American Fiction, 1789-1900*. New Haven: Yale UP, 1977. Print.

Quinby, Lee, ed. *Genealogy and Literature*. Minneapolis: U of Minnesota P, 1995. Print.

同一位著者的不同作品

Banville, John. *Ghosts*. London: Picador, 1998. Print.

—. *The Newton Letter*. London: Picador, 1999. Print.

2. 两到三位著者或编者

Brooks, Cleanth, and Robert Penn Warren. *Understanding Fiction*. London:

Longman, 1979. Print.

  Rabkin, Eric S., Martin H. Greenberg, and Joseph D. Olander, eds. *No Place Else: Explorations in Utopian and Dystopian Fiction*. Carbondale: Southern Illinois UP, 1983. Print.

  3. 四位或四位以上著者或编者

  McPherson, William, Stephen Lehmann, Craig Likeness, and Marcia Pankake. *English and American Literature: Sources and Strategies for Collection Development*. Chicago: ALA, 1987. Print.

  McPherson, William, et al. *English and American Literature: Sources and Strategies for Collection Development*. Chicago: ALA, 1987. Print.

  若为编者则须在责任人后添加逗号再添加 eds. 如: McPherson, William, et al., eds.

  4. 作者未知的书籍

  Encyclopedia of California. New York: Somerset, 1993. Print.

  5. 由其他编者编辑过的书

  Shakespeare, William. *Hamlet*. Ed. Barbara A. Mowat and Paul Werstine. New York: Washington Square-Pocket, 1992. Print.

  6. 由译者翻译的书

  Foucault, Michel. *Madness and Civilization: A History of Insanity in the Age of Reason*. Trans. Richard Howard. New York: Vintage-Random House, 1988. Print.

  如果要突出译者,则将译者名字放在前面

  Howard, Richard, trans. *Madness and Civilization: A History of Insanity in the Age of Reason*. By Michel Foucault. New York: Vintage-Random House, 1988. Print.

  7. 多卷本的书

  Churchill, Winston S. *A History of the English-Speaking Peoples*. 4 vols. New York: Dodd, 1956-58. Print.

  8. 政府出版物

  Great Britain. Ministry of Agriculture, Fisheries, and Food. *National Food Survey*. London: HMSO, 1993. Print.

  9. 未出版的学位论文

  Yang, Jincai. "Herman Melville and Imperialism." Diss. Nanjing U, 1998.

  10. 书中的前言或后记等

  Howard, Maureen. Foreword. *Mrs. Dalloway*. By Virginia Woolf. New York: Harvest-Harcourt, 1981. vii–xiv. Print.

(二) 文章条目的格式

  如果引用文献是一篇文章,那么它在列表中的条目主要由三部分构成:责任者姓名、文章题目和报刊或书籍版权信息(报刊名称,卷期号,出版时间,文章起止页码或书名,出版地,出版商,出版时间,文章起止页码),基本格式如下:

Last name, First name. "Title of Article." *Title of Periodical* Vol. No. (Year) or Day Month Year: pages. Medium of publication.

Last name, First name. "Title of Article." *Title of Book*. Ed. First name Last name. City of Publication: Publisher, Year of Publication. Pages. Medium of publication.

1. 杂志文章

Poniewozik, James. "TV Makes a Too-Close Call." *Time* 20 Nov. 2000: 70–71. Print.

2. 报纸文章

Banville, John. "A Century of Looking the Other Way." *New York Times* 23 May 2009: A21. Print.

3. 学术刊物文章

Shaughnessy, Mina P. "Diving In: An Introduction to Basic Writing." *College Composition and Communication* 27.3 (1976): 234–39. Print.

4. 作者未知的文章

"Dubious Venture." *Time* 3 Jan. 1994: 64–65. Print.

5. 私人访谈

Banville, John. Personal interview. 23 Dec. 1999.

说明:受访者姓名.受访方式.访谈时间.

如果是出版了的访谈,则标注为:

Kenny, John. Interview with John Banville. *Irish University Review* 15.3 (2005): 30–40. Print.

6. 书评

Eagleton, Terry. "Another Country." Rev. of *Star of the Sea*, by Joseph O'Connor. *Guardian* 25 Jan. 2003: 2. Print.

(三)电子出版物条目的格式

引用文献是电子出版物,那么它在列表中的条目主要由以下部分构成:责任者姓名、文章/网站/项目/书籍的题目、卷期号等、出版信息、页码、出版媒介、获取年月日、URL地址。电子出版物的"出版媒介"为 Web。考虑到网址易变,或者同一篇文献可能有不同网址,MLA 不再要求在列表中标注 URL 地址,如有特殊要求则在文献获取日期后用尖括号注明 URL 地址。如果引用文献的出版商未知,须用 n.p.注明;出版日期未知,须用 n.d.注明;无页码的用 n.pag.注明。

1. 百科全书中的文章

"Diabetes Mellitus." *Encyclopaedia Britannica Academic Edition*. 2009. Encyclo-

paedia Britannica Online. Web. 8 May 2009.

2. 网站上的文章

Cespedes, Andrea. "How to Make Pizza from Scratch." *eHow*. Demand Media, 25 Apr. 2015. Web. 6 Feb. 2016.

3. 学术刊物数据库中的文章(如 ProQuest, JSTOR, EBSCOhost 等)

Fogarty, Anne. "Uncanny Families: Neo-Gothic Motifs and the Theme of Social Change in Cotemporary Irish Women's Fiction." *Irish University Review* 30.2 (2000): 59-81. *JSTOR*. Web. 2 Feb. 2016.

4. 网上报刊文章

Eagleton, Terry. "Another Country." Rev. of *Star of the Sea*, by Joseph O'Connor. *Guardian*. Guardian News and Media, 25 Jan. 2003. Web. 2 Feb. 2016.

5. 网上电子书

Dickens, Charles. *Little Dorrit*. Ed. John Holloway. Harmondsworth: Penguin, 1967. *EBSCO eBooks*. Web. 3 Feb. 2000.

6. 邮件

Zhao, Jun. "Re: William Shakespeare." Message to Hong Liu. 4 Feb. 2010. E-mail.

5.3.2　APA 学术引文规范

APA 格式对学术引文进行标记的正确方法,是在正文中使用括号夹注,而不是使用脚注或尾注。括号内所包含的信息通常是作者、编者或其他责任者的姓氏,文献出版年,以及其他定位引文出处的必要信息。APA 格式的引用文献列表被称为"References"(参考文献),这个列表提供引文来源的完整且准确的信息,通常作为学术作品的最后部分附在文末或书末,和正文中的括号夹注有对应关系,即括号夹注中涉及的引文来源都应能在这个列表中找到,而且列表中不应包括任何正文中没有使用或提及的文献。下面我们根据第 6 版的《APA 手册》对括号夹注和参考文献的格式做一个简要的介绍性说明。

一、括号夹注的格式

与 MLA 格式规定类似,APA 格式规定学术引文包括各种形式的非原创文字和观点,如直接引用、释义性引用、摘要引用、概括总结等,对这些都必须以括号夹注的方式进行标记,并注明来源,括号中的内容应当使读者足以确定引文的出处。此外,还须注意,根据 APA 格式规定,在描述引用文献时,动词须用过去时或现在完成时,如:Eagleton (1999) argued that 或者 Eagleton (1999) has argued that。

括号夹注的基本格式为(作者姓氏,文献出版年,页码),如果只是提到某篇文献或某本书则无须标注页码,如果是直接引用必须标注页码,如果是释义性或总结式引用则建议标注页码但并非硬性要求。例如:

It is argued that the Irish novel "shares its genesis with the English novel, as do all English-language national traditions of the genre" (Foster 1).

这句话中直接引用的部分加了引号,其出处可以在书后的引用文献中找到:

Foster, J. W. (2006). Introduction. In J. W. Foster (Ed.), *The Cambridge Companion to the Irish Novel* (pp.1-21). Ed. John Wilson Foster. Cambridge, UK: Cambridge UP.

据此,读者便可得知,引号中的这段话出自剑桥大学出版社 2006 年版的 *The Cambridge Companion to the Irish Novel* 一书的前言,前言作者与该书的责任者(编者)为同一人。需注意的是,引用文献中必须用 editor 的缩写 ed.标明责任者的身份为编者而非著者,但在正文的括号夹注中则无须作此标记。

和 MLA 格式一样,在遇到以下情况时,括号夹注里的内容和格式则须略有不同:

(一) 正文中已指明原创者姓氏

在这种情况下,作者名后的括号夹注中注明出版年,引文后的括号夹注中注明页码信息,例如:

The work of Hayden White (1986) in particular has been a concerted attempt to decode the tropological forms and ideological premises of historical writing and "to consider historical narratives as what they manifestly are: verbal fictions, the contents of which are as much *invented as found* and the forms of which have more in common with their counterparts in literature than they have with those in the sciences" (p. 82).

此处引文的原作者为 Hayden White,已在正文指明,读者按照其姓氏 White 的字母排序可在书后引用文献中查知引文出自 Hayden White 所著 *Tropics of Discourse: Essays in Cultural Criticism* 一书。

(二) 引文来源有多名责任者

引文来源有两名责任者,需要将两名责任者的姓氏都在括号夹注内列出,并用 and 连接。例如:

Many of the articles in *Research on Composing* advocate further exploration of the motivation for writing (Cooper & Odell, 1978).

在这个例子中,Cooper 和 Odell 是 *Research on Composing* 一书的两位编者的姓氏,依据原书的排名顺序并列于括号夹注内,在引用文献中检索时首先按照第一责任者 Cooper 的字母顺序查找,Cooper, C. R., & Odell, L. (1978). *Research on Composing: Points of Departure*. Urbana, IL: NCTE.

若是正文中出现了责任者姓氏和文献题名,则紧跟其后的括号夹注中只需标注出版年:

Slade's revision of *Form and Style* (2000) incorporate changes made in the 1995 edition of the *MLA Handbook*.

引文来源如果有三位责任者至五位责任者,应该将责任者姓氏依据本来的排名顺序并列于括号夹注中,并用逗号分隔,在最后一位责任者的姓氏前要使用"&",然后加上出版年。第二次引用时只需在夹注中注明第一位责任者的姓氏,加上"et al."以及出版年即可。

例如 *Gender in Irish Society* (Galway: Galway University Press, 1987)一书共有三名编者:Chris Curtin、Pauline Jackson 和 Barbara O'Connor。如果引用该书,正文中又未列出编者姓氏,则应在引文后加上括号夹注:(Curtin, Jackson & O'Connor, 1987)。在不以全书为所指时,还要将引文的具体页码列在后面。第二次引用时标注为:(Curtin et al., 1987)

引文来源如果有六位或六位以上的责任者,只列出第一责任者的姓氏,其后加注"et al."和出版年。例如:(Gerrard et al., 2005)

(三) 因为责任者姓氏是 APA 格式引用文献的检索依据,所以如果出现多名责任者姓氏相同的情况,需要进行特别处理

姓氏相同的责任者,如果他们的名字(first name)首字母不同,在引文括号夹注内,将名字的首字母加在姓氏前予以区别。比如某处论述引用了以下两条文献:

Clark, M. (1978). Melville's *Typee*: Fact, Fiction, and Esthetics. *Arizona Quarterly*, 34, 351-370.

Clark, R. (1984). *History, Ideology & Myth in American Fiction, 1823-1852*. London, UK: The Macmillan Press.

这两份文献的作者姓氏同为 Clark,但他们名字的首字母不同,在正文中引用这两份文献时,括号夹注内除了列明他们的姓氏之外,还要在前面加上名字的首字母,如:(M. Clark, 1978, p.75; R. Clark, 1984, p.67)

如果碰巧这两位责任者不仅姓氏一样,名字的首字母也一样,那么在括号夹注内就必须写上他们的全名。比如某处引用了以下两种文献:

Kiberd, D. (Ed.). (1997). *Media in Ireland: The Search for Diversity*. Dublin, Ireland: Open Air.

Kiberd, D. (1997). *Inventing Ireland*. Cambridge, MA: Harvard University Press.

正文中引用这两份文献时,括号夹注的格式为:(Damien Kiberd 1997; Declan Kiberd 1997)。

与 MLA 格式规定略有不同,APA 格式规定如"Jr.,""III,"这样的后缀不出现在正文的括号夹注中,但参考文献列表中必须包括。

(四) 引文来源的责任者为集体作者

引用集体作者(通常为某机构)编辑或撰写的文献时,需要将其机构名称放在引文括

号夹注内责任者姓氏的位置,如果机构名称很长,则可在第一次引用时在全称后用方括号注明该机构的简称,第二次引用时用简称替代。例如,某著作中第一次引用《美国自然历史博物馆年度报告》时,引文格式为:

The annual report revealed substantial progress in fundraising (American Museum of Natural History [AMNH], 2000)

文中第二次引用该报告时,引文的括号夹注则只用缩写:(AMNH, 2000)。

(五)两篇或多篇引用文献的责任者为同一人且出版年为同一年

如果引用了同一个人在同一年中的多篇文献,那么必须在参考文献列表中用小写字母(a, b, c)对这些文献进行排序,文中括号夹注中需注明出版年加小写字母。例如,某学术著作引用了John Wenke撰写的两篇论文和一部专著:

1. Wenke, J. (1982a). Melville's *Mardi* and the Isles of Man. *ATQ: The American Transcendental Quarterly*, 53, 25–41.

2. Wenke, J. (1982b). Melville's *Mardi*: Narrative Self-Fashioning and the Play of Possibility. *Texas Studies in Literature and Language*, 31(3), 406–425.

3. Wenke, J. (1982c). *Melville's Muse: Literary Creation and Forms of Philosophical Fiction*. Kent, Ohio: Kent State University Press.

正文对上述文献进行引用时括号夹注的标注方式为:

He was then thrillingly stirred by the possibilities for social reforms as well as self-fashioning (Wenke, 1982a).

(六)一段引文当中综合了出自多种文献的文字、观点等

如果需要在一个括号夹注内列明引文内容的多个出处,须按照参考文献列表中引用文献的排列顺序,将责任者的姓氏和出版年分别列出,并用分号隔开。比如某一段引文的内容分别出自以下三种文献:

Shaughnessy, M. P. (1976). Diving in: An Introduction to Basic Writing. *College Composition and Communication*, 27(3), 234–239.

Shaughnessy, M. P. (1977). *Errors and Expectations: A Guide for the Teacher of Basic Writing*. Oxford, UK: Oxford University Press.

Brooks, C., & Warren, R. P. (1979). *Understanding Fiction*. London, UK: Longman.

如果作者姓氏在正文中都未被提及,则括号夹注的格式应为:

(Shaughnessy, 1976, 1977; Brooks & Warren, 1979)

(七)引文来源为多卷本著作

在引用多卷本著作时,正文的括号夹注内只需注明作者姓氏和出版年,参考文献列

表中需注明卷数。例如：

The cognitive development of the characters in Karlin's class illustrates the validity of this new method of testing (Wilson & Fraser, 1988 – 1990).

Wilson, J. G., & Fraser, F. (Eds.). (1998 – 1990). *Handbook of Wizards* (Vols. 1 -4). New York, NY: Plenum Press.

（八）转引内容的标记方法

按照 APA 格式规定,在括号夹注内标记转引的方法是在责任者姓氏的前面 as cited in,再加出版年和页码,如：

This territorial stretch of a young nation, as John Quincy Adams has observed, "appears to be *destined by Divine Providence* to be peopled by *one nation*, speaking one language" (as cited in Horsman, 1981, p.87).

此例中,引文的最初来源为 John Quincy Adams,但实则是通过参考 Reginald Horsman 的著作转引而来,因此括号夹注内标明责任者姓氏为 Horsman,并做了转印标记,其对应的引用文献信息如下：

Horsman, R. (1981). *Race and Manifest Destiny: The Origins of American Racial Anglo-Saxonism*. Cambridge, MA: Harvard University Press.

（九）引用经典作品的夹注规范

第六版的《APA 手册》规定,引用作品是"古希腊罗马著作或经典宗教作品"时,只需要在正文中用括号夹注进行标注,不需要在参考文献列表中列出,因为这些作品已广为人知。第一次对这类作品做括号夹注时,无论是泛指、直接引用还是释义性引用都须标注引用版本信息,再次引用时无须重复版本名称。当直接引用或释义性引用经典作品中某一部分的内容,须提供原著作者姓氏,出版年,卷、篇、行的信息(注意：不是页码信息)。例如：

引用出版年未知的古希腊作品时,标注原著作者和翻译年份（Homer, trans. 1990）。

All the critics referred to the Bible (King James Version) when they argued that…

The Bible enumerates these virtues: "And now these three remain: faith, hope and love. But the greatest of these is love" (1 Cor. 13:1 New International Version).

（十）引用只有标题而没有责任者的文献

如果引用的文献没有责任者或者责任者不可考,则在正文中引用作品名括号夹注中标注出版年,或在括号夹注中标注作品名和时间,括号夹注内的作品名称可以简化,即引用一到两个单词。书名需斜体,文章、章节和网页名用引号。例如：

Due to air pollution, Egypt plans to move the statue of Ramses Ⅱ from the main railroad station in Cairo to the west bank of the Nile ("Ancient Pharaoh Statue," 2000).

二、括号夹注的位置

如正文中出现了作者名则首先在作者名后用括号夹注标注出版年,再在引用文字后用括号夹注标注页码;如正文中没有出现作者名,则在引文后用括号夹注标注作者姓氏和出版年。一般情况下,括号夹注置于文字内容之后、标点符号之前。这里所说的标点是指逗号、分号、句号、问号、感叹号等分隔意群的符号,如果引文须使用引号,则将括号夹注置于引号之外。例如:

This future empire was rather to bethe natural consumption of what O'Sullivan called the "destiny to over-spread the whole North American continent with an immense democratic population" (Usher,1998,p.301).

又如:

"Men and Women have different assumptions about the place of talk in relationship," according to Tannen (1995,p.85).

如果在一句话当中,既有引文又有作者自己的观点,为区分二者之不同,括号夹注可以置于文字内容中间,但应紧跟引文,不打断相对完整的分句或意群。例如:

To perceive the narrator as "a furtive voyeur peeping at the lives of the natives" (Quinby,1995,p.54) is quite partial or even misleading.

此例中,主语从句是作者引用 Lee Quinby 的观点,属于引文部分,表语之后的部分则是作者对引文的评论,如果将括号夹注置于句末,就会造成混淆,误将作者的评论当作引文中的观点,因此将括号夹注置于主语从句之后、表语之前。

如果引文使用省略号表示此处有节选,应将括号夹注置于省略号之后。例如:

These radical expansionists were held by the conviction that "their ancestors were a chosen people divinely appointed to occupy the largely vacant lands of the New World... and that this mission manifested itself in the unfolding of providential history since the Protestant Reformation and discovery of America" (Sanford,1974,p.2).

三、引用文献列表

APA 格式的参考文献(References)通常作为学术作品的最后部分附在文末或书末,和正文中的括号夹注有对应关系,即括号夹注中涉及的引文来源都应能在这个列表中找到,而且列表中不应包括任何正文中没有使用或提及的文献,基本格式为姓氏加出版年份。这个列表提供引文来源的完整信息。

引用文献列表中各条目须按照字母顺序排列,排列依据是责任者的姓氏(surname),如果文献的责任者是机构,则以机构名称的第一个单词为依据,冠词 a/an/the 应排除在外。对于无法确定责任者的文献,如报纸上未署名的文章,以文献标题的第一个单词为依据,同样应将冠词排除。如果原文献的作者为"Anonymous",需在正文的括号夹注中标注,如(Anonymous,1998)。

同一文献有两名或两名以上责任者的,在排序时均以第一作者的姓氏为依据,无论各责任者是否按照字母顺序排列。须注意,APA 格式与 MLA 格式对责任者姓、名的排列顺序有不同要求。在 MLA 格式中,第一位责任者的姓氏在前,名字在后,第二位责任者及第三位责任者都是名字在前、姓氏在后;在 APA 格式中,所有责任者都是姓氏在前、名字的首字母在后。

对于译著和编著,在选择供排序使用的责任者姓氏时须依据引文的意图加以甄别。如果引文意在体现译者的语言加工,或是编者的观点和心裁,则应将译者和编者作为文献的责任者置于条目首位,按其姓氏排在列表相应位置。如果意在援引原文内容或文集中特定篇章的观点,则应将原作者视为责任者排在条目首位,而将译者或编者的姓名置于文献标题之后。

与 MLA 格式的引用文献列表相似,APA 的参考文献列表也不对文献进行归类,所有体裁和类型的文献混编在一起,全部按字母顺序排列。下面针对专著、译著、编著、文章、电子文献等不同类型文献在列表中的格式进行举例说明。

(一)书籍条目的格式

如果引用文献是印刷书籍,那么它在列表中的条目主要由下列部分构成:责任者姓名、出版年、书名(书名中只有第一个单词的首字母、专有名词、缩略词须大写)和出版商信息(如果是美国的出版商,须标注城市和州名缩写;其他国家的出版商,标注城市名和国家名),每部分之间用句号分隔,句号后空一格。在 APA 格式中 "University" 和 "Press" 不缩写。基本格式如下:

Last name, the initials of the first and middle name. (Year of Publication). *Title of Book*. City of Publication, State: Publisher.

1. 一位著者或编者

Spengemann, W. (1977). *The Adventurous Muse: The Poetics of American Fiction*, 1789 – 1900. New Haven, CT: Yale University Press.

Quinby, L. (Ed.). (1995). *Genealogy and Literature*. Minneapolis, MN: University of Minnesota Press.

同一位著者的不同作品

Banville, J. (1998a). *Ghosts*. London, UK: Picador.

Banville, J. (1998b). *The Untouchable*. London, UK: Picador.

Banville, J. (1999). *The Newton Letter*. London, UK: Picador.

2. 两位著者或编者

Brooks, C., & Robert W. P. (1979). *Understanding Fiction*. London, UK: Longman.

Leonard, W. R., & Crawford, M. H. (Eds.). (2002). *Human Biology of Pastoral Populations*. Cambridge, NY: Cambridge University Press.

3. 三位至七位著者或编者(列出每一位责任者的姓氏和名字首字母)

Rabkin, S. E., Greenberg, M. H., & Olander, D. J. (Eds.). (1983). *No Place Else：Explorations in Utopian and Dystopian Fiction*. Carbondale, IL：Southern Illinois University Press.

McPherson, W., Lehmann, S., Likeness, C., & Pankake, M. (1987). *English and American Literature：Sources and Strategies for Collection Development*. Chicago, IL：ALA.

4. 八位及八位以上的著者或编者(列出前六位责任者的姓氏和名字,加上省略号,再加上最后一位责任者的姓氏和名字首字母)

McPherson, W., Lehmann, S., Likeness, C., Miller, F. H., Choi, M. J., Angeli, L. L.,... Pankake, M. (1987). *English and American Literature：Sources and Strategies for Collection Development*. Chicago, IL：ALA.

5. 作者未知的书籍

Encyclopedia of California. (1993). New York, NY：Somerset.

6. 编著中的章节或文章(编者姓名按先名后姓的顺序标注,章节或文章的起止页码标注在书名之后的圆括号内)

Hayford, H. (1978). Unnecessary Duplicates：A Key to the Writings of *Moby-Dick*. In F. Pullin (Ed.), *New Perspectives on Melville* (pp. 100–123). Kent, OH：Kent State University Press.

7. 由译者翻译的书(译者姓名以先名后姓的方式放在标题后的圆括号中;出版商信息后需用圆括号标注原作出版日期)

Foucault, M. (1988). *Madness and Civilization：A History of Insanity in the Age of Reason* (R. Howard, Trans.). New York, NY：Vintage-Random House. (Original work published 1961)

8. 多卷本的书

Churchill, S. W. (1956–1958). *A History of the English-Speaking Peoples* (Vols. 1–4). New York, NY：Dodd.

9. 政府出版物(MLA 格式需在政府机构名前标注国名,APA 不用标注国名)

Ministry of Agriculture, Fisheries, and Food. (1993). *National Food Survey*. London, UK：HMSO.

10. 未出版的学位论文

Yang, C. J. (1998). *Herman Melville and Imperialism* (Unpublished Doctoral Dissertation). Nanjing University, Nanjing, China.

11. 书中的前言或后记等

Howard, M. (1981). Foreword. In V. Woolf, *Mrs. Dalloway* (pp. vii–xiv). New York, NY：Harvest-Harcourt.

(二) 文章条目的格式

如果引用文献是一篇文章，那么它在列表中的条目主要下列部分构成：责任者姓名、出版年、文章题目和报刊或书籍版权信息（报刊名称，卷期号，文章起止页码或书名，文章起止页码，出版地，出版商），基本格式如下：

Last name, the initials of the first and middle name. (Year). Title of article. *Title of Periodical*, *volume number* (issue number), pages.

Last name, the initials of the first and middle name. (Year). Title of article. In A. Editor & B. Editor (Eds.), *Title of book* (pages of artical). City of Publication, State: Publisher.

1. 杂志文章

Poniewozik, J. (2000, November 20). TV Makes a Too-Close Call. *Time*, 120, 70-71.

2. 报纸文章

Banville, J. (2009, May 23). A Century of Looking the Other Way. *New York Times*, A21.

3. 学术刊物文章

Shaughnessy, P. M. (1976). Diving in: An Introduction to Basic Writing. *College Composition and Communication*, 27 (3), 234-239.

4. 作者未知的文章

Dubious Venture. (1994, January 3). *Time*, 130, 64-65.

5. 访谈

APA格式要求在正文中用圆括号夹注标注私人交流的信息，如访谈、邮件、书信等，参考文献中无需列出此类条目，正文夹注中私人交流信息的标注格式为（交流者名姓，personal communication，交流日期），如 J. Banville, Personal Communication, December 23, 1999)。

6. 书评

Eagleton, T. (2003, January 25). Another Country [Review of the book *Star of the Sea*, by J. O'Connor]. *Guardian*, 20, 2.

(三) 电子出版物条目的格式

引用文献是电子出版物，那么它在列表中的条目主要由以下部分构成：责任者姓名、出版时间、文章/网站/项目/书籍的题目、卷期号等、URL地址。与MLA格式不同，APA格式要求标注URL地址，基本格式如下：

Last name, the initials of the first and middle name., (Date of publication). Title of work. *Title of Publication*, *Volume* (Issue), page range. Retrieved from URL.

由于URL地址经常变化，APA建议在参考文献中使用DOI(Digital Object Identifier)代替URL地址。自2011年8月开始DOI的标注形式发生了变化,根据第6版《手册》的规定,参考文献列表中标注的是引用文献自带的DOI。

1. 电子期刊中的文章(有DOI)

Mallory, G. A. (2010, November/December). Professional Nursing Societies and Evidence-Based Practice: Strategies to Cross the Quality Chasm [Special issue]. *Nursing Outlook*, 58(6), 279-286. doi:10.1016/j.outlook.2010.06.005

Wooldridge, M.B., & Shapka, J. (2012). Playing with Technology: Mother-Toddler Interaction Scores Lower During Play with Electronic Toys. *Journal of Applied Developmental Psychology*, 33(5), 211-218. http://dx.doi.org/10.1016/j.appdev.2012.05.005

2. 电子期刊中的文章(无DOI,需标注期刊的首页)

Benneth, C. C. (2001). A Buddhist Response to the Nature of Human Obligations. *Journal of Buddhist Ethics*, 12. Retrieved from http://www.cac.psu.edu/jbe/three-cont.html

3. 学术刊物数据库中的文章(如ProQuest)

Picon, J. F. (2016). Bakhtin and Nabokov: The Dialogue that Never Was. (Doctoral dissertation).

4. 百科全书中的文章(如无出版日期则用n.d.标注)

Diabetes Mellitus. (n.d.). In *Encyclopaedia Britannica Online*. Retrieved from http://www.britannica.com/EBchecked/topic/123456/diabetesmellitus

5. 网站上的文章

Cespedes, A. (2015, April 26). How to Make Pizza from Scratch. *eHow*. Retrieved from http://www.ehow.com

6. 网上报刊文章

Eagleton, T. (2003, January 25). Another country. [Review of the book *Star of the sea*]. *Guardian*. Retrieved from http://www.theguardian.com/books/2003/jan/25/featuresreviews.guardianreview12

7. 网上电子书

如果该书既有电子版又有印刷版,需在作者姓名后用圆括号标注印刷版的出版时间;如果该书不能从网上直接下载,必须购买,使用"Available from"加上相应网址;如果只能从网上下载,很难找到印刷版,则使用"Retrieved from"加上相应网址。

Joyce, J. (1922). *Ulysses*. Retrieved from http://www.gutenberg.org/files/4300/4300-h/4300-h.htm

Davis, J. (n.d.). *Familiar Birdsongs of the Northwest*. Available from http://www.powells.com/book/familiar-bird-songs-of-the-northwest-9780931686108

Deledda, G. (n.d.). *The Mother*. Retrieved from http://digital.library.upenn.edu/

women/deledda/mother/mother.html

5.3.3 内嵌式引文

内嵌式引文是指除了诗歌、戏剧对白或韵文等对格式有特殊要求的文体之外的散文（prose），引用篇幅不超过四行，在当前行文中无须特殊强调的引文。一般来说，这样的引文用引号标注，直接嵌入当前行文。比如：

"It was the best of times, it was the worst of times," wrote Charles Dickens about the eighteenth century.

内嵌式引文可以是引用完整句子或句子的片段，也可以放在当前行文的句首、句中或句末。比如：

For Charles Dickens the eighteenth century was both "the best of times" and "the worst of times."

如果需要省略引文的部分内容，则务必注意既不损害原文意思，又不影响当前行文的语法规范。当省略部分处于引文中部时，用省略号或者前后以空格隔开的三个英文句号替代引文的省略部分，提示读者这里和原文有所变动，比如：

"The North Pacific is ... already the seat of a great commerce：British, French, American, Russian, and ships of all nations, frequent it."

当引文的省略部分恰好是当前行文的句末，那么用四个由空格隔开的英文句号替代省略部分。比如：

I noticed that the North Pacific "is a rich sea, and is already the seat of a great commerce：British, French, American, Russian, and ships of all nations...."

5.3.4 独立式引文

MLA 格式规定，直接引用原文且内容相对独立，同时字数又较多（通常指超过四行）的引文，会以缩进格式单独成段，此时引文内容不加引号，括号夹注置于全段末尾标点之后，前面须以空格分开，后面不加标点。例如：

> The North Pacific is a rich sea, and is already the seat of a great commerce：British, French, American, Russian, and ships of all nations, frequent it. Our whaling ships cover it：our ships of war go there to protect our interests. ... Futurity will develop an immense, and various, commerce on the sea, of which the far greater part will be American. ... It would seem that the White race alone received the divine command, to subdue and replenish the earth! For it is the only race that has obeyed it — the only one that hunts out new and distant lands, and even a New

World, to subdue and replenish. (Sanford 43 - 45)

APA 格式规定,直接引用原文且内容相对独立,同时字数又较多(通常指超过四行)的引文,会以缩进格式(要求距离左边界 0.5 英寸)单独成段,此时引文内容不加引号,括号夹注置于全段末尾标点之后,前面须以空格分开,后面不加标点。例如:

In his discussion of American manifest destiny and imperialism question, Sanford (1974) has pointed out,

  The North Pacific is a rich sea, and is already the seat of a great commerce: British, French, American, Russian, and ships of all nations, frequent it. Our whaling ships cover it: our ships of war go there to protect our interests. ... Futurity will develop an immense, and various, commerce on the sea, of which the far greater part will be American. ... It would seem that the White race alone received the divine command, to subdue and replenish the earth! For it is the only race that has obeyed it — the only one that hunts out new and distant lands, and even a New World, to subdue and replenish. (pp.43 - 45)

5.3.5 转化式引文

转化式引文是指引文并非直接引用原文,而是对原文加以释义和概括,用当前作者的语言进行表述。有时,出于当前行文的语法、标点或篇幅的限制,无法直接引用原文,用释义式转化引文则能避免碎片化引用的问题。

MLA 格式规定,转化式引文无须加引号,在引文后加圆括号,括号内列出引文原创者的姓氏(surname)和引文在原著中位置(页码)这两点信息,用空格分开,不使用标点符号。例如:

From the very beginning, these narrators had at least one or two of the central goals: scientific, to discover and analyze the geographical and cultural conditions of unknown areas and peoples; religious, to Christianize and civilize those peoples; commercial, to develop trade with them; and millennial, to find the earthly paradise (Spengemann 15).

Spengemann 是原创者的姓氏,按照字母顺序索引,可以在书后列出的引用文献(Works Cited)中找到此处引文的来源:

Spengemann, William. *The Adventurous Muse: The Poetics of American Fiction*, 1789 - 1900. New Haven: Yale UP, 1977. Print.

读者由此可知,这段引文出自耶鲁大学出版社 1977 年出版的专著 *The Adventurous Muse: The Poetics of American Fiction*, 1789 - 1900,详见该书第 15 页,原作者为 William Spengemann。在这个例子当中,引文后附加的括号通过给出原创者姓氏和引文所在页码这两点信息,使读者可以结合引用文献列表,清楚地定位引文来源,又不含任何多余的内容,符合 MLA 格式"足够并至简"的要求。

APA 格式规定,引文并非直接引用原文,而是对原文加以释义和概括,引文内容不加引号,夹注中的页码也可以省略。例如:

From the very beginning, these narrators had at least one or two of the central goals: scientific, to discover and analyze the geographical and cultural conditions of unknown areas and peoples; religious, to Christianize and civilize those peoples; commercial, to develop trade with them; and millennial, to find the earthly paradise (Spengemann, 1977, p. 15).

这个例子中的 Spengemann 是原创者的姓氏,按照字母顺序索引,可以在书后列出的参考文献中找到此处引文的来源:

Spengemann, W. (1977). *The Adventurous Muse: The Poetics of American Fiction*, 1789–1900. New Haven, CT: Yale University Press.

第 6 章
外国语言文学研究的理论方法

6.1 基本概念

理论方法是开展任何科学研究的必要前提,人文社会科学研究尤为如此。作为人文社科研究的重要阵地,外国语言文学研究有悠久的研究历史和丰厚的研究传统,而理论视角和研究方法一直以显性或隐性的形态存在于研究的过程中。厘清理论产生的学科背景及其话语体系对于外国语言文学研究有重要价值。

6.1.1 现象分析与理论诉求

作为民族文化的主要载体,语言文学是一国民族文化的集大成者,集中体现了该国民族文化的特征和本色。由于民族文化的独特性,对异文化的引介与传播能够丰富和补充本民族的文化内涵,实现"兼收并蓄"、"酌盈剂虚"的文化交流目标。虽然中华民族有着上下五千年的悠久历史和"纵横九万里"的文化传统,对外国文化的好奇与渴求从未中断。从古代的胡服骑射到近代的戊戌变法,历史的长河中不乏引介外来文化以图发展的浪潮。在全球化、信息化全面发展的今天,对外来文化的吸收与借鉴已经成为历史的必然。由于语言文学在民族文化中占据核心位置,外国语言文学研究便成为我国引介及传播外国文化的主要途径与渠道之一。

众所周知,文化交流,语言先行,语言相通是文化交流的必要条件。外国语言文学研究旨在通过对外国的语言体系、文学流派、作家作品进行研究,深入了解异国文化,取其精华、去其糟粕,与中国传统文化形成对照与互补,促进我国文学、文化的丰富与发展,为我国参与全球化语境之下世界各国的对话争取更多的话语权。

6.1.2 外国文学研究的理论体系

我国的外国文学研究肇始于 19 世纪末、20 世纪初。当时的中国内外交困,中华民族处于生死存亡的危急关头,一些进步知识分子将目光投向西方,试图借鉴他国的发展经验来破解当前的民族危机,由此形成了中国近代史上的第二次"西学东渐"。①此后一百多年来,随着外国文学作品的不断引入,我国的外国文学研究具备了一定的规模和深度,外国文学研究形成了有别于其他学科的独特理论体系。

从学科的角度来界定,外国文学研究属于文学研究的范畴,研究对象包括外国作家作品、外国文学史、外国文学思潮与流派以及外国文学理论和批评等领域。中华人民共和国成立前,我国的外国文学研究主要以作品译介的形态存在,这些译作的前言、后记也便成为我国早期外国文学评论的雏形。在西方,当代意义上的文学研究理论兴起于20世纪初,这些理论在改革开放后逐渐被我国外语界吸收采纳,成为外语研究的理论工具。诚如乔纳森·卡勒(Jonathan Culler)所言,文学理论"融哲学、语言学、历史、政治学、心理分析为一体"②,内涵丰富,源头庞杂,很难进行系统性的归类、总结。然而,通常意义上,外国文学研究的理论体系是对外国文学作家、文本、读者以及相关社会文化现象进行阐释解读的理论总和。

从历史的眼光来看,外国文学研究的理论体系经历了以作家、作品为核心向以读者、社会文化为核心的自内而外的转向,具体体现为20世纪初的语言学转向和20世纪70年代之后的政治、文化以及空间转向。语言学作为专门的学科领域确立于20世纪初期,与此同时,在外国文学研究领域也出现了聚焦作品语言结构特征的文学研究理论。源起于俄国的形式主义批评(Russian Formalism)和风行欧美的新批评(New Criticism)都是文学研究领域语言学转向的风向标。随着语言学研究的发展,以索绪尔(Ferdinand de Saussure)为首的结构主义语言学派(Structural Linguistics)逐渐成为本领域的主潮,出现了列维·施特劳斯(Claude Levi-Strauss)、罗兰·巴特、雅克·拉康等从结构主义角度(Structuralism)对文学文本进行研究的理论家,他们从神话原型、文本符号或者心理分析等方面揭示研究对象内在的联系或结构迁移。然而,随着解构主义思潮的蔓延,越来越多的学者开始质疑结构先在的合理性,一股后结构主义(Post-Structuralism)或解构主义(Deconstruction)的浪潮奔涌而来。解构主义从结构的内部不稳定性入手,和20世纪60年代欧美的反主流、反正统文化大背景相呼应,在学术界引发了种种颠覆性反思,促成了70年代起各种"后"理论的诞生,文学的政治、文化阐释以及对文本空间性的关注在后殖民主义研究、新历史主义研究以及性别研究中得以突显,蔚为大观,一直延续到21世纪。作为这一文化转向的后延,各种跨学科研究在新世纪的外国文学研究领域勃兴,出现了生态批评、文学地理学(Literary Geography)、数字人文(Digital Humanities)、医学人文(Medical Humanities)、空间人文(Spatial Humanities)等交叉研究,极大地丰富了外国文学研究的内涵。

过去的一个世纪,外国文学研究的理论空前繁荣,我国学者也借助这些理论进行学

---

① "西学东渐"通常指在明末清初以及晚清民初两个时期欧美自然科学和人文学术等文化向中国传播的历史过程。
② Culler, Jonathan. *Literary Theory: A Very Short Introduction*. Oxford: Oxford University Press, 2000: 18.

术研究,产生了丰硕的研究成果。然而,有学者指出,这些文学理论大多肇始于欧美文学圈,鲜有我国学者原创性的文学研究理论,我国本土原生文学研究理论不够丰富。或许,如何在外国文学研究领域发出中国之声,这是我国学者应该思考的问题。

6.1.3 外国语言学研究的理论体系

对语言的系统研究在中西方都有悠久的历史。中国古代出现了训诂学、文字学、音韵学等语言研究体系,作为传统经学的一部分,产生了《尔雅》、《说文解字》等经典研究著作。国外系统的语言研究可以追溯到古印度和古希腊的语法学,其中古印度语法学家帕尼尼(Pāṇini)在公元前6世纪系统描述了梵语的语法。①

现代语言学肇始于20世纪初索绪尔的《普通语言学》,此后现代语言研究蓬勃发展,语言学理论多若繁星。关于语言学理论,可以根据不同的视角进行分类。从语言的性质和功能维度看,可分为"理论语言学"和"应用语言学";从研究对象维度看,可分为"普通语言学"和"个别语言学"(又称"专语语言学")。理论语言学包括语音、音系、形态、句法、语义和语用的内容,是语言学的主体和基础部分。外国语言学既可以是多个"个别语言学"的总称,相当于"外语语言学",也可以是根据地理位置划分语言研究的结果。② 除了上述分类,外国语言学也可以根据学术主张和理论渊源,分为不同的研究学派。此处的语言学理论体系介绍,将按照西方语言学的各个学派或流派简述语言学中的基本观点。

在经历了语法、语文学(philology)和比较语文学(comparative philology)三个阶段后,出现了以索绪尔为代表的结构主义语言学,拉开了现代语言学研究的帷幕。语言学中的结构主义认为,语言是一个完整独立自足的系统(a self-contained relational structure),具有分层次的形式结构;通过研究语言的各成分在文本或语篇中的分布和对比,从而获知各成分的功能和价值。索绪尔提出了几组极为重要的概念:语言符号的能指(signifier)与所指(signified);语言符号之间的横向组合(syntagmatic)关系与纵向聚合(paradigmatic)关系;共时语言学(synchronic linguistics)与历时语言学(diachronic linguistics)的区别和联系。③ 以上概念反映了索绪尔对很多问题二元关系的辩证思考,可概括为系统中的对立(opposition within the system)。④ 语言成分在系统中的相互关联和对立关系,是决定语言成分价值的本质要素,这个思想既是以结构主义为基础的现代语言学的理论核心,也是语言分析方法的核心。

继索绪尔之后,20世纪20至30年代同时出现了三派结构主义语言学:布拉格学派、哥本哈根学派和美国的结构主义。布拉格学派继承并发展了索绪尔的语言学理论,将结构主义与功能主义相结合,提出结构—功能语言观。其基本观点是:1. 在重视历时语言

---

① Rens. Bod. *A New History of the Humanities: The Search for Principles and Patterns from Antiquity to the Present*. Oxford: Oxford University Press, 2014.
② 黄国文:《关于"外国语言学及应用语言学的思考"》,《外语与外语教学》2007年第4期,第4—7页。
③ Saussure, F. *Course in General Linguistics*. Beijing: Beijing Foreign Language Teaching and Research Press, 2001.
④ 陈平:《系统中的对立——谈现代语言学的理论基础》,《当代修辞学》2015年第2期,第1—11页。

研究的同时,强调共时语言研究的重要地位。2. 强调语言的系统性,不能孤立分析语言成分,而要分析语言成分与其他成分的关系。3. 语言作为一种工具,行使了许多功能,特别是交际功能。4. 要研究分析实现各种功能的语体,因为各种表达手段都适用于不同的交际需要。① 布拉格学派的突出贡献是音位对立,区分了语音学和音位学。他们还对句子功能展示成分(Functional Sentence Perspective)进行分析,用话语包含的信息来分析话语或文句。②

哥本哈根学派的代表人物是叶尔姆斯列夫,其理论被称为语符学(glossematics)。主要观点涉及以下四点:1. 语言的本质:语言是取之不竭用之不尽的资源。语言学要研究语言本身,不是把语言当作一种非语言现象的聚合,而是独立成套的自足体系。2. 语言学理论与人文主义:根据语言的符号逻辑理论,语言学理论要发现一种常量(constant),使之投射于现实。3. 语言学理论与实证主义:语言学理论要经受实验数据检验。4. 语言学理论的目的:提供一个描述程序,以便能够前后一致、详尽无遗地描写语言事实,全面认识语言事实。③

美国的描写主义和结构主义语言学有三大特点:1. 实用性,研究主要为了解决当时的实际问题;2. 科学性,用一套严格完整的调查分析方法准确记录各种语言;3. 强调语言之间的巨大差异,其代表人物有博厄斯(Franz Boas)、萨丕尔和布龙菲尔德。博厄斯提出文化相对论,并论述了描写语言学的框架,认为这种描写分三部分:语言的语音;语言表达的语义范畴;表达语义的语法组合过程。萨丕尔在《论语言》中,深刻阐述了语言与民族和思维的关系,成为他的语言理论的重要组成部分。由此发展而成的萨丕尔—沃尔夫假说(Sapir-Whorf Hypothesis)或"语言相对论"认为,语言形式决定某个文化群体成员的行为和思维习惯。布龙菲尔德把行为主义心理学应用于语言研究,用刺激—反应论来解释语言的产生和理解过程。④

继结构主义语言学之后,影响力最大且深远的语言学理论流派当属转换生成语言学。自20世纪50年代转换生成语言学诞生以来,已历经了五个发展阶段:1. 古典理论或第一语言模式时期;2. 标准理论时期;3. 扩展的标准理论时期;4. 管辖与约束时期;5. 最简方案时期。其创始人乔姆斯基(Noam Chomsky)认为,语言是某种天赋,儿童天生具有一种学习语言的能力,即"语言获得机制"(Language Acquisition Device)。构成人类语言知识的是心智器官中的一个系统,即"语言机能"(language faculty),其中最重要的是递归能力(recursion)。⑤ 乔姆斯基区分了普遍语法(universal grammar)和个别语法(particular grammar)。普遍语法是构成语言学习者"初始状态"的一组特性、条件和其他东西,所以是语言知识发展的基础。个别语法指接触语言素材的孩子内化了的语法规

---

① 刘润清:《西方语言学流派》,北京:外语教学与研究出版社,2013年,第114—116页。
② 胡壮麟:《语言学教程》(第四版),北京:北京大学出版社,2013年,第278—283页。
③ 封宗信:《现代语言学流派概论》,北京:北京大学出版社,2007年,第34—39页。
④ 刘润清:《西方语言学流派》,北京:外语教学与研究出版社,2013年,第156—193页。
⑤ Hauser M. D., N. Chomsky and W. T. Fitch. "The Faculty of Language: What is it, Who Has It, and How Did It Evolve?" *Science* Ⅰ, 2002 (298): 1569-1579.

则,是下意识的语言知识,乔姆斯基称作"语言能力"(competence),与"语言运用"(performance)相对。生成语法是一套用来给句子进行结构描写的、定义明确、程序严格的规则系统。任何一种语言的说话者都掌握并且内化了一种有生成能力的语法,这套语法能够表达他的语言知识。①

虽然转换生成语法有很强的影响力,但是格语法(Case Grammar)和生成语义学(Generative Grammar)等理论对它提出质疑和挑战。费尔莫(Fillmore)提出格语法,强调句子中成分的语义关系。格语法的中心是动词,每个动词都可支配一定的格,如施事格、工具格、与格、客体格、方位格、结果格等。生成语义学认为所有句子都是从语义结构上生成的。语义结构往往以一种与哲学上的逻辑命题相类似的形式表达出来。他们抛弃了深层结构,认为句子的生成是从语义表达到表层结构的直接转换映射。

此外,语言学理论界影响巨大的还有伦敦语言学派。该学派注意到语言出现的情景语境,偏重从社会学层面研究语言。马林诺夫斯基(Bronislaw Malinowski)强调"语言环境"和"意义是情境中的功能"这两个概念。基于索绪尔和马林诺夫斯基的观点,弗斯(John Rupert Firth)把语言看作社会过程,是人类社会生活的一种方式,而非仅仅是一套约定俗成的符号和信号。语言有两个组成部分:系统和结构。结构是语言成分的组合性排列(syntagmatic ordering of elements),是横向的;系统是一组聚合性单位(a set of paradigmatic units),是纵向的。在意义的研究上,采用社会学方法。意义分析在四个层次上展开,即语音层次、词汇层次、语法层次和语言环境层次。弗斯还提出韵律分析法,即韵律音位学(prosodic phonology)。韩礼德(Michael Halliday)继承了弗斯提出的"情景语境"和"系统"概念两条原则,发展出系统—功能语言学。在系统语法中,语言被视为由许多系统组成的系统(a system of systems),大系统包含小系统,小系统包含更小的系统。在功能语法中,韩礼德总结了语言的三大功能:概念功能、人际功能和语篇功能。②

近年来兴起的认知语言学是语言学研究的新范式,是多种语言学理论的统称。其基本假设是:1. 语言是认知的主要部分;2. 语言是关于语义的;3. 语义是概念化的结果;4. 语法知识来源于语言使用;5. 通过了解心智去研究语言将会有洞察力,无论研究是来自实验、内省还是常识性的观察。相关理论包括范畴化与原型理论、概念隐喻理论、认知语义学、认知语法和构式语法等。③

6.1.4 应用语言学研究的理论体系

应用语言学的界定有广义和狭义之分,广义的应用语言学指应用语言学理论解决与语言相关的实际问题,也指语言应用方面的专门研究。狭义的应用语言学聚焦于语言教学与语言习得。广义和狭义的应用语言学都具有多学科性的基础,包括了一系列的边缘

---

① 封宗信:《现代语言学流派概论》,北京:北京大学出版社,2007年,第133—175页。
② 胡壮麟:《语言学教程》(第四版),北京:北京大学出版社,2013年,第284—297页。
③ 刘润清:《西方语言学流派》,北京:外语教学与研究出版社,2013年,第351—436页。

学科;它面向过程,而且有很强的实践性和广阔的应用范围。① 此处将重点讨论狭义的应用语言学理论体系,即主流的语言习得理论体系。②

一、语言先天论

一种语言习得理论认为语言能力是人类与生俱来的,也就是说人类从基因角度而言就容易学会和使用语言,且并不局限于某一种语言。该理论认为婴儿生来就知道语言有规律可循,而且也有能力识别这些规律。有的理论家甚至认为人类天生就知道所有语言都有的基本特点,例如"名词"和"动词"的概念。这些所有语言都具有的基本特点被称为语言普遍性,而理论上所有语言都固有的结构特点则被称为普遍语法。

生物学家勒纳伯格(Eric Lenneberg,1967)试图通过研究证实人类生来就有语言能力的这一观点。勒纳伯格对动物行为进行了研究并总结出先天行为的一系列典型特点:1. 该行为在其被需要前就已产生;2. 该行为的出现并非有意识决定的结果;3. 该行为的出现并不由外部事件所引发(不过周围环境必须足够"资源丰富"以便该行为能够充分发展);4. 直接教学与集中练习对该行为的影响较小;5. 该行为的发展过程伴随着按一定顺序出现的"重要节点",而这些节点通常与年龄和其他的成长因素有关;6. 该行为的习得可能有一个"关键期"。

首先研究第一个条件。语言的必要性是从哪个意义上确定的呢?儿童通常在12到24个月之间开始说话,这远远早于家长不再对子女进行抚养的时间。所以语言这一行为和走路一样,早在儿童需要自力更生之前就出现了。

再看第二和第三个条件,语言既不是刻意为之也不由外部事件引发。儿童会决定是否想学棒球或下棋,但不会刻意决定学母语,每个孩子都是如此。

另外,语言习得并不由某种特殊事件所促成。孩子并不是通过学钢琴的方法学会语言的。孩子只要置身于适当的语言环境中就能自然而然学会语言,但让其听钢琴并不会自动学会弹钢琴的技法,即孩子不需要特殊的外部刺激来开启语言习得的过程。

但难道集中教学对孩子的语言学习没有帮助吗?令人惊讶的是,集中教学似乎并没有什么效果。孩子不一定在大人指出他们的错误后就能认识(或改正)错误。

语言习得还体现了勒纳伯格所列出的第五个特点,即具有与其发展相关的依次出现的"重要节点"或可辨阶段。尽管儿童掌握语言技能的重要节点和年龄因人而异,但所有儿童还是按照一定的发展顺序来习得语言的。

勒纳伯格还进一步指出,这些先天行为的产生存在关键期。关键期是指一个个体在一生中必须要习得某种行为的时期或年龄段。这就是说,早于或晚于这个关键期都无法习得。一般认为,语言习得的关键期从婴儿出生开始,大概到青春期之初结束。在此期

---

① 桂诗春:《应用语言学的系统论》,《外语教学与研究》1994年第4期,第9—16页。
② 此处语言习得理论的分类和描述主要参考了 The Department of Linguistics at The Ohio State University, *Language Files: Materials for an Introduction to Language and Linguistics*, Ohio State University Press, 2016. 薛乙豪协助了文稿的翻译。

间,儿童需要有语言环境来形成语言习得所必需的大脑结构。如果儿童在此期间完全不接触语言,那将无法获得正常的语言技能。如果儿童在语言习得关键期内已经学会说母语并且在12周岁前开始学习第二语言,那么他将很可能在说第二语言上也拥有和说母语一样的语言能力。但如果到12周岁以后才开始学习第二语言,那儿童可能永远无法像说母语一样自如运用第二语言。

关键期假说的第一个证据来自因不幸意外而在生命初期很少接触或没有接触语言的儿童。这些儿童要么由于家长疏于照顾(被忽视的儿童),要么在野外长大,通常和动物一同生活(野孩子)。这些孩子在被发现和救助后,研究者会试图帮助他们学习语言。是否能学会则在很大程度上取决于这些孩子被发现时的年龄。失聪儿童和童年时期未接触过手语的成年人的例子为语言的先天性和第一语言习得关键期假说也提供了一些证据,尼加拉瓜手语(ISN)产生的历史能够在一定程度上证明语言的关键期假说。

关于关键期假说的另一个问题是语言习得的不同方面与关键期的相关性可能有所不同。许多野孩子或者被忽视的儿童有能力学习词汇并理解他人说的话,但学不好句法。第二语言学习者能学会大量词汇并能对所学语言的句子信手拈来,但音韵体系鲜有人掌握。据麻省理工2018年5月1日公布的一项新研究表明,儿童在17或18岁之前仍然十分擅长学习新语言的语法,这比原来预期的时间要长很多。这一发现是基于对近67万人所做语法测验的分析,这是迄今为止人们为了研究语言学习能力而搜集的最大数据集。① 这表明关键期也许在语言不同方面的习得上(如:句法、音韵等)存在较大差异。尽管人类目前仍然无法完全理解语言习得过程,但我们依然可以认为语言习得体现了人类先天行为的特点。

二、语言模仿论

模仿论是语言学习的另一经典理论。模仿论认为,儿童是通过聆听周围人说话并重复听到的内容来学习语言的。按照该理论的观点,语言习得的内容就是对某一语言词句的记忆。语言习得就是学会模仿他人说话的过程的这一观点至少部分成立。由于词音和词义之间的关联在很大程度上无规律可循,儿童就无法猜测目的语中说的词是什么。儿童必须先听到别人使用这些词,再进行重复或"模仿"。这一理论也有助于解释不论孩子的祖先使用什么语言,最终实际学会的是他们身边的父母或其他抚养人说的语言。因此,以一个中国小孩为例,如果他在汉语语言环境中成长,那他将会说汉语,而如果在英语语言环境中成长,则会说英语。也就是说,孩子的基因构成与其日后习得哪种语言无关。

但遗憾的是,模仿论很难解释我们所知的关于语言习得的其他现象。儿童语言不同于成人语言,各种各样的"口误"随处可见。一个两岁的孩子可能会把"banana"说成"nana",三岁的孩子可能会说"Mommy tie shoe"(第三人称动词没变形,鞋子没有用复

---

① 参见麻省理工新闻办公室官网报道。2018年5月28日自 https://news.mit.edu/2018/cognitive-scientists-define-critical-period-learning-language-0501 检得。

数),而四岁的孩子则可能会把 hit 或 went 说成 hitted 或 goed(动词过去式有误)。这些显然不能当作模仿的例证。模仿论最大的问题在于其无法解释儿童和成人是如何能够说出并理解从没听过的句子的。如果儿童学习语言只靠模仿,那么一个句子除非曾经听过,不然就不能理解。但我们知道任何语言都有无穷多的句子,可语言的使用者(甚至是儿童)还是能听懂并创造全新的表达。

三、语言强化论

强化论是又一语言学习经典理论,该理论认为儿童之所以能学会成人的语言表达是因为他们在使用正确文法时受到了表扬、奖励或其他形式的强化,而在文法错误时得到纠正。不过有关家长和其他抚养人频繁纠正孩子的语法错误和表扬文法正确的说法并没有得到有力的佐证。家长很少会这样纠错,即便确实会经常纠正,那也基本上是针对表达的准确性和真实性而言的,并不是纠语法的错。例如:当孩子说"Robin goed to school today"(罗宾今天上学去了[动词 go 时态写错])一句时,则可能在罗宾当天确实上学的情况下得到大人"Yes, he did"(是的,他去上学了)的回答。此外,即使大人努力纠正孩子的语法,孩子通常似乎对家长的纠正无动于衷,其实际效果有待确认。

四、语法的主动建构论

语法的主动建构论是最具影响力的语言习得理论之一,该理论认为实际上是孩子们自己创造了语法规则。这一理论假定创造规则的能力是先天的,不过实际运用的规则取决于孩子身边人们的对话,这是他们用来分析的语言输入材料。孩子听了身边人说的语言并对之进行分析,然后确定其中存在的语言规律。如果他们认为发现了某种规律,就会假设一种规则来解释它。他们把这一规则加入自身正在建构的语法并按这个规则进行表达。比如,孩子最初假设的动词过去式构词法是添加词素变体"-ed"。在这一规则指导下,所有的动词过去式都会这么处理,于是便创造出诸如"holded"、"eated"、"needed"以及"walked"等写法。一旦孩子们发现语言里有些词并不符合这一规则,他们就会修改规则或再想出一个规则来创造那些不规则动词的过去式。最终,孩子会对自己构建的语法不断修改整合直到与大人的语法相一致。此时,孩子与大人的语法形式已无明显差异。显而易见,孩子们始终有一套完整的基本语法,甚至从语法在彻底成人化之前就有了。孩子用这种语法来遣词造句,所创造的表达若与成人的表达不一致,那就表示在这两种语法之间存在着差异。

五、联结主义理论

语言习得的联结主义理论假定儿童是通过创造脑内的神经联结来学习语言的。在接触语言和使用语言的过程中儿童形成了这种神经联结。凭借这些联结,儿童能明白词音、词形和词义等元素之间的关联。比如,孩子会在不同场景下听到 bottle(瓶子)一词然后在每次听到这个词的时候建立神经联结。这些神经联结可以联结"bottle"这个词本身,可以是第一个音/b/,可以是"milk"(牛奶)这个词,可以是与瓶子形状类似的东西,还可以是喝水这个动作,不胜枚举。最后所有这些联结都会成为儿童脑中对"bottle"这个词词义和词形的代表。不同的联结有不同的强度,而语言习得需要适度调节这些联结的强度。一个联结的强度取决于这种联结的输入频率。比如说,如果一个孩子更常听到瓶子与牛奶这种组合而不是瓶子与水这种组合,那瓶子与牛奶之间的联结就会比瓶子与水之间的联结更强。因此按照联结主义理论,儿童并没有形成抽象的语法规则,而是从语言输入中利用了统计信息。这些理论假定儿童的语言输入对学习语言来说已足够丰富,不需要某种先天机制来形成语法规则。

为了深入理解该理论的原理和与其他理论的差别,不妨再看一下动词过去式的习得过程。语法的主动建构论假定儿童之所以会造出"goed"和"growed"这样的词,是因为他们形成了某种语法规则,这种规则指导儿童给动词原形加上"-ed"来形成过去式。联结主义理论假定儿童只是利用了与形成过去式相关的统计信息。于是儿童之所以说出"goed"和"growed",是因为存在"showed"、"mowed"、"towed"还有"glowed"这类词,这些词的存在使得加"-ed"变过去式的这种模式从统计角度看似行得通。

实验证明儿童利用统计信息是与形成抽象语法规则相矛盾的,例如在某实验中,儿童创造了无意义动词的过去式。比如,在被要求完成句子"This man is fringing; yesterday, he _____."时,许多孩子造出了诸如"frang"和"frought"这种不规则形式,而不是规则过去式变体"fringed"。这一信息动摇了语法的主动建构论,不过在联结主义理论上却解释的通。如果儿童创造了语法规则后才知道这些规则存在例外,那他们应该把"fringing"的过去式写成"fringed",因为这不属于例外那部分知识。而如果儿童利用了统计信息,那他们应该能造出不规则动词,毕竟他们接触过"sing"、"ring"或"bring"(都不是规则动词)这样的词。

当然,儿童也有可能既创造了语法规则又利用了统计信息。换言之,语法规则的习得可能是按某种混合的模式进行的,儿童有可能通过建立和利用神经联结主动建构了语法。

六、社会交互论

社会交互论假定儿童通过社会互动(特别是和年长儿童和成人的互动)来习得语言。该理论认为儿童促使其父母为他们提供合适的语言体验。这样儿童与其语言环境就可看作一个动态系统:儿童需要语言环境提升它们的社交和语言沟通技能,而这种合适的语言环境也是因儿童的要求才存在。和语法的主动建构论的支持者一样,赞同社会交互论的人也认为儿童必然创造了语法规则而且具有习得语言的倾向。不过,他们仍然十分重视社会交互以及儿童接收的语言输入,并没有认为仅凭语言环境就能让孩子学会语言。按这种理论的说法,年长儿童和成人对婴儿的说话方式对儿童的语言习得有着至关重要的作用。在很多西方国家,对婴儿说的话(即所谓以儿童为导向的话语)语速较慢,音调较高,经常重复,句子简单,语调夸张,用词也简单不抽象。赞同社会交互论的人认为成人与儿童说话和互动的方式对儿童的语言习得至关重要。

当然,该理论也有一个问题,就是儿童最终还是能说出复杂抽象的句子。虽然以儿童为导向的话语或许在成长初期十分重要,但并不清楚儿童需要听多久。另外,文化不同,以儿童为导向的话语的特点也不同,因此目前我们不知道这种说话方式到底哪方面是最重要的。

需要指出,我国外国语言文学学科中的应用语言学主要关注的研究领域是第二语言教学与习得(Second Language Acquisition/Second Language Learning),其理论渊源来自语言习得理论,但又存在一定的区别。

6.2 外国语言文学的主要理论方法

6.2.1 外国文学研究的经典批评范式

外国文学研究的批评范式依托于外国文学研究的理论体系,随着研究焦点的转变而变化。总体而言,外国文学批评的范式经历了从经典到后经典的转变。通常意义上,经典批评范式包括后结构主义或者解构主义之前的传统文学批评模式,包括生平研究、历史批评、新批评、心理分析、马克思主义批评、结构主义批评、神话原型批评、读者反应批评等;而后经典批评范式指向解构之后的一系列"后"思潮及后批评实践,涵盖了解构主义、女性主义、后殖民研究、新历史主义、文化研究、性别研究、生态批评及晚近兴起的各种跨学科人文研究。

由于作家和作品之间的天然亲密关系,在外国文学研究的经典批评范式中,生平研究(Biographical Criticism)是历史最悠久的批评模式之一,其源头可追溯至古希腊罗马时代。早期的文学研究往往关注作家的生平以及作家本人生活经历在作品中的反映,从作家生活的历史背景来解读作品的思想内涵和艺术特色。根据纳斯鲍姆(Felicity A. Nussbaum)的研究,现代意义上的生平研究始于18世纪,而英国18世纪中期涌现了大量生平研究的经典佳作,包括各种版本的蒲柏(Alexander Pope)传、塞缪尔·约翰逊(Samuel Johnson)的《诗人传》(*Lives of the Poets*)以及鲍斯威尔(James Boswell)的《约翰逊传》(*Life of Samuel Johnson*)。① 其中,鲍斯威尔的《约翰逊传》流传至今,成为传记撰写范本和生平研究的经典案例。在当代文学批评语境之下,了解作家的生平经历已经成为进入任何文学文本的第一步,是展开研究工作的前提。也正因如此,这一批评范式越来越多地成为其他理论视角文学批评的不可或缺的辅助。此外,当代学者也将"传记"这一文类进行了单独的归类,确立了一系列研究文学传记的方法论和理论框架。值

---

① Nussbaum, Felicity A. "Biography and Autobiography." Eds. H. B. Nisbet & Claude Rawson, *The Cambridge History of Literary Criticism*, Vol.4: the eighteenth century. Cambridge: Cambridge U Press, 2005, pp.302-315.

得指出的是,由于生平研究最早的定义是"个人的历史"①,这一批评范式与历史批评关注的视角有一定的重合。

历史主义批评(Historicism)同样在传统批评范式中占有一席之地。评论家们往往把历史作为文学事件发生的背景,在文学作品中寻找相关历史时期社会政治经济生活的投射。正如普维(Mary Poovey)所说,"对于文学批评家们而言,历史的吸引力就在于历史书写能够明确特定社会结构和历史事件的具体特征,从而成为解读文学作品时地平线般的指涉框架"。② 历史主义批评是 19 世纪的文学研究主流之一。由于传统的文学历史观认为,一个国家的文学史是该国不断演化的"精神"的自然表达,③这些"文学史学家"们把文学史看作文化史的一部分,是一个国家不断演进的"精神"的自然表达。卡莱尔在《爱丁堡评论》1831 年曾在撰文指出,"一个国家诗歌的历史是该国历史、政治、科学及宗教生活之精髓"④,足见文学历史研究在当时的重要地位。文学研究的历史维度认为历史是文学作品中事件展开的背景环境,关注文学作品中所描绘的场景对一定时期历史条件的再现,并揭示这种再现对人们历史知识的强化作用。需要指出的是,这一批评范式的逻辑前提是:有一个客观的、真实的、不受质疑的权威"历史"概念的存在。随着解构主义思潮之后对客观历史概念的追问,这一宏大历史叙事观念也受到了越来越多的挑战。

进入 20 世纪之后,语言学研究成为一门独立的学科领域,对语言的研究也从原来的零散、抽象的描述性工作转变为有一定标准、范式的科学过程。文学研究领域出现了"语言学转向"(linguistic turn)⑤,具体体现为俄国形式主义的兴起和英美新批评的滥觞。从历史的角度来看,俄国形式主义运动包括以什克洛夫斯基(Victor Shklovsky)为代表的"彼得堡诗歌语言研究会"和以雅各布森(Roman Jacobson)为首的"莫斯科语言学学会"。形式主义关注文学语言特别是诗歌语言与日常语言的不同之处,总结其基本特征与本质规律,并据此对作品的语言形式进行研究。什克洛夫斯基在《作为技巧的艺术》("Art as Technique")一文中提出了"文学性"(literariness)这一概念,认为"陌生化"(estrangement)是文学作品的审美感知特点。雅各布森则提出了隐喻/转喻(metaphoric/metonymic)、前置/后置(foregrounding/backgrounding)等概念,成为形式主义批评的基本理论指标。英美新批评进入历史舞台稍晚于俄国形式主义,但其关注的对象也是文学作品的语言形式,大抵和语言学在这一时期的兴起和发展有关。在新批评

---

① *Ibid*., p.302.

② Mary Poovey,"Reading History in Literature: Speculation and Virtue in Our Mutual Friend." *Historical Criticism and the Challenge of Theory*. Ed. Janet Levarie Smarr. Champaign: U of Illinois Press,1993. p.42.

③ 塞尔登认为,这一文学史观可以溯源到黑格尔的唯心主义和斯宾塞的自然进化论。参见 Raman Selden and Peter Widdowson, *A Reader's Guide to Contemporary Literary Theory* (3rd. edition). Lexington: The University Press of Kentucky,1993,p.161.

④ 转引自 Raman Selden and Peter Widdowson. *A Reader's Guide to Contemporary Literary Theory* (3rd. edition). Lexington: The University Press of Kentucky,1993,p.161.

⑤ "语言学转向"这一说法的广泛传播得益于理查德·罗蒂(Richard Rorty)在 1963 出版的一本编著《语言学转向:哲学方法论文集》(*The Linguistic Turn: Essays in Philosophical Method*)。然而,罗蒂后来极力和语言哲学以及分析哲学划清界限,坚称"语言学转向"一词的原创者是奥地利哲学家古斯塔夫·伯格曼(Gustav Bergmann)。

成形及主导文坛的几十年间,涌现了瑞恰兹(I. A. Richards)、燕卜逊(William Empson)、泰特(Allen Tate)、布鲁克斯等一批理论家。瑞恰兹用现代语义学和心理学原理来阐释文学作品,提出了科学语言与情感语言的区别,并认为一般的语言有四种功能:观念(sense)、感情(feeling)、语气(tone)和意图(intention)。燕卜逊在此基础上提出了"含混"(ambiguity)的概念,并将其定义为"任何词语的细小差别,不管这种差别有多轻微,足以引起对同样语言产生不同的反应"。① 泰特在《诗歌中的张力》(Tension in Poetry,1938)一文中提出了"张力"说,认为"好诗是内涵和外延被推到极致后产生的意义集合体"。② 此外,布鲁克斯提出的"悖论说"(paradox)、"反讽"(irony)也成为英美新批评学派进行文本批评实践的有力工具。这些"新批评家"(new critics)关注作品的文本自身,通常把文本作为一个有机整体,通过"细读法"(close reading)挖掘文本中的含混、张力、反讽、意图等使得文学作品具有文学性的元素,一定程度上实现了文学解读和语言科学的交融。虽然囿于其文本的局限,新批评在20世纪中期之后逐渐式微,但这一批评流派为文学评论提供了丰富的理论概念和系统的批评范式,对此后的文学批评影响深远。

精神分析批评(Psychoanalytical Criticism)是传统文学批评范式的重要维度。弗洛伊德于1896年创造了"心理分析"(psychoanalysis)一词,成为精神分析批评的源头。尽管弗洛伊德精神分析法的起点是医学意义上的精神疾病研究和治疗,但由于他在阐释自己的理论时经常借助文学艺术作品,当精神分析法在医学界从经历了20世纪上半叶的巅峰期而走向衰落之后,弗氏的一系列概念在文学批评界得到广泛应用,形成了蔚为大观的精神分析批评流派。弗洛伊德精神分析认为意识有三层机制,即意识/无意识/前意识(conscious/unconscious/preconscious),而人格也有三重结构,即本我/自我/超我(id/ego/superego),并提出了"本能"(instinct)、"力比多"(libido)、"俄狄浦斯情结"(Oedipus Complex)等概念,帮助解释人类的心理活动。尤其值得一提的是,弗洛伊德对梦境的分析尤其是对白日梦(daydreaming)或"幻想"(fantasy)的分析为艺术的起源提供了一个独特的视角,有助于我们理解艺术创作的深层心理机制。虽然弗氏的学说对"性"(sex)的强调有"泛性论"(pan-sexualism)之嫌,但他的理论概念被诸多文学批评家运用于文本的阐释解读,其影响之深远不容置疑。后期精神分析的代表人物当属法国的拉康和美国的霍兰德。和弗洛伊德对自我心理学的强调不同,拉康以无意识和本我心理学为关注的核心,结合索绪尔和雅各布森的语言学研究,从语言和欲望入手实践精神分析。在拉康看来,欲望代表心理和生理的和谐统一,但由于俄狄浦斯阶段及镜像阶段(the mirror stage)产生的心理断裂,人的欲望无法得到满足。拉康把儿童的心理发展分为真实界/想象界/象征界(the real/the imaginary/the symbolic)三个阶段,认为语言的习得即标志着孩童进入了象征界,语言的运用暗含了缺失与不在场。拉康对"他者"、"父亲之名"(name of the father)等概念的阐述也为文学研究提供了独特的理论资源和研究视角。此外,美国学者霍兰德(Norman N. Holland)也是精神分析法的主要理论源头之一。霍兰德以弗

---

① 转引自朱刚编著:《二十世纪西方文论》,北京:北京大学出版社,2006年,第50页。
② 同上,第51页。

洛伊德的人格结构三分法为基础,提出了互动阅读法(transactive reading)来分析读者的阅读体验,同时创立了"防卫—期待—幻想—转换"(defense-expectation-fantasy-transformaiton)即 DEFT 机制,来概括文学阐释的心理模式。由于霍兰德对读者体验的关注,他也成为读者反应批评的先导。

马克思主义文学批评(Marxist Criticism)在经典文学批评的阵营内不可或缺。该流派起源于 19 世纪马克思和恩格斯针对西方工业革命和资本主义经济模式的一系列分析和思考。① 通常意义上,马克思主义文学批评理论以 20 世纪中叶为分水岭,此前为"传统马克思主义批评理论",而此后的马克思主义批评发生了较大的转变,被称为"西方马克思主义"。传统马克思主义秉承马克思的历史唯物主义观点,关注阶级关系、意识形态、经济生产等因素在作品中的投射。由于马克思主义产生的背景是对资本主义经济的批判,传统马克思主义文学评论通常具有较浓厚的政治色彩与鲜明的价值判断。除了马克思和恩格斯之外,列宁、梅林(Franz Mehring)和普列汉诺夫(Plekhanov)均用马克思主义理论进行过文艺批评。相对于传统马克思主义重具体实践、轻理论建构的总体倾向,后起的西方马克思主义有深厚的哲学基础和强大的理论体系。卢卡契(Georg Lukacs)通常被视为从传统马克思主义向西马过渡的第一人。卢卡契主张马克思主义审美反映论,但反对机械唯物论和主观唯心论的反映论,认为审美体验是主客体相互作用的能动过程。卢卡契也关注文学的形式问题,并运用了细致的文本分析来进行阐释,在传统马克思主义向西方马克思主义过渡的过程中有承前启后的作用。20 世纪 20 至 30 年代勃兴的"法兰克福学派"是西方马克思主义的代表。该学派以跨学科的研究方法探讨马克思主义在新的历史条件下的发展,将马克思主义同建筑、审美、消费、大众文化等范畴相连接,涌现了阿尔图塞(Louis Althusser)、阿多诺(Theodor Adorno)、本雅明(Walter Benjamin)等理论精英,为后来的马克思主义研究提供了丰厚的理论资源。此外,威廉姆斯(Raymond Williams)和詹明信(Frederic Jameson)也是马克思主义研究的主要推手。

结构主义文学批评(Structuralist Criticism)的基本诉求是透过文学作品的表层现象发掘其深层结构。这一批评范式的理论源头之一是 20 世纪上半期风行的结构语言学(Structural Linguistics)。20 世纪初,索绪尔(Ferdinand de Saussure)创立了结构主义语言学,提出了语言(langue)、言语(parole)、共时性(Synchronic)、历时性(Diachronic)等二元对立(binary opposition)的概念,认为语言的实质是一个符号系统(sign),由能指(signifier)和所指(signified)构成。这一符号体系的建立日后成为德里达结构主义的起点,我们在后文会详述。结构主义的另一个理论资源是结构人类学(Structural Anthropology)。这一学派由列维-施特劳斯创立于 20 世纪中期,致力于寻找全人类内在的共同结构。通过对人类仪式和神话的考察,施特劳斯认为,所有的人类文化都有一个符码化(codify)的过程,而来自不同文化的大量神话都可以简化为数量有限的神话素(mythemes)。此外,罗兰·巴特对符号系统进行的结构主义阐释也是结构主义文艺理论的重要构成部分。巴

---

① Klages, Mary. *Literary Theory: A Guide for the Perplexed*. Abingdon: Routledge, 2006, p.126.

特从语言和文本的密切联系出发,探究文学形式的结构要素,提出了"作者之死"、"写作式文本"等重要概念,并将结构符号学分析应用于大众文化和日常生活习俗的分析,影响深远。结构主义的丰富理论资源决定了它势必对西方的整个人文思潮产生重大的推动作用。就文学研究而言,结构主义的影响主要体现在文学体裁、叙事及文学阐释三个范畴内。弗莱(Northrop Frye)的神话理论是结构主义对文学体裁分析的主要代表,由此发展而来的神话原型批评(Myth and Archetypal Criticism)也是结构主义批评范式的典型案例。弗莱从寻找西方文学传统的内在结构规则出发,认为文学体裁按照特定的主题、人物、情节等可以分为春、夏、秋、冬四种神话叙述体,体现了一种"追寻结构"(structure of the quest),这种文学解读方式即为原型批评(archetypal criticism)。[①] 结构主义叙事学是结构主义在文学研究领域的又一贡献,主要理论代表为格雷马斯(A. J. Gramas)、托多洛夫(Tzvetan Todorov)和热奈特(Gérard Genette)。格雷马斯从人类思维的二元对立特征入手,提炼出文本内在的冲突与解决、斗争与和解、分离与统一等结构性二元对立因素,并总结出契约式(contractual)、践行式(performative)、分裂式(disjunctive)结构。托多洛夫运用语言学概念来解读文本,关注叙事的"语法",通过发现文本的陈述句(proposition)来为行动和特征归类,揭示文本的深层结构。结构主义叙事学的另一位旗手热奈特则从区分故事(story)、叙事(narrative)、叙述(narration)出发,进而探究文本的时态(tense)、语气(mood)和语态(voice)三方面的属性,以此来阐明文学文本内在的复杂性。此外,结构主义针对如何进行文学阐释也有独特的见解。卡勒认为,人们通常所说的文学结构其实就是"文学阐释系统的结构",包括距离与非个人化成规(the convention of distance and impersonality)、自然化(naturalization)、表意原则(the rule of significance)、隐喻连贯原则(the rule of metaphorical coherence)以及主题一致原则(the rule of thematic unity)。[②]

读者批评理论(Reader-Oriented Criticism)也是经典文学批评范式的重要组成部分,这一理论浪潮兴起于 20 世纪中期,涵盖阐释学批评、现象学批评、接受美学及读者反应批评等分支,代表了批评界从文本中心向读者中心的视角转变。阐释学(Hermeneutics)可以溯源到《圣经》的诠释,近代阐释学的主要代表人物是施莱马赫(Friedrich Schleiermacher)和狄尔泰(Wilhelm Dilthey),前者提出了"阐释循环"(hermeneutic circle)的重要概念,后者进一步发展了施氏阐释理论。海德格尔在胡塞尔现象学的基础上创立了现象学阐释学(Phenomenological Hermeneutics),后被伽达默尔(Hans-Georg Gadamer)进一步发展,形成了"先见"(prejudice)、理解视野(horizon of understanding)、视域融合(fusion of horizons)等概念,成为文本阐释的重要工具。读者批评理论的另一个分支是接受美学(Reception Aesthetics),主要的倡导者为姚斯和伊瑟尔。姚斯在伽达默尔的

---

① 神话原型批评并非弗莱的首创。首倡原型概念的是文化人类学家弗雷泽(James Frazer),心理学家荣格(Carl Jung)提出的"集体无意识"(collective unconscious)概念在心理学层面将原型和神话相结合,在此基础上,弗莱将神话原型的概念用于文化和文学阐释,形成了一套系统的文本分析方法论。

② Klages, Mary. *Literary Theory: A Guide for the Perplexed*. Abingdon: Routledge, 2006, pp.230 - 231.

"理解视野"概念基础上提出了"期待视野"(horizon of expectations),伊瑟尔的"隐含的读者"(the implied reader)概念成为读者批评理论最受关注的理论建构之一。读者批评理论在文学研究中的集中体现便是各式读者反应批评理论(reader-response criticism),大致分为以下几个类别:分析文本与读者相互作用的"互动式读者反应论"(Transactional Reader-Response Theory),代表人物是罗森布拉特(Louise Rosenblatt);认为文学文本是时间性事件、产生于阅读的过程中的"情感文体学"(affective stylistics),代表人物是费什(Stanley Fish);将读者的反应本身作为文本看待的"主观读者反应论"(Subjective Reader-Response Theory),该学派的领军人物是布莱希(David Bleich);关注读者阅读过程的心理机制的"心理学读者反应论"(Psychological Reader-Response Theory),代表人物为霍兰德;以及重视阐释共同体(interpretive community)的"社会读者反应论"(Social Reader-Response Theory),其主要倡导者也是费什。

6.2.2 外国文学研究的后经典批评范式

20 世纪 60 年代,随着解构主义思潮的兴起,西方的人文社科研究发生了天翻地覆的变化,外国文学研究进入后经典时期,涌现出解构主义、女性主义、后殖民研究、新历史主义、文化研究、性别研究、生态批评及晚近的诸多跨学科文学研究批评范式,各种批评理论各有特色,争奇斗艳,为文学研究提供了丰富的理论资源和阐释工具。

解构主义批评(deconstruction)滥觞于 20 世纪 60 年代,是外国文学研究后经典转向的发轫,也为此后的后经典批评方法提供了理论支持。虽然解构主义表面上始于对结构主义的颠覆和反拨,但后期结构主义对结构的人为建构特性的强调已经流露出一定的解构性,因此有些学者也把解构主义称为后结构主义(post-structuralism)。虽然很多结构主义理论家的思想中都蕴含了解构的意味,但这一理论概念的创始人是法国学者德里达(Jacques Derrida),他在 20 世纪 60 至 70 年代发表的《论书写》(*Of Grammatology*)、《写作和差异》(*Writing and Difference*)、《语言与现象》(*Speech and Phenomena*)等作品为解构主义提供了基本概念和思辨范式,开启了 20 世纪人文研究最重要的"后理论"转向。如果说德里达是欧洲解构主义的旗手,那么耶鲁"四人帮"(Yale "Gang of Four")[①]则是美国解构主义的领头人,对于解构风潮的兴盛功不可没。德里达从索绪尔结构语言学的"符号"概念出发,通过细致入微的分析指出,任何一个能指都指向一系列的所指,而这些所指又进一步指向一系列的能指链。由此,语言的非指涉性(nonreferentiality)被德里达进一步拓展,形成了"语言既不指涉现实世界的事物,也不指涉我们对这些事物的概念,它仅仅指涉构成语言的能指游戏"[②]的解构主义语言观。德里达对语言意义的解构打开了潘多拉魔盒,既然作为"人类诗意栖居的家园"的语言失去了稳定性,在语言基础上建立的秩序、权威、中心等观念也就失去了牢固的基础,二元对立(binary opposition)的思

[①] 耶鲁"四人帮"包括米勒(J. Hillis Miller)、德·曼(Paul De Man)、哈特曼(Geoffrey Hartman)和布鲁姆(Harold Bloom)。

[②] Klages, Mary. *Literary Theory: A Guide for the Perplexed*. Abingdon: Routledge, 2006, pp.230-231.

维模式被颠覆,逻各斯中心论(logocentrism)受到挑战。虽然解构主义批评对于文本中心的推崇受到不少批评,但不可否认,解构思潮颠覆了传统的思维方式,为各种后理论大行其道提供了思想源泉。

在后经典时代的批评理论阵营中,女性主义批评(feminism)占据了重要的一席之地。女性主义批评传统植根于19世纪后期开始的妇女解放运动,经历了20世纪早期和20世纪中期两次浪潮的大力发展,在20世纪70至80年代后进入了更加多样化、多层次的第三次浪潮。具体到文学批评领域,女性主义批评关注的是"文学(以及其他文化产物)是如何强化或弱化女性在经济、政治、社会和心理等层面遭受的压迫的"。[1] 从这一基本预设出发,女性主义的批评触角延伸至和性别角色、性别身份有关的诸多领域,且与其他批评视角相结合,衍生出马克思女性主义、心理分析女性主义、后殖民女性主义、后现代女性主义、生态女性主义等一系列复合批评视角,蔚为大观。早期的女性主义思潮也被称为女权运动,以反抗男权压迫、实现"男女平权"为目标,逐步争取到了妇女的选举、财产、同工同酬等权益,具有很强的社会现实意义。伍尔夫(Virginia Woolf)是西方女性主义批评的建基人之一。作为早期妇女解放运动的重要驱动者,伍尔夫从女性的生活经验出发,提出了女性要"杀死屋中天使"(kill the angel in the house),努力摆脱父权社会对女性的刻板印象(stereotype)和思想禁锢,同时女性要有"自己的一间房"(A Room of One's Own),即实现一定程度的经济独立。值得一提的是,伍尔夫还认为,真正有创造力的头脑必定是"双性同体"(androgynous)的,因为单纯男性或女性的头脑都不擅长进行艺术创造。这样的性别观打破了二元对立的思维模式,虽然产生于解构主义兴起之前,却是对传统性别观的终极解构,具有深远的影响。西方女性主义的第二次浪潮主要盛行于20世纪60至80年代。这三十年间,女性的平权意识进一步觉醒,逐步取得了除选举权之外女性在婚姻、工作、教育方面的相关权益,可以说硕果累累。这一阶段的代表性人物包括波伏娃(Simone De Beauvoir)、弗里丹(Betty Friedan)、密莱(Kate Millett)、西苏(Helene Cixous)、肖瓦尔特(Elaine Showalter)、伊瑞格瑞(Luce Irigaray)、克莉斯蒂娃(Julia Kristeva)等。其中,波伏娃的《第二性》(*The Second Sex*)和弗里丹的《女性的奥秘》(*The Feminine Mystique*)奠定了女性主义"差异伦理"的基础,成为女性主义理论的经典之作。20世纪80年代后期,第二浪潮女性主义因其将白人女性的生活经验作为女性的普遍经验而备受诟病,逐渐式微。1992年,瑞贝卡·沃克(Rebecca Walker,知名女权主义学者[Alice Walker]的女儿)在《女士》(*Ms.*)杂志发表了一篇题为《成为第三波》("Becoming the Third Wave")的文章,女性主义第三次浪潮粉墨登场。[2] 较之于第二次浪潮的女性主义思想紧密结合社会运动的特点,第三次浪潮的女性主义植根于流行文化,更加关注日常生活中的多元女性生活经验,有学者称其为"日常生活女性主义"

---

[1] Klages, Mary. *Literary Theory: A Guide for the Perplexed*. Abingdon: Routledge, 2006, p.83.
[2] 关于第三次浪潮的起源众说纷纭,也有学者认为关于女性主义第三次浪潮的呼声早于沃克的这篇文章。参见 Chris Bobel & Judith Lorber, *New Blood: Third-Wave Feminism and the Politics of Menstruation*. New Brunswick: Rutgers University Press, 2010, pp.14-15.

(everyday feminism)①。女性主义的三次浪潮波澜壮阔、蔚为壮观,颠覆了传统的性别观念,实现了人类历史上的重大变革。虽然进入 21 世纪以来,女性主义消亡或"后女性主义时代"的说法甚嚣尘上,引来了诸多学术讨论,但在笔者看来,在消亡的表象之下,女性主义思维正不着痕迹地日益弥散到日常生活的各个层面。②

后殖民主义批评(postcolonialism)也称后殖民研究(post-colonial studies),植根于"二战"后世界政治格局的变化,从某种意义上来说,这一思潮是世界殖民历史的衍生物,随着"二战"后众多殖民地国家相继独立而日益强劲。虽然这一思想传统在 20 世纪中期起就见诸殖民主义的文化分析作品中,该批评流派正式确立于 20 世纪 80 年代。后殖民批评从殖民者对被殖民者的经济文化压迫出发,通过揭示殖民主义意识形态的运行机制力图反制殖民主义,通常关注的议题包括身份认同(identity)、他者化(othering)、杂合(hybridity)、模仿(mimicry)等。法侬(Frantz Fanon)是后殖民批评的先驱,他的《黑皮肤,白面具》(*Black Skin, White Masks*,1952)、《全世界受苦的人》(*The Wretched of the Earth*,1961)论及殖民者帝国主义话语建构、被殖民者的主体身份、文化和心理殖民等后殖民主义批评关注的焦点问题,提出了建设本民族文化和推行暴力革命的双重反殖民策略。虽然法侬的暴力革命论及其西式教育背景经常引发争议,但他鲜明的政治立场成为后殖民主义思潮发展的强劲推力。萨义德(Edward Said)是后殖民主义批评走向理论话语建制的标志性人物。他的《东方学》(*Orientalism*,1978)是学界公认的后殖民主义批评的标杆作品。③ 在萨义德看来,"东方学"是西方通过政治、经济、文化行为共同建构的话语体系,通过生产关于东方的知识来获得统治东方的权力,通过突显西方文明之于东方文化的所谓"优越性"为殖民活动提供依据。萨义德之后,霍米·巴巴(Homi Baba)和斯皮瓦克(Gayatri Spivac)成为最具影响力的后殖民理论家。受到弗洛伊德、拉康和法侬的影响,霍米·巴巴颠覆了二元对立的思维传统,侧重从心理视角对殖民话语和殖民主义意识形态进行剖析。④ 在《文化的定位》(*The Location of Culture*)一书中,巴巴指出殖民话语的矛盾心态,"殖民话语制造了被殖民者这一现实存在,他既是一个'他者',又同时完全可知可见",即为一个分裂的"他者"。⑤ 此外,他还在矛盾混合(ambivalence)和杂合的基础上提出了"第三空间"(the third space)的概念,为离散人群(the diaspora)的身份

---

① Bobel, Chris & Judith Lorber. *New Blood: Third-Wave Feminism and the Politics of Menstruation*. New Brunswick: Rutgers University Press, 2010. 23.

② 关于女性主义消亡与否的讨论,可以参阅下列文献:Phyllis Chesler. *The Death of Feminism: What's Next in the Struggle for Women's Freedom*. London: St. Martin's Press, 2006; Rebecca Munford & Melanie Waters. *Feminism and Popular Culture: Investigating the Postfeminist Mystique*. New Brunswick: Rutgers University Press, 2014; Penny Griffin, *Popular Culture, Political Economy and the Death of Feminism: Why Women are in Refrigerators and Other Stories*. New York Routledge, 2015.

③ 霍米·巴巴认为这本书"开启了后殖民研究领域",斯皮瓦克则认为该书是"本领域的资料参考书",充分肯定了该书的学术地位。具体参见 Bart Moore-Gilbert, Gareth Stanton & Willy Maley. Eds. *Postcolonial Criticism*. New York: Routledge, 1997, pp.21 - 22.

④ Mcleod, John. *Beginning Postcolonialism*. Manchester: Manchester UP, 2000, pp.51 - 52.

⑤ 转引自 Mcleod, John. *Beginning Postcolonialism*. Manchester: Manchester UP, 2000, p.53.

认同带来了新的视角。另一位后殖民批评代表人物斯皮瓦克则从女性的视角对后殖民理论进行审视,借助葛兰西的"庶民"(the subaltern)概念,论述了殖民条件下庶民话语权的沦丧。虽然这些后殖民批评理论家的观点有不足和争议之处,但不可否认,他们所构建的思想框架帮助厘清"殖民主义和反殖民主义意识形态如何在政治、社会、文化、心理等层面进行运作"①,形成了独特的文学批评视角。他们的理论方法被后世学者不断继承和发展,直到今天仍受到一些学者的偏爱。

新历史主义(New Historicism)文学批评从传统的历史批评出发,提出了又一种后经典文学批评范式。不同于传统历史批评将历史看作文学作品背景以及时代精神记录的做法,新历史主义首先对传统的历史概念进行质疑,同时根据以福柯(Michel Foucault)和海登·怀特(Hayden White)为代表的后结构主义历史观的框架重新定义"历史"的概念,认为"无论是一手还是二手的历史资料都是某种形式的叙事",尤其关注"边缘群体的历史叙事",突显了历史和文本的关系。② 在此基础上,蒙特鲁斯(Louis A. Montrose)提出了"历史的文本性"(the textuality of history)和"文本的历史性"(the historicity of the text)这两个概念,成为新历史主义批评的基本理论框架。按照蒙特鲁斯的观点,"历史的文本性"意指"我们无法获得一个完整、真实的过去,也不存在不受当时社会文本印记斡旋作用的客观物质存在,这些印记受到文本斡旋得以成为'存档文献',历史学家们又据此编纂'各种历史'";"文本的历史性"则是指"所有写作中的文化特性和社会因素嵌入"。③ 除了蒙特鲁斯之外,格林布拉特(Stephen Greenblatt)是新历史主义批评的另一位舵手。格林布拉特从文艺复兴时期以及莎士比亚作品的研究,提出了颠覆(subversion)、抑制(containment)、自我形塑(self-fashioning)等理论概念,成为新历史主义文学批评的有力工具。

文化批评(Cultural Studies)范式与新历史主义有密切关联,甚至有学者认为,这两个批评流派的批评实践同属一类,但从时间顺序来看,文化研究的兴起早于新历史主义。实际上,文化研究在19世纪末20世纪初阿诺德和F.R.利维斯(F.R.Leavis)的文化批评中已然处于萌芽状态,到了50至60年代逐步成形。1964年,英国伯明翰大学成立了"当代文化研究中心"(Center for Contemporary Cultural Studies),霍加特任中心主任,标志着文化研究的正式确立。在此后的30年间,该中心推动文化研究发展至鼎盛,出现了威廉斯(Raymond Williams)、霍加特(Richard Hoggart)、汤普逊(E. P. Thompson)、霍尔(Stuart Hall)等代表人物。早期的文化批评是马克思主义批评的一个分支,旨在澄清英国社会对工人阶级文化的误解和低估,认为统治阶层对文化形式进行的"高雅"、"低俗"区分没有实际意义,因为所有的文化产物都具有各自的"文化功效",即在权力的流通过

---

① Tyson, Lois. *Critical Theory Today: A User-Friendly Guide*. New York Routledge, 2006, p.418.
② Ibid., p.287.
③ Montrose, Louis A. "The Poetics and Politics of Culture." *The New Historicism*. Ed. Harold Aram Veeser. New York: Routledge, 1989, pp.15-36.

程中通过"传递或改造意识形态来塑造我们的体验"。① 霍加特在《文化的用途》(*The Use of Literacy*)中从工人阶级的生活经验出发,阐述了工人阶级中大众文化广为传播的社会历史原因及其对工人阶层的形塑作用。虽然霍加特在 20 世纪 60 年代后期离开了文化研究学界,他仍被视为文化研究的开创者。威廉斯(Raymond Williams)是早期文化研究的另一位旗手。他的一系列著作如《文化与社会》(1956)、《漫长的革命》(1961)、《电视:技术与文化形式》(1974)、《关键词:文化与社会的词汇》(1976)等都是文化研究的经典,为文化研究提供了丰富的理论资源和具体的实践范式。和新历史主义强调历史的叙事性相类似,文化批评的首要假定即是文化的建构性。霍尔(Stuart Hall)在《表征:文化表征与表意实践》一书的"导言"部分指出,在人文社会科学的"文化转向"浪潮中,"文化"一词与其说指向具体的文化产品如小说、油画等,倒不如说是一种"实践",是一个关乎"意义的生产和交换"的过程,有赖于实践参与者的阐释来产生意义。② 后期的文化研究对于通俗文化和媒介传播尤为关注,出现了麦克卢汉(Marshall McLuhan)、布尔迪厄(Pierre Bourdieu)等关注媒体传播和文化资本运作的批评声音,内涵进一步丰富。由于文化研究融合了文学、历史、社会学、传播学等不同学科领域的研究方法,该批评范式的兴起也促成了整个人文学科"文化转向"。

性别研究(Gender Studies)缘起于 20 世纪 60 至 70 年代女性主义第二次浪潮中对于女性经验的特别关注。在当时的女性主义学者看来,20 世纪 70 年代以前,女性的独特经验和性别身份问题被排除在学术研究的领域之外,女性的角色只是传统意义上的妻子和母亲,在"性别盲"(gender-blind)的人文社会科学研究中基本不可见。③ 鉴于性别研究和女性主义研究的密切关联,有学者甚至断言,性别研究是女性主义发展的新方向。④ 然而,随着性别研究的发展,这一批评流派逐渐演变成为关于性别身份(gender identity)、同性恋研究(Gay and Lesbian Studies)及酷儿理论(Queer Theory)的集合体,涵盖非常广泛。虽然包含门类庞杂的研究内容,但性别研究的基本立场是反本质主义(essentialism)和反异性恋中心主义(heterocentrism),认为性别属性是社会文化建构的产物,因此具有被挑战与颠覆的可能性。文学批评的性别研究范式关注文本中性别身份的建构、女性气质(femininity)及男性气质(masculinity)的意识形态内涵以及文本中的同性恋潜文本等问题。女性主义批评家波伏娃也被认为是性别研究的先驱人物,她在《第二性》中的著名论断"女人并非天生,而是被塑造形成的"直指性别身份的建构性特征,成为性别研究的起点。当代性别研究代表学者中,最具影响力的当属巴特勒(Judith Butler)。在《性别麻烦:女性主义与身份的颠覆》(*Gender Trouble*:*Feminism and the*

---

① Tyson,Lois. *Critical Theory Today*:*A User-Friendly Guide*. New York:Routledge,2006,p.296.

② Hall,Stuart. "Introduction." *Representation*:*Cultural Representations and Signifying Practices*. Ed. Stuart Hall. London:Sage Publications,1997,p.2.

③ Philcher,Jane,Imelda Whelehan. *50 Key Concepts in Gender Studies*. London:Sage Publications,2004, p. ix.

④ Spector,Judith. Ed. *Gender Studies*:*New Directions in Feminist Criticism*. Bowling Green:Bowling Green State University Popular Press,1986.

Subversion of Identity,1990)一书中,巴特勒质疑了"自然性"的传统观点,着力阐述了性别身份的表演性(gender performativity),为性别身份的探讨提供了新的思路,该书也成为"酷儿研究"的经典文本。

生态批评(Ecocriticism)是后经典文学批评理论中比较晚近兴起的一个文学批评流派,20世纪90年代初具规模,此后二十年间迅猛发展,迄今已经衍生出生态伦理学(Ecological Ethics)、生态女性主义(Eco-Feminism)、生态马克思主义(Eco-Marxism)、后殖民生态批评(postcolonial ecocriticism)等分支,声势堪称浩大。这一批评思潮的兴起与英美文学中的生态文学(eco-literature)写作传统密不可分。梭罗(Henry David Thoreau)的《瓦尔登湖》(*Walden*,1854)是生态文学的先驱之作,此后的利奥波德(Aldo Leopold)、卡森(Rachel Carson)、艾本(Edward Abbey)等为生态文学和生态批评的发展做出了贡献。卡森的《寂静的春天》(*Silent Spring*,1962)一书用诗意的语言揭示了DDT杀虫剂对环境的危害,一经出版便引起公众的关注,引发了大规模的环境保护运动。1992年,"文学与环境研究会"(The Association for the Study of Literature and Environment)在美国内华达大学成立,成为当代最具影响力的学术团体之一。生态批评关注文学和自然的关系,运用生态哲学来解读文学文本,代表性理论家包括克洛伯尔(Karl Kroeber)、布伊尔(Lawrence Buell)、格罗特菲尔蒂(Cheryll Glotfelty)、贝特(Jonathan Bate)等。虽然这些理论家的理论体系各有侧重、各具特色,但在他们的共同推动下,生态批评成为当代文学研究领域的显学,呈现出蓬勃发展的良好态势。

此外,后经典文学批评范式还包括晚近兴起的各种跨学科、复合视角的文学研究方法,其中包括文学地理学(Literary Geography)、文学伦理学(Ethical Literary Criticism)、认知诗学(Cognitive Poetics)、数字人文(Digital Humanities)、医学人文(Medical Humanities)、空间人文(Spatial Humanities)等。这些批评方法不仅仅为文学阐释提供了新的理论路径与实践工具,也为整个人文社科研究带来了启发。

6.2.3 语言学研究的传统方法论

语言学与哲学密不可分。如何观察世界就决定着如何看待语言。哲学上的经验主义(empiricism),如培根、约翰·洛克等哲学家强调感觉经验,认为一切知识来自感知,只有感性认识可靠,理性认识是靠不住的。在经验主义的影响下,诞生了语言学的实证研究,强调客观依据,具有鲜明的直接经验特征。[①]

而哲学上的理性主义(rationalism),如笛卡尔、洪堡特等哲学家和语言学家强调理性思维,认为一切知识都来自理性,只有理性而非感觉才可靠。在理性主义的影响下,乔姆斯基等语言学家强调语言学研究的内省法。内省法是指凭借母语使用者的直觉或语感对语言的形式和意义进行判断,这既包括孤立状态下又包括特定语境下的语言形式。此

---

① 刘润清:《西方语言学流派》,北京:外语教学与研究出版社,2013年,第35—36页。

外,研究者还须将自己的内省结果同他人的内省报告加以对比,以期发现某些规律①。

源自经验主义哲学思想的实证研究(empirical research)可分为定量研究(quantitative research)和定性研究(qualitative research)。定量研究的研究目标是检验确定的变量,验证假设。研究问题在数据收集前是明确的。采用大样本,数据收集具有固定的程序结构。数据分析采用统计分析方法,其相关研究结果具有广泛的应用性。定性研究的研究目标是确定变量,并产生假设。其研究问题在研究过程中逐步具体化。采用小样本,数据收集具有灵活和动态的程序结构。数据分析以定性分析为主,也可用统计分析。其相关研究结果缺乏广泛的应用性。最初人们采用单一式研究设计,要么使用定量设计,要么使用定性设计。20世纪80年代开始,研究人员进入混合式设计阶段,将定性和定量设计有机结合,更全面地探讨问题。②

定量研究的主要方法有问卷调查、实验研究、语料库等。③ 完成一项问卷调查,必须完成3项任务:1. 设计数据收集的研究工具;2. 选择研究对象;3. 收集数据。在语言学的实验研究中,研究人员在控制某些干扰变量以后,对一个或多个自变量进行调控处理,然后测量这些自变量对因变量的影响。④ 语料库是经科学取样和加工的大规模电子文本库。借助计算机分析工具,研究者可开展相关的语言理论及应用研究。

定性研究的主要方法包括个案研究、田野调查、微变化研究(microgenetic analysis)等。个案研究可以采用访谈的形式,通过谈话向访谈对象提出一系列的问题,以了解访谈对象在某个方面的情况。也可以采用有声思维的方式,让受试用语言说出内心活动的内容,也可以采用日记的形式记录外语认知过程或其他外语教学过程中的反思,等等。田野调查指实地参与现场的调查研究工作。此外,还有民族志的研究方法,在田野工作的基础上通过第一手观察和参与来描写和调查语言现象。民族志研究者通常会结合两种视角:主位视角(emic view)和客位视角(etic view)。微变化研究主要用于探究认知发展的轨迹和机制,聚焦于群体或个体发展过程中的变异性(variability)。⑤

6.2.4 语言学研究的跨学科方法论

跨学科研究是现代科学发展的趋势和方向,通过超越以往分门别类的研究方式,实现对问题的整合性研究。在新世纪,语言学的研究更会适应这一潮流,与相关学科紧密联系,不断更新观念,扩大语言学的研究视野和范围,促进语言学的多层次、多方位的宏

---

① 束定芳:《认知语言学研究方法、研究现状、目标与内容》,《西华大学学报(哲学社会科学版)》2013年第3期,第52—56页。
② 文秋芳、俞洪亮、周维杰:《应用语言学研究方法与论文写作》,北京:外语教学与研究出版社,2008年,第62—76页。
③ 陈新仁:《英语语言学实用教程》,苏州:苏州大学出版社,2009年,第259页。
④ 文秋芳、俞洪亮、周维杰:《应用语言学研究方法与论文写作》,北京:外语教学与研究出版社,2008年,第77—100页。
⑤ 同上,第138—153页。

观研究。①

众所周知,过去针对二语习得的实验研究绝大部分采用行为实验的方法。近十多年来,研究者结合认知神经科学的方法来探讨二语的语义、句法、语音和双语转换等方面的问题。② 神经科学与语言学结合的神经语言学主要研究大脑和语言的关系,与临床病理学、心理学、脑科学等有交叉。研究者会运用神经心理、神经电生理和神经影像等技术方法。如事件相关电位(Event-related potentials or ERP)可以记录心理加工过程展开时脑电的活动,其时间分辨率具有毫秒级水平,因此 ERP 可用来探测语言理解过程中所包含的感知和认知过程。③ 功能性磁共振成像(fMRI, functional magnetic resonance imaging)是一种新兴的神经影像学方式,其原理是利用磁振造影来测量神经元活动所引发之血液动力的改变。借助 fMRI 对大脑的研究便可扩展至记忆、注意力等。在某些情况下,fMRI 技术甚至能够识别研究对象所见到的图像或者阅读的词语。此外,还有眼动仪这种能够跟踪测量眼球位置及眼球运动信息的设备,可用于在语言学实验中探讨眼动行为发生的原因和机制以及受试用眼睛采集信息的方式。

语言学还与其他学科结合形成了新的交叉学科,这为语言学研究带来了相关学科的研究方法和手段。例如,计算机科学与语言学结合,产生了计算语言学;数学与语言学结合,产生了数理语言学;生态学与语言学结合,产生了生态语言学;经济学与语言学结合,产生了语言经济学等。从语言学研究本身看,跨学科的研究有助于从不同视角对人类语言有更深入的了解。④

---

① 唐庆华:《试论语言学研究的跨学科趋势——兼议语言经济学》,《学术论坛》2009 年第 7 期,第 150—154 页。
② 张辉:《二语学习者句法加工的 ERP 研究》,《解放军外国语学院学报》2014 年第 1 期,第 88—99 页。
③ 梁丹丹、顾介鑫:《神经语言学研究方法与展望》,《外语研究》2003 年第 1 期,第 20—26 页。
④ 胡壮麟:《谈语言学研究的跨学科倾向》,《外语教学与研究》2007 年第 6 期,第 403—408 页。

第 7 章
外国语言文学研究的评价机制

外国语言文学研究的评价机制,顾名思义,就是评价外国语言文学研究的一套原则、方法、制度和做法。评价机制是引领与决定外国语言文学研究质量的重要一环,对外国语言文学研究做出价值判断,对研究的未来走向起着重要的导向作用。完善的评价机制能够激发外语工作者的工作热情和创造活力,促生高水平、优质研究成果,推动外国语言文学研究的健康、可持续发展。因此,评价机制是外国语言文学研究的关键环节。本章从学术批评、同行评价以及当前评价机制三方面探讨外国语言文学研究的评价机制。

7.1 学术批评

7.1.1 基本概念

学术批评是指针对某一学术作品以学术的眼光和方法进行分析评价,从而得出一定学术结论的学术行为。就外国语言文学研究领域而言,学术批评的概念有广义和狭义之分。广义的学术批评涵盖一切依据学术理论工具、遵循一定学术理路、对外国语言文学领域内的研究问题进行考察的学术活动。从某种意义上来讲,外国语言文学研究是一种认知活动,也是一种评价活动。实际上,任何一种评价行为都是建立在认知的基础上的,认知与评价总是紧密联系在一起,认知先行,评价随后而至,如影随形。《淮南子·原道训》有言:"感而后动,性之害也。物至而神应,知之动也。知与物接而好憎生焉。""知"把人与物联系起来,进而使人对物产生"好憎"的评价。冯平在《评价论》中甚至把评价看成一种与认知并列的认识活动,他指出:"人的认识有两种不同的取向,一是揭示世界的本来面目,二是揭示世界的意义或价值。……对于前者可以称之为认知,对后者可以称之为评价。因此,在认识活动中,评价的定位是:一种以揭示客观世界的价值,观念性地建构价值世界的认识活动。在人类活动序列中,评价的定位是:一种较之认知更接近于实践(改造世界)活动的认识活动。评价是以认知为基础的,将认知包括于自身的,更高一级的认识活动。"①从这一意义上讲,外国语言文学研究本身就是一种学术批评,外国文学研究尤其明显,常被称为外国文学批评。广义的外国语言文学领域的学术批评,既包括对具体外国语言文学问题的阐释和批评,也涵盖对这些阐释和批评所做的评价和分析。狭义的学术批评仅指后者,是针对特定外国语言文学研究成果进行的学术评价与交流。

此处所探讨的学术批评是狭义的学术批评概念,是专门针对外国语言文学研究作品进行的品评、鉴赏与价值判断,也就是"关于批评的批评",即元批评。作为针对特定学术问题的观点交流方式,学术批评包含批评主体、批评对象和批评方法三个方面的要素。学术批评的潜在主体是整个读者群体,普通大众也可以加入学术批评的行列。但通常情况下,学术批评的主体是具备本研究领域专业知识,同时又有一定批判思考能力的专家学者,这些专家学者基于自己的专业素养和批评眼光,遵循一定的学术规范,对本领域相关学术问题的研究成果进行鉴赏、辨析,指出其优劣短长,或提出自己的疑问,和研究者进行学术对话。学术批评活动的对象则是学术研究成果,批评者可以评析该学术研究成果的规范、方法,也可以拷问研究成果的学术观点、逻辑路径。需要指出的是,学术批评活动属于学术交流的范畴,不是对研究者的人身攻击,因此学术批评的对象不应该针对研究成果的作者,应严格限制在研究成果本身。学术批评的方式方法多样,内涵丰富,常见的批评方式包括学术论战、学术纠误、学术赏鉴等。

"理不辩不明,事不鉴不清",学术批评是学术活动不可或缺的组成部分。学术批评突显了学术活动的思辨性和批判性特征,是学术活动的重要环节,受到古今中外学术界的重视。我国古代典籍四书之一《中庸》,在谈到学问之道时提出"博学之,审问之,慎思之,明辨之,笃行之",慎思、明辨即包含了学术批评、学术论战之意。英国思想家、文学家弥尔顿在《论出版自由》(*Areopagitica*)中也提到,在所有形式的自由当中,能够本着自己的良知去追求知识、表达观点、进行论辩的自由最为可贵。② 在我国教育部颁布的《高等学校哲学社会科学研究学术规范(试行)》中明确提出:"应大力倡导学术批评,积极推进不同学术观点之间的自由讨论、相互交流与学术争鸣。"这一规范同时提出,"学术批评应该以学术为中心,以文本为依据,以理服人。批评者应正当行使学术批评的权利,并承担相应的责任。被批评者有反批评的权利,但不得对批评者压制或报复",强调了学术批评的客观性和针对性。

有效的学术批评对外国语言文学领域学术研究的健康发展至关重要,具体体现在两个方面。一是学术批评有利于甄选学术精品,鼓励严谨认真的治学态度,抑制浮躁求快的不良学风。学术批评帮助学术界甄别出立论公允、论证翔实、逻辑严谨的外国语言文学研究佳作,同时剔除那些言辞偏颇、主观臆断甚或弄虚作假的低劣之作,去伪存真,弘

---

① 冯平:《评价论》,上海:东方出版社,1995年,第31页。
② 弥尔顿在作品中的英文原文是"Give me the liberty to know, to utter, and to argue freely according to conscience, above all liberties." 参见:Milton, John. *Areopagitica and Other Prose Works*. New York: Dover Publishing Inc., 2016, p.35.

扬精品。二是学术批评有利于外国语言文学研究领域的学术创新和知识更新。在学术批评的过程中,批评者和被批评者通过激烈的论争和深入的交流,对该研究课题会产生进一步的理解和认识,思想的碰撞有利于产生新的学术灵感和观点,最终推动学术创新和知识更新。

7.1.2 基本方法

学术批评,究其本质,是针对特定学术问题、借助科学的学术方法而展开的学术讨论,本着求真求实的态度,学术批评的最终目的是促使学术研究的健康发展。从形式上来看,外国语言文学研究领域的学术批评大多是公开进行的,可以分为书面批评和口头批评两大类型。书面学术批评的主要渠道包括以学术期刊和报纸杂志为代表的学术媒介,口头形式的学术批评主要以学术会议或学术评审会为载体,通过本领域专家学者的口头汇报和学术交流展开。此外,读者函电和网络平台也是两个重要的学术批评渠道。具体而言,开展学术批评的方法主要包括以下三种:

一、赏鉴式学术批评

赏鉴式学术批评是一种重要的学术批评方法,也是学术思想和理论创见传播的基本途径。赏鉴式学术批评对于新生的研究方法和批评理论尤为重要。纵观学术思想的发展历史,在每一个重要学术概念的创生之际,除了理论建构者撰写文章专著进行阐述之外,其他学者的梳理分析也不可或缺。对于新兴研究命题的赏鉴式批评通过进一步阐释概念内涵,指出这一新命题的创新之处与现实意义,供同行学者借鉴。书评是赏鉴式学术批评的一种重要形式。外国语言文学研究领域的主要学术期刊都设置了以新书推介为主要目的的"书评"专栏,这些书评文章介绍新作的主体内容,阐述其主要学术观点,并对其特色进行分析评价,其目的就是要通过赏鉴式批评推介本领域的新人新作,鼓励学术创新,推动本学科的繁荣发展。外国语言文学作为人文研究的重要阵地,尤其注重学术成果的历史积累,对前人研究成果的赏鉴往往成为当代学者展开研究的起点与基础,是学术传承的重要途径。

赏鉴式学术批评以评析的方式推广精品学术成果,助力学术传统的传承,对于外国语言文学学科的发展壮大具有不可替代的作用。然而,在进行赏鉴式学术批评的时候,评论者要做到客观、公正,以实事求是的学术精神进行学术批评实践。一方面,批评者要克服"文人相轻"的思维陋习,能够肯定同行学者研究的成绩,促进优秀研究成果的传播和应用;另一方面,要和进行赏鉴的学术成果保持学术距离,不夸大、不吹捧,同时不回避该研究成果的局限性和不足之处,做到客观、中肯的评价定位。

二、论争式学术批评

学术论争是最常见的学术批评方法之一。由于科学研究的主体性特征,任何学术研究尤其是人文社会科学领域的学术研究都有浓重的主观色彩,受到研究者的知识构成和学术眼光的主导。个体经验的独特性也决定了个人的知识构成和批评视野的独特性,面对同一个学术命题常常会产生不同于他人的看法和观点,最终产生学术层面的观点论争。纵观外国语言文学研究史,学术论战是保持学术命题生命力的重要途径,从某种意义上来说,学术史也就是学术论争史。在欧美学界,解构主义是一个蔚为大观的批评流派,该流派的观点概念之所以会广为人知,除了这一思潮在当时历史条件下的独特阐释力之外,也和艾布拉姆斯、韦恩·布思(Wayne Booth)等知名学者与希利斯·米勒(J. Hillis Miller)为代表的"耶鲁学派"之间的长期论战分不开。围绕这一学术命题的争论越激烈,自觉加入论战的学者数量越多,就越能使这一学术论题得到更加全面、充分的讨论。另一个典型的案例是我国翻译界的形神之争。形与神的争论是我国古代哲学、美学的重要命题,这一争论在近代翻译研究中体现为"形似论"与"神似论"的争锋和较量,吸引众多知名学者如茅盾、林语堂、陈西滢、曾虚白、傅雷、许渊冲、江枫等加入论战,直到今天,翻译界的形神之争依然在延续,并不断延宕,成为我国影响深远的主要翻译理论形态之一。

正如以上案例所示,论争式学术批评是助推学科领域发展的重要动力,为学术研究的发展提供更为丰富的思想资源和灵感火花。某一学术命题引发的学术论争越多,论争的时间跨度越大,越说明该学术命题在这一研究领域有重大意义和独特价值。对于此类命题,充分的学术讨论能够夯实概念基础,补充前期研究的不足,拓展研究的疆域,激发学术研究的创新。然而,学术论争要针对学术命题展开,避免针对学者个人,不能发展成为人格攻击或者门派之争。同时,学术论争要有互动性,论战双方应对论争及时做出回应,保持思想交流渠道的畅通,以便学术思想在交锋中发展、成熟。

三、纠误式学术批评

除了上述两种学术批评方法之外,纠误式学术批评也是外国语言文学研究中一种常见的学术批评方式。外国语言文学研究要求研究者具备外国语言文学相关领域的专门学科知识,遵循一定的学术规范和道德准则,依据确凿的学理依据和逻辑思维方式来推演学术结论、论证学术观点。在这个过程中,任何一个环节的缺失都会产生学术失当。在这种情况下,纠误式学术批评应运而生。根据不当学术行为的具体问题,纠误式学术批评可以从以下几个方面展开:

1. 审视学术研究的规范问题。由于学术活动是学术知识生产、传承的主要途径,一定的学术规范是保障学术研究健康开展的前提,对学术规范的考量是认可一定学术成果的门槛与前提。在外国语言文学领域,由于研究中不可避免地涉及国内外多种文字的学术作品,学术规范既要内在统一,同时也要和国际通行的学术规范相接轨,以便学术交流活动能够在国际平台上展开。对于外国语言文学研究的学术规范纠误包括对学术成果专业规范的检测,如对体例、引注格式、参考文献信息等文本规范的审查,也涵盖对研究者学术道德的审视,审视其是否遵循了本专业研究的公认准则,如是否存在种族歧视、性别歧视等。

2. 考察学术观点是否公允。学术研究是以前人研究为基础的智性活动,同时又为此后的学术研究奠定基础,判断某研究成果的观点是否公允,往往要走出研究自身,从外在的、历史的眼光进行审视,把这一研究放在本领域中做历时考察,同时将该成果比肩同时代的同类研究进行共时考察,给予该研究较为准确的定位,判断学术观点是否公允。就外国语言文学领域的研究而言,判断学术观点的历史语境不仅包括国内的相关研究成果,也应当在国际学术话语的语境中对学术观点进行衡量,以真正的国际眼光来判定特定研究成果的价值。

3. 检验学术成果是否合乎逻辑。科学性、严谨性是学术研究的内在属性,这就决定了逻辑性对于学术作品来说至关重要。对学术成果逻辑性的纠误可以从两方面着手:验证作品的科学逻辑和言语逻辑。所谓科学逻辑,就是指作品的论证过程是否合理、是否具备因果关系,所引用的论据是否令人信服。言语逻辑侧重作品的语言表达是否明晰、有层次、主次分明、重点突出。由于外国语言文学隶属大文科,对语言文字的关注是外国语言文学研究的内在属性,语言表达的逻辑性是外国语言文学研究的生命线。同时,作为国际文化传播的信息载体,外国语言文学领域研究成果的科学性也关系到国际文化交流,不容丝毫马虎。

4. 筛查是否存在剽窃、抄袭、数据造假等学术不端行为。学术研究以追求真理为终极目标,本应该是最崇高、最纯粹的事业。但是近年来,受到社会上急功近利、浮躁求快等不良风气的影响,学术界也出现了一些腐败、失范的行为。学术剽窃、成果抄袭甚至实验数据造假时有发生,外国语言文学研究也不能幸免。这些学术不端行为以学术研究之名行追求个人私利之实,置学术界的声誉于不顾,成为学术界的害群之马,必须予以肃清。

纠误式学术批评是针对外国语言文学研究界各种学术失范、学术失当、学术不端行为进行的校正补救,有助于及时发现学术研究中的问题并予以揭露,目的是治病救人、正本清源。在进行纠误式学术批评时,首先要求批评者自身有严格的道德操守和扎实的专业基础,正人先正己,才能一针见血地发现问题、揭示问题,达到学术矫正的目的。

7.1.3 基本原则

外国语言文学研究中的学术批评的目的旨在对学术成果进行科学、公正的评价,弘扬推广精品研究,讨论学界争议话题,揭露谴责学术造假、学术失范行为,力图去粗拣精、去伪存真,净化学术空间,促进本学科领域的健康发展。同时,不同的学术声音有利于研究命题的全面展开,通过"百花齐放,百家争鸣",实现不同研究视角之间的互相补充、互为借鉴,实现良性可持续发展。在学术批评的过程中,要遵循以下基本原则:

一、客观性原则

客观性原则是一切科学研究的基本准则,在外国语言文学研究领域进行学术批评时也同样适用。批评者的批评之声要立足于对批评对象的科学、客观的学术考察之上,展开学术批评之前首先要对评析对象有充分理解,厘清批评对象的结构脉络、主要观点、论证方式及论据,做出客观、公允的判断,在自己的批评中切中要害,找到本质性的问题所在。客观性原则要求批评者避免两种倾向:忌为批评而批评、哗众取宠的跟风批评;忌只截取只言片语、"断章取义"式的批评。

二、开放性原则

学术批评行为展示了学者们在求真的过程中勇于提出不同见解、愿意聆听不同声音的博大胸襟,因此开放性原则是外国语言文学领域学术批评的本质要求。只有在学术批评中做到"兼容并包"、"兼收并蓄",才能让不同的学术见解在学术争鸣中大放异彩,辉照学术研究的幽径,将学术之光普照世界。学术批评的开放性原则要求批评者和被批评者都要有容人之量,能够包容异见,从学术"对手"身上学习来弥补自己研究的不足,不能一味闭门造车、抱残守缺。同时,学术批评不该有门派之见,不能把学术论争演化成门派之争。此外,就学术批评而言,批评者和被批评者地位平等,鼓励平等对话、协商,批评和反批评交替进行,真正把学术批评实践为学术磋商和学术交流。

三、针对性原则

作为学术研究活动的必要环节,学术批评有别于普通的大众传媒批评。后者除了针对一定的社会问题之外,还追求舆论辐射的导向效应。比较而言,外国语言文学研究领域的学术批评主要针对学术问题展开,批评的目的不是为了吸引公众的注意力或者制造轰动效应,而是为了保障学术研究的健康开展。在进行学术批评的时候,批评者要切实做到批评的有针对性,批评应针对具体问题展开,不应将被批评对象全盘否定;批评的对象仅限于学术范围,不应对被审视作品的作者进行人格诋毁和名誉侵害;把握批评的限度,不能上纲上线,不做政治批斗。

7.2 同行评价

7.2.1 基本概念

同行评价(peer review)是国际通行的学术评价机制之一。所谓"同行评价",是指同行专家独立评价科学研究成果或报告的过程或机制。前一章节所讨论的"学术批评"一般都是公开发表的署名的评论性作品,或在学术会议等公开场合发表的评论性言论,批评主体可以是行业内专家,也可以是普通大众。"同行评价"则不同,基本上是由行业内专家承担的、匿名进行的、普遍采用的制度化的评价机制。外国语言文学领域的同行评价主要属于质性评价机制,广泛用于学术期刊筛选投稿、出版机构遴选学术著作、资助机构评选投标科研项目申请书、相关部门决策科研奖励等环节中。相比于量化评价机制,同行评价能够提供更加个性化的评判与建议,超越简单化的"打分",不仅可以对研究作品或计划做出一定的价值判断,遴选出优秀的研究作品和计划,还能通过提出有针对性的修改意见,改进和完善研究作品或计划。

同行评价的做法最早可追溯到1731年,当时的医学知识改进协会(The Society for the Improvement of Medical Knowledge),即后来的爱丁堡皇家协会(The Royal Society of Edinburgh),把科学通讯发给行业内的专家进行审阅与点评。同行评价的做法在此后几百年中逐步得到完善,到"二战"之后得以确立,至20世纪80年代中期已成为一项基本学术制度。[1] 同行评价的产生源自公众对于责任与透明的需求,源自学术界对于自治的渴望,源自通过公平程序实现理想结果的政治需要。[2] 我国外国语言文学领域的同行评价机制肇始于20世纪,如今同行评价机制已经成为我国外国语言文学领域的一项基本制度。我国优秀的外国语言文学类学术期刊都已采用同行评价的做法,例如学术期刊《当代外国文学》于2006年启用了同行评价制度。

7.2.2 基本方法

同行评价是一项外国语言文学研究的重要评价机制,2011年教育部颁布的《关于进一步改进高等学校哲学社会科学研究评价的意见》也强调要"完善以同行评议为主的评价机制"。同行评价的基本方法主要有三种:1. 过程导向的同行评价法;2. 创新导向的同行评价法;3. 价值导向的同行评价法。

一、过程导向的同行评价法

过程导向的评价法是同行评价的基本方法。这一同行评价法重点考察外国语言文学研究的设计、步骤与过程,也重视研究论文本身的结构、逻辑、层次和整体效果。过程导向的同行评价法可以理解为重点关注研究本身的评价法,常见于外国语言文学研究评价中,尤其适用于外国语言学与翻译学研究的评价。

---

[1] Starck, J. Matthias. *Scientific Peer Review: Guidelines for Informative Peer Review*. Wiesbaden: Springer Spektrum, 2017, pp.13-14.

[2] Derrick, Gemma. *The Evaluators' Eye: Impact Assessment and Academic Peer Review*. London: Palgrave Macmillan, 2018, p.2.关于同行评价的历史渊源亦可参考以下两本著作:

Chubin, D. E., and E. J. Hackett..*Peerless Science: Peer Review and US Science Policy*. Albany: State University of New York Press, 1990.

Dahler-Larsen, P. Evaluation and public management. In *The Oxford Handbook of Public Management*, eds. E. Ferlie, L.E. Lynn Jr., and C. Pollitt. Oxford: Oxford University Press, 2007.

现代科学研究的一个基本理念是客观性,即:某一科学研究在特定的条件下都会产生相同的结果,这一过程应是可预测的,不应受研究者的影响。客观性是评价科学研究的基本规范。这一理念表现在科研论文或报告中就是可复制性。科研论文或报告应该提供研究的具体设计、步骤和过程的准确记录,让其他研究者在必要时能够重复该研究以验证结论。同行评价的主要职能之一,就是确保研究方法、步骤及过程得到全面、准确的描述。外国语言学与翻译学研究受到这一科学研究理念的影响较大。与此相应,很多语言学与翻译学研究的评价特别注重研究方法、技术、步骤、统计和论证。外国文学研究作为典型的人文学科,虽然对技术与统计不那么倚重,但对外国文学研究的本体评价也十分重视。

过程导向的同行评价法常用于论文审稿、成果评价等科研评价活动中,尤其在论文评审中使用较多。现以某著名翻译学研究国际期刊为例(见下表):

某翻译学研究国际期刊同行评审表

			弱	中	强	不确定
1. 总体概况	1. 整体印象	A. 主题相关性				
		B. 原创性				
		C. 结论的重要性				
		D. 理论深度				
	2. 研究方法	A. 方法对研究对象的适用性				
		B. 数据的原创性				
		C. 数据处理的充分性				
	3. 论证(讨论)	A. 数据阐释的深度				
		B. 论证的逻辑与结构				
		C. 思想的前沿性				
		D. 学科专业文献的引用情况				
	4. 行文与体例	A. 论文整体结构				
		B. 简洁清晰的风格				
		C. 语言质量				
		D. 尊重期刊的体例				
		E. 遵循期刊的参考文献传统				
		F. 图表清晰明确、设计合理				

续 表

2. 具体的评论与建议	（要求：请对研究论文的总体情况与具体细节给予明确的、定性的评价与建议。若有必要，请对上表未曾包括的方面进行评价。若是负面评价，则希望给予评论或建议。长短不限。）
3. 评审结论	A. 可以发表；B. 小幅修改后发表；C. 大幅修改后发表；D. 不予发表

这一学术期刊同行评审表采用了过程导向的同行评价法。该表对研究方法、论证/讨论过程、撰写/行文过程给予了充分关注。除了打分的量化评价方法，该表还要求同行专家对研究论文的总体情况与具体细节给予定性的评价与建议。

二、创新导向的同行评价法

外国语言文学研究，与其他学科的科学研究一样，追求思想创新与知识创新。创新性是评价外国语言文学研究的核心尺度。创新导向的评价法也是同行评价所常用的基本方法之一。外国语言文学研究的创新性可以是多方面、多层次、多角度的创新、更新或拓展，包括但不局限于理论上的创新、观念上的创新、视角上的创新、方法上的创新、论据上的创新、调查对象层面的创新、适用领域或使用范围的创新等。一项外国语言文学研究成果，如果能够在上述的一两个方面有所拓展与突破，就足以称得上创新型成果。

有必要指出，外国语言文学研究领域的"创新"，是相对于现有研究水平而言的，是继承基础上的开拓与革新，因此不能是"无中生有"的全面创新，也不能是"闭门造车"的自说自话。因而，熟悉所在领域的研究现状及问题，是从事某项外国语言文学研究的首要前提。根据现有研究而撰写的文献综述或文献回顾是外国语言文学研究必不可少的组成部分。文献综述或文献回顾的最终落脚点就是当前的研究现状，尤其是存在的研究问题，这一点也应该是当下研究的起点。换言之，文献综述需要做的工作就是：1. 证明你对本领域的前人研究十分了解；2. 证明你没有重复别人的研究工作；3. 证明你将在本论文中比别人研究得更深，走得更远，对该领域有自己独特的贡献。这三点正是外国语言文学研究创新的前提与保证。同行评价之所以是国际通行的学术评价方法，主要原因之一就是所聘请的评价者是同行专家，对该领域内的研究现状及问题了然于胸，能够对当前研究的创新与贡献做出比较准确的判断。

创新导向的同行评价法常用于外国语言文学领域的项目评选、论文发表、专著出版、职称评审等科研评价活动中,尤其在科研项目评选中使用广泛。以某一国家级社会科学基金项目通讯评审为例(见下表)。

某国家级社会科学基金项目通讯评审表

评价指标	权重	指标说明	专家评分							
选题	3	主要考察选题的学术价值或应用价值,对国内外研究状况的总体把握程度	10分	9分	8分	7分	6分	5分	4分	3分
论证	5	主要考察研究内容、基本观点、研究思路、研究方法、创新之处	10分	9分	8分	7分	6分	5分	4分	3分
研究基础	2	主要考察课题负责人的研究积累和成果	10分	9分	8分	7分	6分	5分	4分	3分
综合评价		是否建议入围	A.建议入围				B.不建议入围			

该同行评价表突显了研究选题与计划论证的重要性,分别占 $\frac{3}{10}$ 和 $\frac{1}{2}$ 的权重。这两部分的写作重点就是在文献综述的基础上找到有创新的选题并设计合理的研究计划。研究项目申请表描绘的是"将来时"的研究选题与计划,同行评价往往通过研究选题及其设计所具有的"创新性"及可能的"贡献度"决定相应的科研资助,其中创新性是核心尺度。

三、价值导向的同行评价法

价值导向的评价法是同行评价的第三种基本方法。价值是评价科学研究的关键指标之一。所谓"价值",就是研究成果对评价主体的功用或作用,其价值的高低取决于其满足主体需要的程度。价值导向的同行评价法看重研究成果的社会价值与现实意义。

价值导向的同行评价法在理工类科研成果评价中被广泛使用,尤其看重成果对社会经济发展的推动作用与贡献。外国语言文学研究属于基础性的人文研究,一般很难产生显著的社会经济效益。但作为人类精神层面的探索、认知层面的拓展、审美层面的追求,外国语言文学研究也会产生社会反响与社会效益。评判外国语言文学研究成果的价值时,我们也可以考察该作品阅读量如何、发行量如何、下载量如何、转载率如何、采纳范围如何、经济效益如何。然而,这些数据虽有一定参考价值,但不能过于依赖。对于外国语言文学研究评价更重要的参考依据应该是:这一作品是否推进了本领域的学科研究?是否形成了某种新的社会观念或思潮?是否对社会公民的思想产生了重大影响?是否解决了有关国计民生的现实问题?例如:外语规划与外语战略研究就有可能为当下我国"一带一路"倡议的推进献言献策,尤其是提供语言政策制定方面的智力支持。价值导向的同行评价法常用于成果评奖、机构评价等科研评价活动中。

综观外国语言文学研究同行评价的现状,我们很难见到绝对的创新导向的同行评价法,或过程导向的同行评价法,或价值导向的同行评价法。经常看到的同行评价法都是包含了三者的部分因子,你中有我,我中有你。例如,常用于论文评审的过程导向同行评价法除了重点考察该研究及其撰稿的过程本身,也一定会考虑其创新性及可能产生的社会价值与效应。毋庸置疑,成果的创新性、本体价值及社会价值都是外国语言文学研究评价不应忽略的因素。然而,三种不同倾向的评价法也各自有明显的适用领域,例如:创新导向的同行评价法比较适合科研项目评审,过程导向的同行评价法更加适用于科研论文评审,价值导向的同行评价法可更多用于评价研究成果或研究机构的社会影响与效应。

最后有必要指出,同行评价的优势是能够进行个性化的、深入的质性评价,然后近年来的趋势是越来越多的量化指标与手段融入进来,甚至有后来者居上的趋势。当然,量化方法有利于提高效率,让组织者更易横向对比与取舍。但外国语言文学研究评价通常是仁者见仁,智者见智,如何保持思想的深刻性、差异性、独特性是与外国语言文学研究性命攸关的课题,这些都是量化指标很难(准确)反映的质性特征。

7.2.3 基本原则

外国语言文学研究的同行评价具有规范研究、提升质量、引领和推动外国语言文学研究学界进步的职责与功能,因此需要遵循规范性、科学性和建设性的原则。这三条基本原则适用于各种同行评价法。

一、同行评价的规范性原则

外国语言文学研究领域的同行评价具有维护本领域的研究规范、建设本领域研究共同体的责任,从而保证本领域学术交流的有序进行与科学研究的健康发展。同行评价的规范性原则就是指同行专家遵循外国语言文学研究领域内长期形成的原则与规范去评价相关研究作品,或者按照某一机构或期刊社约定俗成的规范与传统去筛选相关研究作品,并通过相关反馈机制引领、调节或约束外国语言文学研究。

二、同行评价的科学性原则

现代科学研究遵循一定的研究原理、方法、步骤和过程,外国语言文学研究也不例外。同行评价的作用之一就是确保外国语言文学研究的科学性。因此,同行评价时有必要检查:研究的步骤与过程是否准确记录与描述? 若有必要能否重复该研究以便验证? 相关观点与结论是否有证据支撑并得到充分的论证? 这些都是研究的客观性与科学性的有力保证,而同行专家可以通过评审确保研究成果达到相关要求,或在缺失的情况下让作者修正和补充相关的研究内容与信息,提高相关研究的可信度与价值。

三、同行评价的建设性原则

外国语言文学研究同行评价的终极目标是为了推动外国语言文学研究的发展,遴选或鼓励优秀的外国语言文学研究作品。同行评价的建设性原则是指同行专家应具有宽阔胸怀,勇于担当,看到评审所肩负的引领与推动外国语言文学研究发展的重大责任,在评审中多用建设性的眼光、多提建设性的意见。同行评审的专家应该推出外国语言文学研究的精品,同时从发展的角度、长远的角度看到其他作品的闪光点,鼓励外国语言文学研究的新人与新作,提升外国语言文学研究的整体水平、推动外国语言文学研究群体的人才梯队建设。

7.3 外国语言文学评价体系的构建

7.3.1 现状与问题

在我国,外国语言文学评价体系的构建是一个动态发展的历史过程。较之于其他人文学科,我国的外国语言文学学科是一个比较年轻的学科领域,肇始于19世纪末20世纪初的西学东渐时期。随着外国语言文学学科的萌芽发展,外国语言文学研究的评价体系也随之产生。早期的外国语言文学评价比较零散,不成体系,且受到我国社会历史进程的影响较大,不具备独立的学术评价特质。在改革开放以后,我国的外国语言文学研究得到飞跃性发展,逐步弱化了最初的政治历史批判的价值取向,更加关注学科特性和批评理论的发掘,随着学科内涵得到强化,相应的评价机制也逐步明确。值得一提的是,2004年8月16日,教育部发布了《高等学校哲学社会科学研究学术规范(试行)》,2011年,教育部又颁布了《关于进一步改进高等学校哲学社会科学研究评价的意见》,两个文件明确提出了学术批评和学术评价的规范,这是我国国家层面哲学社会科学研究学术评价走向体制化的重要举措。

目前,我国的外国语言文学领域形成了由学术批评、同行评价主导的质性评价和各种量化指标为标准的定量评价相结合的评价体系。学术批评通过学术论争、学术赏鉴以及学术纠误的方式,传播推广高质量的外国语言文学研究成果,同时及时发现研究中的争议问题甚至是错误倾向,警示学术失范和学术不端行为,营造良好的学术对话以及学术传承传统。同行评价通过外语界行业专家基于专业研究经验的判断来筛选高水平研究成果和研究人才,鼓励兼具科学性和创新性的研究课题,淘汰重复研究、伪科学研究,实现科研资源的优化分配。量化评价考量的对象包括研究论文、论著以及科研立项、获奖等方面,兼顾引用率、下载率以及成果载体——期刊的影响因子、收录情况等,按照科研业绩的数量及等级为研究者分配相应的科研资源。

我国现行外国语言文学评价体系实现了主观质性评价和客观量化考察的结合,具有一定的科学性和借鉴意义,有效地激发了外语界科研工作者的积极性,助推我国外国语言文学研究领域的蓬勃发展。然而,鉴于这一评价体系近年来才初具雏形,还存在一定的问题,需要进一步的发展完善。我国当前外国语言文学研究评价体系主要存在以下几个方面的问题:

1. 学术批评之风不浓,学术论战的氛围不足。外国语言文学领域自20世纪初建制以来,围绕着教学、科研有多场论争,这对于外语学科的发展有着良好的规范和促进作用。然而近年来,外语界学术论争的声音日渐微弱,虽然体现了良好的同行关系和学者的包容姿态,但长远看来,不利于本学科的健康发展,应予以矫正,鼓励不同学术观点的争鸣。

2. 同行评价主观性强,标准难以统一,同时缺乏健全的意见反馈机制。同行评价专家遴选受行政干预较多,缺乏学科特点依据,造成很多项目、奖项的评审行政色彩较浓。此外,有些评审工作采取的是大学科评审制,使得评审专家与评审对象的专业匹配度不高,难以评选出真正高水平的研究作品。

3. 量化评价指标的科学性不足,过度量化导致了浮躁求快的科研作风。现阶段,外国语言文学研究量化评价的指标依据主要是 SSCI、A&HCI、CSSCI、全国中文核心期刊等国内外期刊收录索引,导致研究者片面追求在相关索引来源/核心期刊上发表而不从研究的实际需要出发。有学者调研发现,虽然我国近年来在国际收录系统期刊的论文发表数量剧增,但综合科技竞争力却大幅下滑①,反映出唯收录索引来源期刊马首是瞻的评价体系之缺陷。

4. 学术评价的监督机制不健全,容易滋生学术不端、学术腐败。学术评价关系到学者自身的学术地位以及学术资源的合理分配,一定程度上决定着学科方向的健康发展,是一种权力场域。目前,虽然有体制内的各种规章制度来规范学术评价的进行,但缺乏健全的监督机制来保障学术评价的公平与公正。离开了有效的监督监管,学术评价的权力容易被滥用,甚至成为某些道德水准不高的专家、学者进行权力寻租的对象,滋生了学术腐败,造成恶劣影响。

7.3.2 发展与完善

我国外国语言文学的评价机制自初创以来激发了外语界学者的研究热情,产生了大量优秀的研究成果,这一评价机制对我国外国语言文学研究工作的推动作用有目共睹。然而,由于这一评价机制尚属初创阶段,很多方面还不够成熟、规范,也产生了一些如前文所述的问题。针对现存的问题,可以采取相应的措施进行改进,以最终建立一个合理完善的评价机制。

首先,大力提倡"百家争鸣、百花齐放"的文艺方针,鼓励外国语言文学研究的学术批评和学术论战。学术批评是学术研究的创新之源,是学术传统的活力之泉。就外国语言文学研究而言,历史上的学术争论都留下了宝贵的学术遗产,在外国语言文学这一学科的逐步确立、发展过程中起到了不可替代的作用。当今社会,随着科技的发展,学术研究进入了信息化时代,知识的增长和更新都在高速进行,更加需要学者们互相审视对方的研究,从作者个体之外的维度关注和探查研究命题,以多元视角的阐释进一步丰富研究的内涵。因此,开展学术批评并非与人为敌、刁难他人,而是学界同仁通过学术对话互相

---

① 戎辉:《我国学术评价制度论略》,《中国矿业大学学报(社会科学版)》2007年第3期,第84页。

促进彼此的研究、共同推进相关课题的探索之旅。相关机构应制定政策予以激励,学术期刊等知识平台也要开拓更多学术争鸣的版块、栏目予以鼓励,学者们要端正态度,勇于进行学术批评,也要有宽广的胸襟来接受他人的合理批评。

其次,加强外国语言文学研究学术共同体建设,完善同行评价体系。学术共同体的概念来源自迈克尔·波兰尼(Michael Polanyi)最早提出的科学共同体(scientific community)概念①,经历了库恩等后来学者的发展逐步成为"同一个科学专业领域中的工作者"的集合②。学术共同体的存在能够通过学者共同参与的方式制定学科标准和行业标准,同时彰显本学科研究的特色与内涵,能够在学术评价中起到规范和导向作用。外语界学术共同体的建设能够改善同行评价过程中评委和评审对象匹配度不高的现象,还可以通过共同体内部的充分交流打破同行评价中只听到评委声音的闭合体系,形成互动机制,使同行评价不仅能够判定研究的优劣,也可以为后续研究提出更多的意见与建议,最终促进整个外国语言文学研究的顺利开展。

此外,针对过度量化评价带来的弊端,强化学术代表作制度作为量化指标评价的有效补充,使评价结果真正"保质保量"。量化评价体系有其客观、公允的一面,但由于人文社科研究的特点是研究周期长,研究成果的实效性较慢,成果的实际应用多为间接、隐形,这导致了单纯定量评价无法呈现人文社科研究的成果实景,且助长了浮躁求快、一味跟风的不良风气。学术代表作制度通过考察学者的代表性作品,从具体的研究中甄别作者的学术素养和科研水平,突破了量化指标的局限,使得评价的结果更加科学。学术代表作制度是量化评价的有效补充,合理使用能够增强评价体系的公正性,但由于对于学术代表作的鉴定一般由同行专家完成,具有一定主观性,在专家的遴选上要采取有效机制,选择学科领域内专业水平高、道德素养好的真专家,以保障鉴定结果的真实可靠。

最后,针对个别学者出现的学术不端、学术腐败行为,建议在外国语言文学领域建立学者诚信记录,提高学术失范的成本,警示不良学术行为。目前,我国学界出现的学术不端行为,究其原因,除了量化评价催生的功利主义影响以及监管不到位之外,一个很大的原因就是学术不端行为的违法成本低,使得有些学者心存侥幸、有恃无恐。建立学者诚信记录,将学者的学术信用记录在册,作为学术评价的参考,能够倡导诚实、严谨、求真、求实的优良学术风气,有效遏制各种学术不端行为,创造更加健康的学术研究环境。

---

① Polanyi, Michael. "The Autonomy of Science." *The Science Monthly*, 1945(2), pp.141-150.
② 托马斯·库恩:《科学革命的结构》,金吾伦、胡新和译,北京:北京大学出版社,2003年,第177页。

第8章 外国语言文学研究的创新机制

8.1 基本概念

创新是学术研究的灵魂。学术研究的最重要意义在于为同行和大众提供新的知识，因此学者不仅仅是知识吸纳者，也是知识创造者。创新是运用已有的知识和相关信息创造或引进某种新颖、独特、有一定社会价值的产品或思想的过程。英文中对应的单词是"innovation"，拉丁词源为"innovatus"，由"in-"前缀和"novus"构成，其中 in 为"引进，进入"的意思，"novus"即"new"，表示"新的"，合并在一起即"引入新的事物"，因而有革新、创新的含义。

这里有必要指出"创新"与"创造"之间的区别。虽然这两者都有"独创性"这一内涵，但是较之"创造"，"创新"兼有继承和发展的双重因素，强调在立足传统的基础上进行革新。

8.2 创新与传统的关系

创新并不是孤立地无中生有，而是需要具备整体性、系统性的意识。想要理解创新必须把握好创新与传统的关系。简言之，创新建立在对传统的合理取舍、合理扬弃之上，在做研究时，应该做到批判继承与发展创新二者的有机统一。

8.2.1 传统的生成与影响

学术研究是凝聚几代人的集体智慧的精神劳动，除了个体的某个方面的深入研究之外，还需要着眼于相关研究的谱系，对自己研究对象的研究历史作整体性的思考与把握，要清楚某一领域研究的来龙去脉，总结前人的经验教训，这样才能继续探讨创新的方向和空间。除此以外，前人的学术研究也为我们提供了研究文学的基本方法，这些基本方法是任何文学研究视角的基础,是每一个文学研究者都应该掌握的。我国外国文学研究有着深厚的传统,有一批治学严谨、学贯中西的学者,诸如钱锺书杨绛夫妇、陈嘉、王佐良、杨周翰等。他们的学术成果反映出他们对经典文学作品的尊重,并为我们提供了文学传统研究方法应用的范例。

以杨绛先生的论文《有什么好?——读小说漫论之三》为例,这篇论文是一个经典的关于品鉴一部文学作品好不好的案例,杨绛先生在文章开篇指出,爱好某个作家的读者,要研究他/她的作品有什么好,不能欣赏他/她的人,也常常要追问他/她的作品有什么好。[①]这句话看似简单,却是文学研究中一个十分重要的问题,能够说清楚一部文学作品好在哪里是文学研究最基本的任务,但并不是一件容易的事情。很多学者在做文学研究时强调文学与历史学、哲学、社会学、文化人类学的打通,这样的研究方法有助于我们了解作品与文化、政治、经济、社会的关系,但也很容易忽视文学研究工作者解读经典、阐释文学之美的职责。杨绛先生在这篇论文中从小说的基本元素情节、主题、布局、人物塑造、叙事、语言风格入手,采用文本细读的方法从以上各方面向读者揭示出《傲慢与偏见》作为一部写实小说独特的出彩之处。应该说,这篇文章至今依然值得广大外国文学研究者细心研读并学习。

再如王佐良先生编撰的《英国文学史》,这部作品为我们提供了文学史研究的范例。文学史研究很容易落入时代背景加作家生平与著作的罗列,怎样使得文学史既有文学性又有历史性是值得文学史研究者反复思考的问题。在《英国文学史》中,王佐良先生在考量中西方文学史的书写传统之上,进行了自己的探索:"以文学品种(诗歌、戏剧、小说、散文等)的演化为经,以大的文学潮流(文艺复兴、浪漫主义、现代主义等)为纬,重要作家则用'特写镜头'突出起来,这样文学本身的发展可以说得比较具体,也有大的线索可寻。同时,又要把文学同整个文化(社会、政治、经济等)的变化联系起来谈,避免把文学孤立起来,成为幽室之兰。"[②]这样一种研究文学史的方法能把文学置于社会、经济、政治、哲学思潮等所组成的宏观背景之下,同时又充分认识文学的独特性;既尽量了解作品的本来意义,同时也能用今天的新眼光来重新考察作家、作品的思想和艺术品质。

总之,学术创新应该避免冒进,要保持按照学术发展规律、朝着创新方向努力的审慎态度。文学研究的学术传统告诉我们,深入细致地阅读作品、深刻地理解作者及其作品是理解文学最为直接、最为有效的方法,也是我们将文学作品研究上升到理论高度的基石。

8.2.2　创新的必要与功效

任何研究都不可能彻底解决一个问题,必定会留下一些力所未及的研究空间。有了扎实的专业基础,熟悉了前人的研究成果,还要善于把这些知识和积累融会贯通,综合提

---

① 参见杨绛:《有什么好?——读小说漫论之三》,《文学评论》1982年第3期,第128页。在原文基础上有改动。

② 王佐良:《王佐良全集》第1卷,北京:外语教学与研究出版社,2016年,第6页。

炼，才能拓展自己的视野，看到前人所没有看到的东西。

冯友兰先生曾提过"照着讲"与"接着讲"的概念①。所谓"照着讲"是指要遵照前人的内在理路来开展研究。"接着讲"既表示承接，亦即与之有延续的一致性，更表示有不同、有发展。必须接续前辈学者和同时代学者的已有成果，同时力图据本开新，发人之所未发，比前人有所创造、有所前进。这样，学术发展和学术创新才能走上良性增长的大道。具体到外国语言文学学科，一部文学作品的意义，它的主题和美，并不仅仅是客观存在于作品之中，静待读者或批评者去发现，文学作品的意义可以不断地被重新发现和阐释，可以在不同的历史和文化语境中产生不同的意义，使我们对它的理解更加丰满和深入。因此，文学研究的领域充满了能动的创新的可能和需求，这也是我们在文学研究中进行创新的意义。

8.3 学术创新规范

8.3.1 学术创新的几种范式

学术研究怎样才能创出"新"来呢？在具体实践时有一些可以依循的范式。

国外学者曾将学位论文的创新性类型归纳为以下 15 种：1. 第一次用书面文字的形式将新信息的主要部分记录下来；2. 继续前人的独创性工作；3. 进行导师设计的独创性工作；4. 在即使并非独创的研究工作中提出一个独创性的方法、视角和结果；5. 含有其他研究者提出独创性的观点、方法和解释；6. 在证明他人的观点中表现出独创；7. 进行前人尚未做过的实证性研究工作；8. 首次对某一问题进行综合性表达；9. 使用已有材料做出新的解释；10. 在本国首次做出他人曾在其他国家得出的实验结果；11. 将某一方法应用于新的研究领域；12. 为一个老的研究问题提供新证据；13. 应用不同的方法论，进行交叉学科的研究；14. 重视本学科中他人尚未涉及的新的研究领域；15. 以一种前人没有使用过的方式提供知识。②

以上界定具有一定的普适性，具体到外国语言文学学科，创新主要可以从以下三个方面去实现：1. 研究对象的创新，即研究他人尚未给予关注但十分具有研究价值的作家、作品、文学流派或理论思潮；2. 研究方法的创新，即采用新的视角透视某个作家或文本（通常是经典作家），从而生成新的认识；3. 研究观点（结论）的创新，即通过采用新的视角或者重新对文本进行细读，得出与前人不同的观点。下面就这三个方面分别举例阐释。

第一种范式：研究对象的创新，这既可以是研究一个前人尚未触及的作家作品（前提是该作家作品要有一定的研究价值），也可以是研究一个大家比较熟悉的作家作品中未

---

① 参加冯友兰：《新理学》绪论，上海：三联书店出版社，2007 年。
② 转引自楼成礼等：《略论博士论文的独创性贡献》，《中国高教研究》2003 年第 3 期，第 55—56 页。

被研究过的某一面向或维度。前者的例子有研究比较新的当代作家及其作品,比如美国"9·11"事件后,有一些当代作家专门以"9·11"事件为题材创造了一批小说,第一时间研究这些被称为"后'9·11'小说"的作品紧跟当下文学发展态势,是属于研究对象的创新。后者的例子一般发生在经典作家身上,比如一般对英国现代主义女作家弗吉尼亚·伍尔夫的研究集中在其作品的女性意识或是现代主义文学创作手法,但是也可以将关注点转移至其作品的后现代主义写作手法,比如《奥兰多》中元小说和戏妨手法的应用,继而发现伍尔夫在创作理念上的前瞻性。

第二种范式:研究方法的创新,即采用与前人不同的方法切入文本,以得出对文本的新的阐释,使得读者对文本的理解更加丰富和多元。事实上,大部分文学理论的诞生都是一次文学研究方法的革新,比如赛义德在论文《简·奥斯汀与帝国》中用后殖民批评的视角切入《曼斯菲尔德庄园》这部小说,揭露出爱情故事背后的文学叙事与西方帝国主义扩张事业之间的"共谋"关系;[①]比如希利斯·米勒在著作《解读叙事》中运用解构主义的阅读方法重新阐释了《诗学》、《俄狄浦斯王》、《克兰福德》等经典文学作品,借"反讽"、"错格"、"双重性"等手法钻进文本内部,揭露出文本无意中暴露与绽出的矛盾和言不及义之处,将文本的整体格局打碎。[②]解构主义彼时作为一种新的文本阐释方法极具革新意义,暴露文本内部的矛盾,也就基本暴露了文本自身都不自明的潜在意义维度,这无疑佐证了文学的多义性。国内很多学者也为我们提供了研究方法创新的典范,比如杨金才的著作《美国文艺复兴经典作家的政治文化阐释》,有别于前人将美国文艺复兴经典作家置于浪漫主义的视野中考察,这本著作对其进行了政治文化阐释,考察他们对资本主义工业文明的批判立场以及在多大程度上他们的作品又参与了当时美国主导社会意识形态和殖民文化的建构。[③] 再以朱刚的《重读〈麦琪的礼物〉》一文为例。作为欧·亨利最负盛名的故事之一,《麦琪的礼物》已经为很多人所讨论,但前人大多采用文本细读的方法研究故事的主题和叙事,朱刚的这篇文章则采用文化批评的研究方法,将故事与欧·亨利写作时美国社会的消费文化语境结合起来研究,指出《麦琪的礼物》的意义不仅仅停留在爱情这一主题之上,实际上,故事暴露了美国商业文化带来的社会矛盾,折射出作家力图重振社会纲常所做的乌托邦式的努力。[④]

第三种范式:研究观点的创新是指用相似的研究方法得出了不同的结论。比如,就福克纳的短篇小说《献给爱米丽的玫瑰花》中为什么爱米丽值得一朵玫瑰花的问题,不同的学者得出了不同的结论。钱满素在《错位的怪诞》一文中认为爱米丽象征着美国南方传统,她的死亡象征着南方的崩塌,因此有了几分庄严肃穆的味道,值得我们献花;[⑤]肖明翰在《为什么向爱米丽献上一朵玫瑰——兼与钱满素先生商榷》一文中提出不同意见,他

---

① 参见弗朗西斯·马尔赫恩:《当代马克思主义文学批评》,刘象愚等译,北京:北京大学出版社,2002年,第107—118页。
② 参见J.希利斯·米勒:《解读叙事》,申丹译,北京:北京大学出版社,2002年。
③ 参见杨金才:《美国文艺复兴经典作家的政治文化阐释》,上海:上海外语教育出版社,2009年。
④ 参见朱刚:《重读〈麦琪的礼物〉》,《外国文学评论》2001年第2期,第46—52页。
⑤ 参见钱满素:《错位的怪诞》,《名作欣赏》1995年第6期,第13—14页。

指出,鉴于故事的叙述者是一个不可靠叙事者,那么我们就不能基于叙述者的叙述来理解整个故事;通过对文本进行细读,尤其是对叙述者的叙述话语进行抽丝剥茧,肖明翰认为爱米丽其实是南方传统的牺牲品,终其一生都在与之抗争,尽管失败,但她从未屈服,正是基于"人与环境或与自己的抗争"这一主题,福克纳认为爱米丽值得我们为之献上一朵玫瑰花。① 而在《爱米丽的"同谋"》一文中,刘玉宇则提出了与以上两位学者不同的观点,他认为叙述者既不是"天真的旁观者"也不是"社区代言人",而是福克纳精心刻画的一群心态复杂的谋杀案"同谋",他们通过精心构造爱米丽的形象来掩饰自己"见死不救"的罪责。② 三位学者对文本进行了细致的剖析和阐释,并结合自己的理解得出了不同的结论,从而丰富了文本的意义,也形成了真正的学术对话。

有必要强调的是,以上三种范式并不是互斥的,在实际做研究的时候,常常会彼此有牵连,比如研究对象的创新也常常要求研究者用新的研究方法,新的研究方法也通常会得出新的研究结论。比如有一些跨学科研究,学科的交叉与融合有时既会带来研究对象的改变,也有研究方法的改变。但是所有的创新范式都有一个共同目标,即重新审视作家作品,展示作家或作品的多维面向。

8.3.2 学术创新的几种误区

在进行学术研究时,有些研究者迫切追求创新,往往会误入歧途。对学术创新存在以下几种常见的误区:

第一,没有充分、详尽地考察已有的相关文献便论证自己的假设,继而提出自己认为的新的学术观点。任何领域的学术研究都是与同行、前人的对话,因此,在有了初步的研究问题或研究假设时,首要的是要对前人的研究成果做一番详尽的考察,如果该问题或假设前人已经讨论过了,或者得出了相似的结论,那么再做相似的研究就没有必要了。实际上,不考察文献就盲目论证自己的观点,即使论证再严密也可能只是重复研究,不能视为学术创新。避免踏入这一误区需要学者尽可能掌握与研究话题相关的大部分文献,并对相关文献进行梳爬整理,在此过程中找到自己的研究假设与前人的区分,继而从区分处切入进行论证。研究者需要切记熟悉一个学科的基础、熟悉前人已积累的知识是做学问不能跳过的一步,企图跳过这一步或者只蜻蜓点水地走过场,都是不可取的。

第二,刻意选择生僻、冷门的文本进行研究。有些学者认为选择前人没有触碰过的作品进行研究是一种学术创新的捷径。在某种程度上,敢于做第一人确实是一种创新,但同时需要注意的是,有时某个文本或者话题鲜有研究并不是没有学者关注到,而是不值得关注,即研究意义不大。学术研究并非闭门造车,相反,学术研究也是一种交流和对话,因此,在选题时一定要追问:我的研究将与谁形成对话?我的研究想回应怎样的问题?

---

① 参见肖明翰:《为什么向爱米丽献上一朵玫瑰——兼与钱满素先生商榷》,《名作欣赏》1996年第6期,第106—111页。
② 参见刘玉宇:《爱米丽的"同谋"》,《外国文学评论》2007年第4期,第69—75页。

第三,不关注学术前沿。这一点与第二点也有所关联。学术创新既要关注历史,也要关注将来。有些人在选择研究问题时,只单纯考虑自己的研究兴趣或者研究问题的可操作性,却忽视了这一问题在当下是否有研究意义。理想的状态是,研究者既要注重基础理论和系统专业知识的掌握,更要密切关注研究领域的前沿动态,这样才能精选有一定深度的、反映学科最新发展动向的研究问题。只有关注学科前沿,才能确保自己的研究真正具有前瞻性和创新性。研究者应该多参加国内、国际的学术会议,养成阅读国内外期刊杂志的习惯,这样才能知道当下学术界所关心的问题,继而选择研究问题。不顾学术"前沿"进行学术研究,就不会知道什么问题有研究价值,从而将研究变成为了创新而创新,这样是创不出有分量的成果的,很容易变成自说自话,也不容易引起学术反响。

第 9 章
外国语言文学学术成果发表规范

9.1 基本概念

9.1.1 学术成果形态

在界定"学术成果形态"之前，有必要对"学术"做一个简要说明。在英文中，"学术"（academy）一词源自拉丁语中的"acadēmia"，而"acadēmia"的词源则是希腊语的"akadēmeia"（古希腊著名哲学家柏拉图及其弟子研究学问的一片树林，柏拉图的讲坛即设立在此小树林中）。从词源学的角度我们可以看出，"学术"从一开始就是指有系统从事探索某种专门学问的活动。在中国，自西学东渐以来，多有学者关注"学术"一词的意义，比如梁启超认为"学也者，观察事物而发明其真理者也；术也者，取所发明之真理而致诸用者也"，而两者的关系即为"学者术之体，术者学之用"。① 比梁启超稍长的严复也持近似观点，认为"学主知，术主行"。当时梁严之论处于社会剧变的中国，志于改革图变的精英阶层意识到发达的科学技术的作用，故梁严的观点多以自然科学论者为主。当下，"学问"则是广义的，包含自然科学、社会科学、人文科学。一般来说，学术指的是"较为专门、有系统的学问"（《辞海》1999 年版）。学术研究也更强调其独有的专业性和一贯的学术性。②

学术成果是指对（现代）学科进行系统的、专门的研究而取得的成就和成绩，是人们通过科学研究活动，如实验观察、调查研究、阅读分析、研制开发、生产考核等一系列脑力和体力劳动所取得的，并经过同行专家审评或鉴定，或在公开的学术刊物上发表，确认具有一定的学术意义或实用价值的创新性结果。这些结果，无论是自然科学、社会科学，还

---

① 梁启超：《学与术》，《饮冰室合集·文集》，第三册之二十五，北京：中华书局，1989 年，第 12 页。
② 有必要指出的是，"学术"同时也具备一定的社会性，是"一种公共事务参与，是为发现新知识并将获得的知识用于社会普遍教育和其他形式的公共事务参与的手段"，故而"学术的社会意义在于知识的公共运用"。详见徐贲：《什么是学术？》，《东方早报》2011 年 8 月 17 日。

是人文科学领域,都应该具有一定的学术要素,比如概念、命题、理论。① 一定的学术成果必然会在概念、命题与理论三个方面对特定研究领域产生积极的影响,要么创造某些新概念,要么厘清一些旧概念;或者提出一些新的观念、命题或理论。这样的学术贡献也体现了学术研究或成果的创新性。

学术成果形态是指呈现学术成果的(电子)文本载体,主要有学术论文、学术著作以及研究报告。这些成果形态与一些个人化的写作有所不同,虽然个人化写作一定程度上也呈现出个人的思考与发现;不过相较而言,前者更强调在呈现过程中的专业性、研究性与规范性。简言之,学术成果形态是研究某个文本、讨论解决某个问题或者就其他文本中表达的观点形成一定的讨论的最终结果,其呈现方式必须强调规范性,在形式上有一定的格式要求,同时对内容也有一定的限制。在内容上,一般应该具有研究对象、研究特色以及探究与发现。研究对象可以是某些特定的文本②,比如文学文本、历史文本或其他艺术作品,也可以指一些访谈对象或实验室数据等,甚至可以指对相关对象研究本身的考察。学术成果还应该有自己的研究特色。这主要指能反映学科性质的研究方法与研究视角。只有具备自身研究特色的学术成果,才能有独到的探究与发现,这样的探究与发现才能具有创新性。所谓创新,在很大程度上都是对已有结论、已有成就的反思、审视,而这种反思和审视必须建立在发展科学、科学思维的基础上,必须建立在学习并尊重前人学术成果的前提下,才能有所新发现。创新很难,"只有建立在大量的学术积累的基础上,有反思,有质疑,才可能有所创新,有所突破"③。就外国语言文学研究来说,"不仅要着力于国外第一手资料,重视文本分析,而且还要注重学术观点的更正与创新,要有开拓性,要在继承前辈学者学术成就的基础上,尽可能做到有所突破,哪怕就是学术观点上的一点不同或研究方法的微小创新"④。

学术成果形态一般包括学位论文、学术论文、学术专著。⑤ 学位论文是作者从事科学研究取得创造性的结果或有了新的见解,并以此为内容撰写而成,作为提出申请授予相应的学位时评审用的学术论文。按学位授予层次分为学士论文、硕士论文、博士论文三个层级。学士论文应能表明作者确已较好地掌握了本门学科的基础理论、专门知识和基本技能,并具有从事科学研究工作或担负专门技术工作的初步能力。硕士论文应能表明作者确已在本门学科上掌握了坚实的基础理论和系统的专门知识,并对所研究课题有新的见解,有从事科学研究工作并独立担负专门技术工作的能力。博士论文应能表明作者

---

① 曹文彪:《概念、命题及理论——简论学术成果的三要素》,《当代社科视野》2010年第11期第32页。
② 在20世纪90年代以来,学界也有"泛文本"的观点,认为"整个世界就是一堆作品、文本,时髦、服装也是一种文本,人体和人体行动也是文本……新式的社会科学认为社会是一种文本,因为社会包含了一系列的行为,这些行为就像是一些语言"。参见詹明信(Fredric Jameson):《后现代主义和文化理论》,唐小兵译,北京:北京大学出版社,1997年,第204页。
③ 曹继军、颜维琦:《学术原创如何炼成——从思勉原创奖看学术评价与学术生态》,《光明日报》2015年12月15日05版。
④ 杨金才:《美国文艺复兴经典作家的政治文化阐释》,上海:上海外语教育出版社,2009年,第169页。
⑤ 学界曾对"学术专著"一词的概念、使用等有所讨论。经过仔细比较,笔者倾向于使用"学术专著"一词。详见叶继元:《学术图书、学术著作、学术专著概念辨析》,《中国图书馆学报》2016年第1期,第21—29页。

确已在本门学科上掌握了坚实宽广的基础理论和系统深入的专门知识,并具有独立从事科学研究工作的能力,在科学或专门技术上做出了创造性的成果。[1] 目前,博硕士论文因其具有较高的学术理论价值和现实应用价值,已经成为一种不可或缺的信息资源。虽然学位论文原属于非公开出版物,但在当下"互联网+"形势下,"学位论文资源是开放获取资源的重要组成部分,已经参与并成为继开放获取期刊之后又一开放获取资源的主力军"[2],在学术研究中发挥着重要的作用。

学术论文是某一学术课题在实验性、理论性或观测性上具有新的科学研究成果或创新见解和知识的科学记录;或是某种已知原理应用于实际中取得新进展的科学总结,用以提供学术会议上宣读、交流或讨论;或在学术刊物上发表;或作其他用途的书面文件。[3] 学术论文强调创新性,应该提出新观点,做出新解释,进行新论证,并最终得出新结论。学术专著是指作者根据在某一学科领域内科学研究的成果撰写的理论著作,该著作应对学科的发展或建设有一定的贡献和推动作用,并公开出版且得到一定的公认。与"论文"相比,"专著"更为强调对某一学科领域或专题进行"集中、系统、全面、深入论述"。[4]

根据《科学技术报告、学位论文和学术论文的编写格式》,学术成果在内容结构上应该由前置部分、主体部分、附录和结尾四个部分构成。前置部分主要有标题、署名、摘要和关键词四个部分,其中每一部分都有自己的功能和写作规范。标题是学术成果重要内容的逻辑组合,是学术成果的第一条信息。它除了准确、具体反映学术成果的内容,起到统领全文的作用外,还对选定关键词、编制题录和索引等文献检索提供重要信息。有时为了更充分地表现主要内容,引申主题,或者对某一事实加以说明,还可以在标题后面加上副标题,起到对主标题补充、解释和说明的作用。主标题高度概括成果内容,副标题说明成果的研究对象、研究内容和研究目的。

署名包含作者的真实姓名(或者笔名)和单位信息。署名表明了作者身份和文责自负的态度,还表明了期刊学术论文的著作权。同时,署名还为作者与读者之间建立联系提供了渠道,读者阅读作品以后,若需要与作者商榷,或要进行询问、求取帮助,可以与作者联系。如果作品有两个以上作者,或者有两个以上的人参与相关的研究工作,目前普遍的做法是根据对学术论文做出贡献大小的先后顺序进行署名,参与辅助性工作的人不能列为作者。署名顺序应事先约定。

摘要又称内容提要,是学术成果的简明文摘。摘要以浓缩的形式展示了学术研究的成果,是前置部分的一个重要组成部分。摘要对研究目的、方法、结果和结论进行说明,拥有与成果本身同等量的主要信息,读者通过摘要可以在不阅读全文的情况下,了解和获得学术成果的主要信息。关键词是从学术成果的题名、摘要、层次标题或正文

---

[1] 参阅《科学技术报告、学位论文和学术论文的编写格式》(GB7713-87)。
[2] 陈枝清、李欣:《我国高校学位论文开放获取调查研究》,《图书与情报》2013年第5期,第84页。
[3] 参阅《科学技术报告、学位论文和学术论文的编写格式》(GB7713-87)。
[4] 叶继元:《学术图书、学术著作、学术专著概念辨析》,《中国图书馆学报》2016年第1期,第27页。

中选取的能反映学术成果主题概念的词或词组,是用以表示全文主题内容信息的词或词组。

正文是学术成果的主体部分,也是其核心内容,它体现了学术成果的质量和学术水平的高低。一般包括引言、正文和结论。引言又称绪论、前言等,是文章的开头语,旨在说明论文的撰写背景和目的,引言提出文中要研究的问题,进行文献综述,叙述研究方法,介绍论文的作用和意义。引言与结论相呼应,对全文有提纲挈领的作用,引导读者阅读和理解全文。正文是期刊学术成果的核心部分,是分析、研究和解决问题的部分,占据学术成果的主要篇幅,是对研究内容进行全面的阐述和论证,是成果的学术水平、学术价值的集中反映。正文在论证过程中,必须实事求是、客观真实、准确无误、合乎逻辑。正文的结构层次要分明,语言要简练,论证要严密。为了使论述具有条理性,正文部分一般都划分为若干章节,每章会有标题,有时候每一小节也有一个标题,无论是每章层次标题还是小节标题,标题要醒目,要与内容一致。结论或讨论是对学术成果本身最终的、总体的总结,通常说明研究的问题、研究的成果和尚待解决的问题,是作者表达其主要意见、见解和主张的一种,起着总结全文、深化主题、揭示规律的作用。

附录部分主要涵盖注释和参考文献。注释大体可分为两类:一是对论著内容、语汇的含义进行的解释说明与评论;二是交代引经据典、旁征博引的出处。根据作注者的不同,注释可分为作者原注、编者注和译者注;根据排版位置的不同,注释又可分为脚注、夹注、边注和尾注,尾注又可分为文(章)末注和书末注等。参考文献又称文后参考文献,附在学术成果之后,是指学术成果中引用的有关图书资料,包括参阅或直接引用的材料、数据、论点等,是学术成果中不可缺少的部分。这是因为学术成果的每一个环节都离不开对前人或他人已有相关研究成果的借鉴、参考和利用。这些被借鉴、参考和利用的前人或他人已有相关研究成果就必须进行恰当的著录,并要按照一定的格式标引出来。此外附录部分还有可能在必要时包含一些由于篇幅过大或取材于复制品而不便于编入正文的材料,对一般读者并非必要阅读,但对本专业同行有参考价值的资料等。

结尾部分在必要时候可以编排分类索引、著者索引、关键词索引等,也可以包括专著的封三和封底(包括版权页)。

9.1.2 发表与出版

学术成果的发表与出版主要涉及版权问题,故而在发表与出版过程中作者应该严格依照《中华人民共和国著作权法》及相关法律法规来约束和规范学术成果的发表与出版等事宜。

学位论文的发表出版和学术论文、学术专著的发表出版有所不同。一般来说,国内外期刊传统上并未将学位论文内容再次发表认定为重复发表,这是因为早期的学位论文仅在答辩后收藏于学位授予单位和相关图书馆,故而学术期刊和司法界都将之视为未公开发表。不过当下在国内,大部分学位论文被收录进中国知网或万方等全文数据库,这种传统处理方法也受到挑战。在出版界有人指出"学位论文被收录进网络数据库属于正式出版——网络出版"。① 这样来看,学位论文再次投稿发表就属于再次公开出版。严格来说,学位论文网络出版后其中部分内容的再次投稿,是一种学术不端行为,应该禁止。因此,学位论文再次发表与出版时,更应注意一些基本问题。

第一,不存在版权纠纷,且明确告知投稿的期刊,并获得期刊允许。根据教育部《高校人文社会科学学术规范指南》(2009)等文件精神,对于公开发表的内容再次发表,若要成为一稿多投这类学术不端的例外情况,应该符合两项原则:一是同意原则,即正式发表的论文再次发表,需要征得原刊载期刊与再次发表期刊的同意;二是发表信息公布原则,即再次发表不能隐瞒首次发表的相关信息。对于学位论文而言,其网络出版不是在学术期刊上,不存在征得原载期刊同意的情况;但是,首先要保证没有上文所述的版权纠纷,即在版权转让后要征得新权利人的同意,然后要告知投稿的期刊编辑部"这是学位论文的内容并已经网络出版",并且要获得期刊同意才能投稿。

第二,更新了一定程度的内容,并向期刊编辑部做出说明,即对于以学位论文为基础的进一步研究,应该允许发表,这样可以促进学位论文作者在答辩后继续从事相关研究。《高等学校科学技术学术规范指南》(2010)规定:"对首次发表的内容充实了 50% 或以上数据的学术论文,可以再次发表;但要引用(自引)上次发表的论文并向期刊编辑部说明。"虽然上述规范规定了更新比例为 50% 以上,不过在实际操作中不宜简单以比例来划分,更不能简单地通过学术不端检测软件检测的百分比来判断,而要根据更新的具体内容来判断,这是因为不同的学科、不同类型的论文判断标准是不同的。例如一篇论文大量使用了作者网络出版过的学位论文中的材料和数据,但是作者使用了新的方法、得出了新的突破性结论,即使学术不端检测软件查出重复率较高,这样的稿件也应该可以接收。②

第三,保持署名一致原则。对于学位论文来讲,主要贡献者是学位申请者和导师,如果再次发表增加新的作者可能涉嫌学术不端,除非新增加的作者在内容扩展部分做出了实际性的贡献。③

学术论文发表除了注意内容独创、格式规范以外,更要注意规避一稿多投现象。文稿原则上只能在一个刊物上发表,避免一稿多发。鉴于当前不同刊物处理稿件的不同规定,投稿宜注意以下情况:

1. 由于无法掌握发表情况同时向多处投递稿件,在第一次发表后,应立即通知其他投递处停止处理稿件,如其他刊物已经处理无法撤稿又同意重复用稿,一般应公开说明首次发表情况。超过刊物退稿时间而突然发稿形成一稿两投,责任在刊物不在作者。

2. 同意刊物转载已经发表的稿件,应明确要求刊物注明"转载"字样,并公开说明原刊载处。

---

① 张小强、赵大良:《学位论文再次发表的版权与学术不端问题分析》,《编辑学报》2011 年第 5 期,第 377 页。
② 同上,第 379 页。
③ 张丛、赵大良、张小强:《学位论文再发表的版权与伦理冲突》,《西北大学学报(哲学社会科学版)》2012 年第 6 期,第 91 页。

3. 未经正式出版的学术会议论文集刊登的稿件，可以再次在其他正式刊物上发表。正式出版的学术会议论文集刊登的稿件再次在其他刊物上发表，应征求主编与出版部门的意见。

4. 论文公开发表后收入论文集，应注明原来发表的出处。

学术专著出版事关学术繁荣、学风建设、学术创新与学术交流等重要问题。各级政府管理机构、出版行业都对自己的著作出版有明确要求（如《人民出版社学术著作出版规范》（2012）、《中国社会科学出版社学术著作体例规范》（2012））。原国家新闻出版总署（现改名为国家新闻出版署）于2012年9月4号专门发布《关于进一步加强学术著作出版规范的通知》（简称《通知》），《通知》不仅定义学术著作，规定出版方向，还对出版规范有严格明确的要求，强调引文、注释、参考文献、索引等是学术著作不可或缺的重要组成部分，体现了学术研究的真实性、科学性与传承性，体现了对他人成果和读者的尊重。《通知》要求必须加强出版规范，严格执行国家相关标准。引文是引自他人作品或文献资料的语句，对学术著作的观点起支持作用。引文要以必要为原则，凡引用的资料都应真实、详细、完整地注明出处。注释对作品中某些特定的内容、术语等起到必要的补充、解释或说明作用。注释应力求客观、准确、翔实。参考文献是为撰写或编辑著作而引用的有关文献信息资源，是学术研究依据的重要体现，对研究内容起到支持、强调和补充作用。参考文献应力求系统、完整、准确、真实。索引是指向文献或文献集合中的概念、语词及其他项目等的信息检索工具，有助于学术内容的检索、引证、交流和传播。《通知》还强调"出版单位要积极探索数字出版背景下有利于加强学术著作出版规范建设、提高学术著作出版质量的各种途径"。总而言之，无论是何种形态的学术成果，在其发表和出版的过程中，作者与出版机构的编辑都应发挥着重要的作用。作者必须对学术成果负责，而编辑则不仅要"把好原稿质量关"，而且"要有自己学科的'著作编写规范'，以此对作者提要求"。[①]

9.2 外国语言文学投稿

投稿是作者将自己未发表的作品投寄给出版机构希望被采用的行为。投稿包括期刊投稿、出版社投稿或网络投稿等。对于广大外国语言文学研究者而言，期刊投稿是最为常见和最为重要的学术成果发表形式。

9.2.1 专业领域期刊

外国语言文学专业领域期刊是指发表与出版和外国语言文学相关学术成果的专门期刊，是外国语言文学领域中学术研究与交流的重要阵地。根据南京大学中国社会科学

[①] 王静：《学术专著出版面临的问题与对策》，《出版参考》2014年12月下旬刊，第34页。

研究评价中心公布的《中文社会科学引文索引(CSSCI)来源期刊(2019—2020)目录》,外国语言文学专业领域期刊(包括扩展版)主要涵盖以下期刊:

中文社会科学引文索引(CSSCI)来源期刊(2019—2020)目录
语言学(11种)

期刊名称	主办单位	CN号
外语教学与研究	北京外国语大学	CN11-1251/G4
外语界	上海外国语大学	CN31-1040/H
外国语	上海外国语大学	CN31-1038/H
现代外语	广东外语外贸大学	CN44-1165/H
中国外语	高等教育出版社	CN11-5280/H
中国翻译	当代中国与世界研究院、中国翻译协会	CN11-1354/H
外语电化教学	上海外国语大学	CN31-1036/G4
外语教学理论与实践	华东师范大学	CN31-1964/H
外语教学	西安外国语大学	CN61-1023/H
外语与外语教学	大连外国语学院	CN21-1060/H
上海翻译	上海市科技翻译学会	CN31-1937/H

外国文学(6种)

期刊名称	主办单位	CN号
外国文学评论	中国社会科学院外国文学研究所	CN11-1068/I
当代外国文学	南京大学外国文学研究所	CN32-1087/I
外国文学	北京外国语大学	CN11-1248/I
外国文学研究	华中师范大学	CN42-1060/I
国外文学	北京大学	CN11-1562/I
俄罗斯文艺	北京师范大学	CN11-5702/I

中文社会科学引文索引(CSSCI)扩展版来源期刊(2019—2020)目录
语言学(9种)

期刊名称	主办单位	CN号
外语研究	解放军国际关系学院	CN32-1001/H
西安外国语大学学报	西安外国语大学	CN61-1457/H
外语学刊	黑龙江大学	CN23-1071/H
解放军外国语学院学报	解放军外国语学院	CN41-1164/H
中国俄语教学	北京外国语大学	CN11-2727/H

续 表

期刊名称	主办单位	CN 号
日语学习与研究	对外经济贸易大学	CN11-1619/H
外语教育研究前沿	北京外国语大学	CN10-1585/G4
语言与翻译	《语言与翻译》杂志社	CN65-1015/H

外国文学(1 种)

期刊名称	主办单位	CN 号
外国文学动态研究	中国社会科学院外国文学研究所、译林出版社	CN11-3128/1

中文社会科学引文索引(2017—2018)收录集刊①
语言学(3 种)(半年刊及季刊)

期刊名称	主办(管)单位	出版社
英语研究	四川外国语大学	上海交通大学出版社
语言学研究	北京大学外国语学院	高等教育出版社
中国外语教育	北京外国语大学	外语教学与研究出版社

外国文学(4 种)(半年刊及季刊)

期刊名称	主办(管)单位	出版社
复旦外国语言文学论丛	复旦大学外文学院	复旦大学出版社
圣经文学研究	河南大学圣经文学研究所	人民文学出版社
文学理论前沿	清华大学比较文学与文化研究中心	北京大学出版社
英美文学研究论丛	上海外国语大学文学院	上海外语教育出版社

以上期刊主要发表和出版国内学者在外国语言文学专业领域的最新研究成果,是最能反映专业领域最新研究动态、研究水平、研究成果和主要学术观点的高级别学术刊物。除了这些专门领域期刊,CSSCI 来源期刊还包括一些综合性社会科学期刊和高校综合性学报,它们也会刊登外国语言文学领域的学术成果,但囿于栏目以及版面等因素,刊发外国语言文学领域的论文数量不多。

除 CSSCI 来源期刊以外,国内还有其他多种正式出版、同样刊发外国语言文学领域研究成果的期刊。② 不过相对而言,这些期刊在学术水平与影响等方面逊于 CSSCI 来源期刊,也存在着某些同质化现象。曾有学者就此指出:"中国高等院校文科学报有千余

---

① 南京大学中国社会科学研究评价中心 2019 年正式发布 CSSCI 来源期刊及扩展版目录,并未发布集刊收录情况,故本章沿用上一周期 CSSCI 收录集刊目录,特此说明。
② 按照以前的统计数据,截至 2011 年 5 月,中国共有正式出版期刊 9892 种。详见何峻:《中国期刊出版及评价现状分析》,《广西民族大学学报(哲学社会科学版)》2011 年第 5 期,第 62—68 页。

家,综合类的期刊就占了三分之二。其编辑方针趋同,编辑模式趋同,栏目设置趋同,甚至探讨的社会热点问题也趋同。"① 不过这些期刊也为广大外国语言文学专业领域的初学者提供练笔、交流和成长的空间,也是值得广大初学者关注和积极投稿的。

与此同时,我们应警惕一些非法期刊。一般而言,"中国国内出版的合法期刊可分为正式期刊和非正式期刊,两者都必须经过原新闻出版总署审批和备案。正式期刊有 CN 号,公开发行;非正式期刊(也即内刊)有'内部报刊准印证',一般只限行业内交流,不公开发行。理论上说,凡是不符合上述规定的,都属于非法期刊"②。非法期刊的种类主要有以下几种:③

1. 境外期刊。目前新闻出版广电总局也将中国香港、澳门和台湾地区出版的期刊纳入境外期刊。国内出版的非法境外期刊主要来自香港。这些期刊在其注册地是合法的,但不能进入内地市场。它们不归新闻出版广电总局管辖,而归香港特别行政区管理,要在内地发行必须经过新闻出版广电总局备案批准或特许并由国务院批准的中国图书进出口总公司等具备发行国际级期刊的单位在国内发行,并颁发期刊发行刊号,否则为非法期刊。

2. 无 CN 号、CN 号严重错误或杜撰 CN 号的期刊。一是指只有 ISSN 而无 CN 号的期刊,且其 ISSN 号往往是杜撰的;二是虽有 ISSN 和 CN 号,但 CN 号是杜撰的;三是 CN 号后添加香港刊号标志的期刊,因为 CN 号后只能跟数字、不能接任何字母,所以在 CN 号后添加"H"、"HK"、"RH"等字母的期刊一定是非法期刊。

3. 假冒正规期刊的期刊。此类非法期刊仅从刊名上不容易判断其是否合法。此类非法期刊的刊名、刊号与被仿冒的合法期刊相同,其装帧样式与被仿冒的合法期刊相似,不同的是期刊编辑部、联系方式和印刷质量。

4. 合法期刊制造的非法期刊。《期刊出版管理条例》第三十四条规定:期刊可以在正常刊期之外出版增刊,一种期刊每年可出版两期增刊,但必须获得许可和增刊准印号,其开本必须和正刊一致,并且要在封面上标明"增刊"字样。因此,凡不符合上述规定的增刊都是非法期刊。

5. 异地办刊形成的非法期刊。《期刊出版管理条例》中第九条第七款规定:创办期刊、设立期刊出版单位要有与主办单位在同一行政区域的固定工作场所。因此,每种期刊受其所属地区新闻出版部门主管,异地办刊出版的期刊则属于非法期刊。

6. 用书号代替刊号出版的期刊。合法期刊必须有 ISSN 号和 CN 号,两者都是连续出版物号,而书号 ISBN 为非连续出版物号,用书号代替刊号只能出版一期,如再次出版后续期刊则属于非法期刊。

---

① 肖超:《我国学术期刊出版的现状问题及其发展策略》,《新世纪图书馆》2013 年第 7 期,第 17 页。
② 吴贵生、王毅:《管理学学术规范与方法论研究》,南京:东南大学出版社,2015 年,第 116 页。
③ 关于非法期刊的种类梳理,主要参阅吴贵生、王毅:《管理学学术规范与方法论研究》,南京:东南大学出版社,2015 年,第 116—117 页。在《管理学》中,作者还详细指出鉴别非法期刊的技巧和途径,详见第 117—18 页。

9.2.2 投稿注意事项

作者在向期刊投稿之前,宜做好充分准备,认真考虑一些细节,比如:

一、客观评估,准确定位论文水平

投稿前应对投稿论文水平进行客观、准确的评估和定位。可以从论文选题、写作水平、学术价值和理论贡献等角度对论文进行全面的考量和评价。评估方式一般有两种,"一是进行自我评估,将投稿论文与同行所发论文或自己经常查阅和引用的文章进行比较,评估论文是否有创新及创新程度……二是请同行评议,可请自己的老师、同行或熟悉的同行专家帮助评估"①。

二、仔细甄别,确定投稿期刊对象

投稿论文的水平是选择期刊的基础。在确保论文学术水平的前提下,作者需考虑期刊的诸多因素以选择合适的期刊,比如期刊声誉或权威性、主题相关度、影响因子、读者、发表时间、评审质量等因素。作为研究者,在期刊的选择上,不能好高骛远,也不要妄自菲薄,要本着论文的实际情况进行选刊。如果论文确实具有较高理论价值或创新性就应该选择权威的、高层次的、有影响力的专业期刊进行投稿,比如 CSSCI 来源期刊等。如果质量一般,可以选择非核心期刊投稿。期刊的选择还应考虑不同期刊所关注的专业领域和学术兴趣。每种刊物对稿件都有自己独特的要求,包括投稿范围、写作格式、出版周期、审稿流程、注意事项等,这些信息一般以"投稿须知"、"征稿启事"、"作者须知"等刊登在期刊里或期刊网站上。作者可以针对期刊的需要进行研究、写作和投稿。此外,在确定期刊的学术兴趣、体裁要求和学术等级的情况下,宜尽量选择出版周期短、容量大的期刊投稿。发表周期可以通过查询拟投稿期刊最近几期论文的收稿日期、接受日期以及期刊的出版日期进行大致推算。

三、认真校对,保证稿件形式规范

投稿前要对论文进行最后的检查和校对。仔细推敲和校对所有文字,尽可能杜绝错别字,检查论文形式是否规范,确保中英文标题、摘要、关键词和参考文献完备,尽量做到不要有任何疏漏,让编辑感觉到作为作者的严谨、认真和科学的研究态度。

四、严守底线,杜绝学术不端行为

在确保论文质量的前提下,外国语言文学研究者应该严守学术规范,在撰写、署名和发表各环节做到学术自律和遵守学术规范;杜绝抄袭、伪造、不正当署名等学术不端行为。根据《教育部关于严肃处理高等学校学术不端行为的通知》(教社科[2009]3号),教

---

① 吴贵生、王毅:《管理学学术规范与方法论研究》,南京:东南大学出版社,2015年,第114页。

育部对学术不端行为的定义是:1.抄袭、剽窃、侵吞他人学术成果;2.篡改他人学术成果;3.伪造或者篡改数据、文献,捏造事实;4.伪造注释;5.未参加创作,在他人学术成果上署名;6.未经他人许可,不得使用他人署名;7.其他学术不端行为。

学术不端行还包括一稿多投。它也是《版权法》明令禁止的学术失范行为。一稿多投主要有两种情形:一是同一篇论文先后发表于不同期刊;二是同一论文,作者仅改动标题和少部分内容,就作为两篇论文进行发表,其相似度在70%以上。

为保护他人著作权,防范和打击学术不端行为,很多期刊编辑部要求作者签署"论文版权协议",要求作者在协议中声明保证稿件未曾正式发表,保证作者署名和排序没有争议,保证无知识产权纠纷。同时,越来越多的期刊编辑部运用"学术不端文献检测系统"或"论文相似性检测服务"等检测伪造、抄袭、一稿多投、不正当署名等学术不端行为。投稿时,一旦论文发现有这些违规行为,作者将受到编辑部严肃处理。作为文学研究者不要急功近利,要遵守学术规范和学术道德,杜绝一稿多投等学术不端行为。

五、正确对待稿件修改和退稿意见

目前期刊通常实行"三审一定"的审稿制度,每个阶段都有录用、退修和退稿三种可能的结果,直接决定录用的稿件不多,大部分稿件需要修改。对于修改后发表的审稿结果,作者要尽量尊重审稿专家所给出的意见和建议进行修改。修改有时只是补充或完善,有时则是大修大改,甚至意味着重写,但无论何种情况,都不能放弃,要努力争取发表的机会。修改后,稿件要及时返回给期刊编辑部。如果修改时间过长,编辑会误认为作者放弃了投稿,影响论文的发表。

对于退稿意见,作者尤其要冷静对待,认真分析退稿原因。一般而言,退稿主要是因为期刊编辑部认为稿件的学术水平未达到录用要求。作为作者要仔细琢磨论文稿件,分析论文存在的问题:论文是否选题不当、缺乏创新,或是立论牵强,论证不够充分,还是篇幅过长或过短,引文不规范等。另外,审稿是一种主观性评价,对同一篇论文,不同期刊可能会因其办刊宗旨、学术旨趣以及选稿重点和倾向,而做出不同的评价,收到退稿意见,作者既不要自我抱怨、怀疑自己的学术能力,也不要责备期刊编辑。作者应针对存在的问题进行修改和完善稿件,再选择合适的期刊进行投稿。

六、投稿途径

期刊投稿一般有三种方式:纸质投稿、电子邮件投稿和网上投稿。纸质投稿需将稿件打印出几份邮寄到期刊编辑部,注意一定要在稿件上写明联系方式,尤其是电子邮件地址,以便编辑部日后联系。电子邮件投稿即将论文以电子邮件附件的形式发给编辑部。采用电子邮件投稿也要在稿件中留下联系方式,包括电话、通信地址、邮编等个人联系方式,以便编辑部联系,以及稿件刊印后寄样刊。

不同期刊对投稿方式要求不尽相同,绝大多数外国语言文学类期刊也都有自己的网站,投稿人可以登录投稿期刊网站,认真阅读,按期刊要求选择投稿方式。期刊一般也会有多种接受稿件的方式,例如《当代外国文学》要求的投稿方式主要是纸质稿件邮寄,但也接受电子邮件投稿。

9.2.3 出版物的再使用规范

出版物是指以传播为目的的存储知识信息并具有一定物质形态的出版产品。广义上的出版物分两大类:定期出版物和不定期出版物,前者又区分为报纸和期刊杂志,而后者主要以图书为主。传统意义上,出版物是指印刷品。已出版的图书、论文等是原著者的研究成果,受《中华人民共和国著作权法》等法律的保护。作为外国语言文学研究者,在使用已有出版物时,必须遵守相关法律法规、尊重原著作者版权、恪守学术道德规范,这需要注意以下几方面的问题:

一、版权意识

版权意识是出版物再使用过程中首先要注意与遵循的首要准则。学术成果一经发表出版,作者就享有版权并受法律保护。众多已经发表的学术成果与历年以来的学术研究构成某一专业领域、某一学科门类乃至某一作品作家的研究史,学术研究也无法回避个人研究与研究传统的相互关系。这种关系虽不像艾略特论及"传统与个人才能"时所言的"一个艺术家的进步意味着继续不断地自我牺牲,继续不断地个性消灭"[①]那样,但当下研究者在学术研究中会不断地以各种形式向学术传统汲取灵感与养分。这些形式在学术成果中主要以引文、注释、参考文献等形式表现出来,体现了学术研究的真实性、科学性与传承性,体现了对他人学术成果的尊重和对法律的遵循。介绍、评论某一作品或说明某一问题而合理引用他人的资料、数据和图表时,应以注释或参考文献的形式注明出处:引文要以必要为原则,凡引用的资料都应真实、详细、完整地注明出处;注释力求客观、准确和翔实;参考文献要系统、完整、准确和真实;索引要力求实用、简明、便捷、完备。[②]

二、外国文献

国内学术研究不断发展成熟,与国外学界之间学术交流日益频繁。学术研究中学习、借鉴和吸收国外成果的情况也越来越多。因此,在学术研究中规范外国文献使用就显得尤为重要。《中华人民共和国著作权法》规定翻译已有作品而产生的作品,其著作权由译者享有,但在行使著作权时不得侵犯原作品的著作权。因此,如果在学术成果中翻译、使用和发表外国文献和学术译著时应当尊重原作者研究成果,力求准确完整,"不能随意删改原著的引文、注释、参考文献、索引等内容。此外,未经许可不得大量使用或翻译外文文献,不得擅自使用受著作权、商标权、肖像权保护的资料、图表和照片等"[③]。作

---

① T.S. 艾略特:《艾略特文学论文集》,李赋宁译,南昌:百花洲文艺出版社,1994年,第5页。
② 吴贵生、王毅:《管理学学术规范与方法论研究》,南京:东南大学出版社,2015年,第126页。
③ 转引自吴贵生、王毅:《管理学学术规范与方法论研究》,南京:东南大学出版社,2015年,第125页。

为外国语言文学研究者，翻译、引介和使用原版外文图书的概率较大，这需要对出版物的再使用问题有着清醒的认识，否则会引起学术纠纷或版权问题，违反学术道德甚至触犯国家法律。在学术界，直接将外文论文或书籍翻译过来，署上自己的名字，当自己的研究成果发表或出版的侵权行为时有发生。作为外国文学研究者，我们应该引以为戒。

总而言之，作为外国语言文学研究者，要遵守学术道德，杜绝剽窃、抄袭、篡改或侵吞他人研究成果。

9.2.4　网络平台使用规范

互联网的快速发展对学术研究产生了重大影响，国内外网络平台，尤其各种数据库[①]，比如 ProQuest、JSTOR、中国知网、万方等都成为学术研究的重要保障。虽然这些网络平台上的学术资源大都可以免费查阅、下载、保存和使用，但并不意味着我们可以随意使用，而是要遵守一定的行为规范和一些注意事项。

一、学术信息的真实性

网络平台的学术资源可以分为两类：一类是通过网络平台建设而成的各种数据库，一类是期刊论文转换的电子版论文或电子图书。但无论哪一种形式的学术资料，在下载、拷贝和打印这些资料时，应该保证文献的真实性。在引用网络数据资源时，也要本着与纸质资料一样原则，进行引用和标识，不能篡改或盗窃他人著作、匿名制作和传播虚假信息。这不仅是对相关法律的尊重，也体现学术研究中实事求是的原则。作者在写作时参考、引用了他人发表在网络上的文献，应该在论著中实事求是地注明。既不能不著录、少著录（即用而不引），也不能为了凑些参考文献装点门面，著录一些实际上没有阅读过的文献（即引而不用）。否则会造成网络著作权侵权、降低网络引文的可查证性、导致网络引文分析失真等严重后果。

二、学术评估的有效性

网络资源中有些是被评审过的或正式出版、发表过的文献，有些资料则未经专家严格评审，对此，作者应该尽量引用评审过的资料，或选择引用在某一专业领域内比较权威的作者、编者、学术机构的有价值的网络资源。尤其是在引用无对应纸质印刷版的网络文献时，应对其学术水平高低进行有效的学术评估。如果引用不加选择，不经考证，往往容易出错，甚至会产生一些学术问题与纠纷。

[①] 数据库是网络平台使用中常见的电子出版物之一。互联网技术催生出各种电子出版物，比如国际标准化组织（ISO）在1997年出台的关于电子参考文献的标准（ISO690—2）中就认定"电子专著、电子连续出版物、数据库、计算机程序、电子公告牌、讨论区和电子讯息都可以作为引文来源"，MLA 甚至把范围扩大到网上学术项目和个人网站等。转引自宋歌 86—87，详见宋歌：《网络资源引用规范研究》，《图书与情报》2007年第3期，第86—90页。

三、获取/访问路径的完整性

完整的获取和访问路径除了主机名外还应该包括相关路径和文件名,如:http://www.telehealth.net/subscribe/newslettr4a.html。不能只著录被引文献所在的网站的地址,否则会严重影响引文的可查性。在这一点上《中国图书馆学报》起到了示范的作用。该刊 2005 年第 1 期的《关于来稿中"参考文献"著录的两点说明》中的第二点为:"参考文献如果是网上文献,著录项目不应当省略责任者和文献题名;并且不能只著录网站主页,而应尽可能著录文献所在页面,并加注作者从网上查得该文献的日期。"其次,不能省略访问路径中的网络传输协议。有的作者在著录网址时,把"http://"省略掉了,认为这是多余的,岂不知"http://"是不能省略的,因为它表明了该网站采用的协议是 http 而不是 gopher、telnet、ftp 等其他的网络协议。[①]

四、确保网络使用安全

网络的不安全因素包括非法入侵、病毒入侵、黑客攻击等,这些不安全因素可以使计算机系统遭到攻击,导致信息丢失或被篡改。使用网络平台资源应确保网络环境的安全性。

互联网信息传播具有速度快、内容和形式多样、检索方便快捷、成本低、效益高等优点,这无疑给外国语言文学研究带来许多便利,但作为外国语言文学研究者,在使用网络平台时一定要严格遵守规范、恪守学术道德,这样才能规避不必要的文责纠纷。

---

① 参见宋歌:《网络资源引用规范研究》,《图书与情报》2007 年第 3 期,第 86—90 页。

索 引

A

APA 50,62,64,66-70,73,74
阿多诺 87
阿尔图塞 87
艾布拉姆斯 10,100
爱伦·坡 34,35,37,39,47

B

巴赫金 11
版权意识 128
被引频次 52
比较文学与跨文化研究 1,3,5,8
编辑 21,50,52,56,60,64,121,122,125-127
标题 34,38-40,43,44,46,52,56-59,66-69,119,120,126,127
表意原则 88
波伏娃 90,93
博厄斯 78
布龙菲尔德 16,78
布鲁克斯 10,36,86

C

参考文献 44,50-52,62,64-68,70,71,74,100,104,120,122,126,128-130
阐释学批评 88
抄袭 52,53,101,126,127,129
创伤 34

D

大洋洲文学 2,5-7
德国文学 6
定量研究 95
定性研究 95
独立式引文 72
读者 9-14,19-21,30,32,33,35,39-44,51-55,57,62,63,72-74,76,87-89,98,99,112-114,119,120,122,126
读者反应批评 12,14,84,87-89

E

俄狄浦斯情结 86
俄罗斯文学 6
恩格斯 87

F

发表 3,27,34,89,90,102,105,109,117,119-129
法国文学 6
法兰克福学派 87
翻译过程 2,3,18,21,22
翻译史 7,18,20,21
翻译学 1-5,7,9,123
翻译学研究 3,9,18,19,103,104
反证法 52
梵语 77
访谈 21,61,70,95,118
非英语文学 2,5
非洲文学 2,5,6
费什 12,89

分节号　40,41
弗里丹　90
弗洛伊德　4,86,87,91
弗斯　79
符号学　10,15,88
副标题　38-40,119

G

格语法　79
葛兰西　92
个别语言学　2,14,77
关键词　38,39,41,43,44,93,119,120,126
归纳法　52
规范　2,9,11-13,15,17,19-21,23,25-27,34,38,39,41,43-47,49-53,55,57,59,61-63,65-67,69,71-73,98,100,104,107-110,113,117-123,125-130
国别与区域研究　1,3,5,7,8

H

横向组合　16,77
宏观语言学　17
后结构主义　76,84,89,92
后殖民　14,30,34,36,76,84,89-92,94,114
回归性　48,49
霍尔　3,92,93
霍加特　92,93
霍米·巴巴　91

J

吉尔曼　35
计算语言学　2,7,18,96
价值评判　35,36
交叉学科　96,113
脚注　50,51,53,62,120
接受美学　11,88

结构主义　14,76,77,84,87-89
结构主义语言学　16,76-78,87
结论性　26,48
解构主义　14,30,76,84,85,89,90,100,114
精神分析　12,34,36,86
纠误式学术批评　100,101

K

空间　24,30,31,34,49,76,92,101,111,112,125
空间人文　76,94
跨学科　3,4,8,18,22,76,84,87,89,94-96,115

L

拉丁美洲文学　6
来源期刊　123-126
勒纳伯格　80
雷马克　8
类比法　52
理论诉求　75
理论体系　2,30,75-77,79,80,84,87,94
历史主义批评　85
联结主义　82,83
量化评价指标　109
列宁　87
卢卡契　87
论争式学术批评　99,100
罗兰·巴特　10,76,87
罗斯　6,12,123

M

MLA　50,53-55,59,61-64,68-70,72-74,129
马克思　14,30,84,87,90,92,94,114
马克·吐温　31-33,36,47
麦尔维尔　47
梅林　87

美国文学　6,12,43
美洲文学　2,5,6
米勒　89,100,114

N

内标注　50,51
内嵌式引文　72
内容注释　51
能指　10,77,87,89
女性主义批评　36,90,93

O

欧洲文学　1,2,5,6

P

帕尼尼　77
剽窃　51,52,101,127,129
评价机制　97,99,101-103,105,107-109
普列汉诺夫　87
普通语言学　2,77

Q

齐泽克　35,36,47
启发性　48
情节结构　10
权力　34,91,92,109

R

认知语言学　2,7,16,17,79,95

S

萨丕尔　17,78
萨义德　91
社会交互论　83
社会语言学　2,7,17
生平研究　84,85
生态批评　36,76,84,89,94
世界文学与比较文学　29
是反映学术著作出版水平和质量的重要内容　122
收录集刊　124

书目注释　51
数字人文　76,94
《说文解字》　77
私自改写　53
思辨　46-48,89,98
所指　10,54,55,57,64,77,87,89
索绪尔　76,77,79,86,87,89
索引　73,74,109,119,120,122-124,128

T

同行评价　97,102-110
投稿　42,44,103,121,122,125-128
退稿　121,127

W

Works Cited　59,73
外国文献　128
外国文学　1,2,4-6,9-13,29-31,33-39,41-44,47,49,76,84,98,103,114,115,123,124,128
外国文学批评史　13,14
外国文学史　12,13,76
外国文学研究　1,5,6,9-11,26,29-31,33,34,36,38-49,75-77,84,89,98,104,112,123,124,129
外国语言文学　1-5,7,9,11,13,15,17,19,21,23,25-27,50,51,53,55,57,59,61,63,65,67,69,71,73,75,77,79,81,83-85,87,89,91,93,95,97-103,105-111,113,115,117-119,121-130
外国语言学及应用语言学　1,2,4,5,7,14,77
外国语言学研究　9,14,17,18,28,77
外语教材　24,25
外语教师　23,24
外语教学研究　22,24,26
外语课程　25,26
外语学习策略　22,23

网络 23,59,99,120-122,129,130
网络协议 130
网上电子书 62,71
威廉姆斯 87
尾注 50,51,53,62,120
文本 5,9-12,19-21,30-36,38,41,
　　43,47,48,76,77,84,86,88-90,92-
　　95,98,100,103,112-115,118
文本分析 10,18,19,87,88,118
文化研究 1,3,4,8,84,89,92,93,124
文化语言学 2,17,18
文类翻译 18,19
文献 29,41,43,46,50-53,55-59,61-
　　68,91,92,104,105,115,119,122,
　　127-130
文献综述 38,45,46,105,106,120
文学地理学 40,76,94
文学伦理学 94
文学性 13,85,86,112
文责纠纷 130
问题意识 20,24,29-31,34,36,38,39,
　　42,43,46
沃尔夫假说 78
伍尔夫 90,114
误区 48,115

X

西班牙文学 6
西方语言学流派 16,17,78,79,94
西苏 90
"西学东渐" 76
系统功能语言学 16
细读法 10,86
现象分析 75
现象学批评 88
消费主义 35
小标题 38,40,41

肖瓦尔特 90
心理语言学 2,7,18
新历史主义 14,36,76,84,89,92,93
性别研究 76,84,89,93
修改 21,41,52,53,82,103,105,127
叙事 10,11,20,21,39,49,85,88,92,
　　93,112,114,115
叙事学 10,36,39,88
叙述 10,13,29,32,33,36,37,39,41,
　　51,53,88,115,120
选题意识 33
学术创新 26-28,99,112,113,115,
　　116,122
学术道德 26,27,101,127-130
学术共同体 27,110
学术批评 31,97-102,108-110
学术平等 26,27
学术前沿 116
学术自由 26,27

Y

亚洲文学 2,5,6
研究范畴 5,7,34
演绎法 52
姚斯 12,88,89
伊瑟尔 11,12,88,89
医学人文 76,94
意大利文学 6
引文 50-59,61-69,71-74,122-124,
　　127-130
引文量 52
引用文献 53-56,58-68,70,71,73,74
隐喻连贯原则 88
应用语言学 1-3,7,22,23,77,79,80,
　　84,95
英国文学 1,6,12,112
英语文学 2,5

影响因子 52,108,126
语法 15-18,20,72,73,77-83,88
语符学 78
语料库语言学 17
语篇语言学 17
语言本体 14,15,17
语言获得机制 78
语言模仿论 81
语言能力 7,22,26,79-81
语言强化论 82
语言先天论 80
语言运用 16,17,26,79
语用学 7,15,16
元历史 34

Z

摘要 38,41-44,46,53,62,119,126
詹明信 87,118
《芝加哥文体手册》 50
指南 50,121
主标题 38-41,119
转化式引文 73
转换生成语言学 16,78
追寻结构 88
纵向聚合 16,77
作者 9-12,19,20,25,36,37,39,43-47,49-71,73,88,97,98,102,107-110,112,118-122,125-130

引用文献

一、英文文献

Biriotti, Maurice. *What Is an Author?* Manchester: Manchester UP, 1993.

Bobel, Chris & Judith Lorber. *New Blood: Third-Wave Feminism and the Politics of Menstruation*. New Brunswick: Rutgers UP, 2010.

Chomsky, N. *Rules and Representations*. New York: Columbia UP, 1980.

Culler, Jonathan. *Literary Theory: A Very Short Introduction*. Oxford: Oxford UP, 2000.

Derrick, Gemma. *The Evaluators' Eye: Impact Assessment and Academic Peer Review*. London: Palgrave Macmillan, 2018.

Hall, Stuart. "Introduction." *Representation: Cultural Representations and Signifying Practices*. Ed. Stuart Hall. London: Sage Publications, 1997.

Hauser M. D., N. Chomsky and W. T. Fitch. "The Faculty of Language: What Is It, Who Has It, and How Did It Evolve?" *Science* I, 2002 (298): 1569-1579.

Klages, Mary. *Literary Theory: A Guide for the Perplexed*. Abingdon: Routledge, 2006.

Mcleod, John. *Beginning Postcolonialism*. Manchester: Manchester UP, 2000.

Montrose, Louis A. "The Poetics and Politics of Culture." *The New Historicism*. Ed. Harold Aram Veeser. London and New York: Routledge, 1989.

Nisbet, H.B. and Claude Rawson. *The Cambridge History of Literary Criticism*, Vol.4: *The Eighteenth Century*. Cambridge: Cambridge UP, 2005.

Nord, Christiane. *Text Analysis in Translation*. Amsterdam: Rodopi, 1991.

Nussbaum, Felicity A. "Biography and Autobiography." Eds. H. B. Nisbet, Claude Rawson, *The Cambridge History of Literary Criticism*, Vol.4: *The Eighteenth Century*. Cambridge: Cambridge UP, 2005

Philcher, Jane, Imelda Whelehan. 50 *Key Concepts in Gender Studies*. London: Sage Publications, 2004.

Polanyi, Michael. "The Autonomy of Science." *The Science Monthly*, 1945(2): 141-150.

Poovey, Mary. "Reading History in Literature: Speculation and Virtue in Our Mutual Friend." *Historical Criticism and the Challenge of Theory*. Ed. Janet Levarie Smarr. Champaign: U of Illinois Press, 1993.

Pym, Anthony. *Method in Translation History*. Manchester: St. Jerome Publishing, 1998.

Rens, Bod. *A New History of the Humanities: The Search for Principles and Patterns from Antiquity to the Present*. Oxford: Oxford UP, 2014.

Saussure F de. *Course in General Linguistics*. Beijing: Foreign Language Teaching and Research Press, 2001.

Selden, Raman, Peter Widdowson. *A Reader's Guide to Contemporary Literary Theory* (3rd. edition). Lexington: The UP of Kentucky, 1993.

Spector, Judith. Ed. *Gender Studies: New Directions in Feminist Criticism*. Bowling Green: Bowling Green State University Popular Press, 1986.

Starck, J. Matthias. *Scientific Peer Review: Guidelines for Informative Peer Review*. Wiesbaden: Springer Spektrum, 2017.

Tyson, Lois. *Critical Theory Today: A User-Friendly Guide*. New York: Routledge, 2006.

Verschueren, J. *The Pragmatic Perspective*. Amsterdam: Benjamins, 1995.

Williams, Jenny. *The Map: A Beginner's Guide to Research in Translation Studies*. Manchester: St. Jerome Publishing, 2002.

Žižek, Slavoj. *The Parallax View*. Cambridge: The MIT Press, 1992.

—. *Looking Awry: An Introduction to Jacques Lacan Through Popular Culture*. Cambridge: The MIT Press, 1992.

二、中文文献

T.S. 艾略特：《艾略特文学论文集》，李赋宁译，南昌：百花洲文艺出版社，1994年。

白春仁：《文学修辞学》，长春：吉林教育出版社，1993年。

曹继军、颜维琦：《学术原创如何炼成——从思勉原创奖看学术评价与学术生态》，《光明日报》，2015年12月15日05版。

曹文彪：《概念、命题及理论——简论学术成果的三要素》，《当代社科视野》，2010年第11期，第32—39页。

陈姝波：《沃波尔的焦虑和愿景：〈奥特朗托城堡〉中哥特想象的政治解读》，《外国文学评论》，2017年第1期，第169—80页。

陈平：《系统中的对立——谈现代语言学的理论基础》，《当代修辞学》，2015年第2

期,第 1—11 页。

陈新仁:《英语语言学实用教程》,苏州:苏州大学出版社,2009 年。

陈早:《里尔克〈布里格手记〉中的"看"》,《外国文学评论》,2016 年第 3 期,第 182—200 页。

陈枝清、李欣:《我国高校学位论文开放获取调查研究》,《图书与情报》,2013 年第 5 期,第 84—88 页。

但汉松:《重读〈抄写员巴特尔比〉:一个"后 9·11"的视角》,《外国文学评论》,2016 年第 1 期,第 5—21 页。

段然:《外语学习策略研究述评》,《长春理工大学学报(社会科学版)》,2012 年第 2 期,第 145—47 页。

冯平:《评价论》,上海:东方出版社,1995 年。

冯友兰:《新理学》,上海:三联书店出版社,2007 年。

封宗信:《现代语言学流派概论》,北京:北京大学出版社,2007 年。

桂诗春:《应用语言学的系统论》,《外语教学与研究》,1994 年第 4 期,第 9—16 页。

何峻:《中国期刊出版及评价现状分析》,《广西民族大学学报(哲学社会科学版)》,2011 年第 5 期,第 62—68 页。

贺仲明:《文本研究与中国现当代文学学科之发展》,《南京师大学报(社会科学版)》,2007 年第 5 期,第 116—28 页。

洪亮:《1984—2012 年中国现代文学博士论文选题分析》,《中国现代文学研究丛刊》,2013 年第 7 期,第 128—37 页。

胡壮麟:《语言学教程》(第四版),北京:北京大学出版社,2013 年。

——:《谈语言学研究的跨学科倾向》,《外语教学与研究》,2007 年第 6 期,第 403—408 页。

黄国文:《关于"外国语言学及应用语言学的思考"》,《外语与外语教学》,2007 年第 4 期,第 4—7 页。

黄晖:《非洲文学研究在中国》,《外国文学研究》,2016 年第 5 期,第 146—152 页。

约瑟夫·吉鲍尔迪:《MLA 文体手册和学术出版指南》,沈弘、何姝译,北京:北京大学出版社,2002 年。

金雯:《理查逊的〈克拉丽莎〉与 18 世纪英国的性别与婚姻》,《外国文学评论》,2016 年第 1 期,第 22—38 页。

杰姆逊:《后现代主义和文化理论》,唐小兵译,北京:北京大学出版社,1997 年。

库恩:《科学革命的结构》,金吾伦、胡新和译,北京:北京大学出版社,2003 年。

梁丹丹、顾介鑫:《神经语言学研究方法与展望》,《外语研究》,2003 年第 1 期,第 20—26 页。

梁启超:《饮冰室合集·文集》(第三册),北京:中华书局,1989 年。

刘安武:《亚洲外国文学在中国》,《中国翻译》,1996 年第 1 期,第 32—35 页。

刘润清：《西方语言学流派》，北京：外语教学与研究出版社，2013年。
刘学惠：《外语教师教育研究综述》，《外语教学与研究》，2005年第3期，第211—17页。
刘玉宇：《爱米丽的"同谋"》，《外国文学评论》，2007年第4期，第69—75页。
楼成礼等：《略论博士论文的独创性贡献》，《中国高教研究》，2003年第3期，第55—56页。
弗朗西斯·马尔赫恩：《当代马克思主义文学批评》，刘象愚等译，北京：北京大学出版社，2002年。
J.希利斯·米勒：《解读叙事》，申丹译，北京：北京大学出版社，2002年。
苗菊：《有声思维——翻译内在过程探索》，《外语与外语教学》，2005年第6期，第43—46页。
钱满素：《错位的怪诞》，《名作欣赏》，1995年第6期，第13—14页。
戎辉：《我国学术评价制度论略》，《中国矿业大学学报（社会科学版）》，2007年第3期，第83—86页。
束定芳：《认知语言学研究方法、研究现状、目标与内容》，《西华大学学报（哲学社会科学版）》2013年第3期，第52—56页。
宋歌：《网络资源引用规范研究》，《图书与情报》，2007年第3期，第86—90页。
谭载喜：《翻译学》，武汉：湖北教育出版社，2005年。
唐庆华：《试论语言学研究的跨学科趋势——兼议语言经济学》，《学术论坛》，2009年第7期，第150—154页。
王宏印：《文学翻译批评论稿》，上海：上海外语教育出版社，2006年。
王静：《学术专著出版面临的问题与对策》，《出版参考》，2014年12月下旬刊，第33—34页。
王向远：《论亚洲文学区域的形成及其特征》，《重庆大学学报（社会科学版）》，2009年第1期，第116—120页。
王晓凌：《南太平洋文学初探》，《江淮论坛》，2005年第2期，第118—123页。
王炎：《外国文学是什么？》，《外国文学》，2015年第5期，第28—37页。
王寅：《认知语言学》，上海：上海外语教育出版社，2007年。
王佐良：《王佐良全集》第1卷，北京：外语教学与研究出版社，2016年。
文秋芳、俞洪亮、周维杰：《应用语言学研究方法与论文写作》，北京：外语教学与研究出版社，2008年。
吴贵生、王毅：《管理学学术规范与方法论研究》，南京：东南大学出版社，2015年。
吴义勤：《文本研究——当下文学批评的软肋》，《南京师大学报（社会科学版）》，2007年第5期，第126—28页。
夏纪梅老师谈外语教学研究，http://wenku.baidu.com/link？url＝cEYGjM2kSLmoxLMsS3B9dyfIGiRpXBLmeABxKOOat38DnUEJifmBXPrBXV42QlFQKyjUsWu9UQXS

NbYyMGFHbDufNpaoxLIYnAN65PK0uGO。

夏纪梅、孔宪:《外语课程设计的科学性初探》,《外语界》,1999年第1期,第27—31页。

夏桃珍、诸光:《外语教材编写研究综述》,《高等工程教育研究》,2008年增刊,第43—46页。

肖超:《我国学术期刊出版的现状问题及其发展策略》,《新世纪图书馆》,2013年第7期,第16—19页。

肖明翰:《为什么向爱米丽献上一朵玫瑰——兼与钱满素先生商榷》,《名作欣赏》,1996年第6期,第106—111页。

徐贲:《东方早报》,2011年8月17号,B1版。

许伟通:《大学新使命:区域国别研究》,《高教与经济》,2012年第3期,第1—6页。

杨绛:《有什么好?——读小说漫论之三》,《文学评论》,1982年第3期,第128—43页。

杨金才:《美国文艺复兴经典作家的政治文化阐释》,上海:上海外语教育出版社,2009年。

姚连兵:《亨利·雷马克比较文学跨学科思想探赜》,《当代文坛》,2015年第1期,第38—41页。

叶继元:《学术规范通论》,上海:华东师范大学出版社,2005年。

——:《学术图书、学术著作、学术专著概念辨析》,《中国图书馆学报》,2016年第1期,第21—29页。

于雷:《基于视觉寓言的爱伦·坡小说研究》,南京:南京大学出版社,2015年。

——:《一则基于〈乌鸦〉之谜的"推理故事"——〈创作的哲学〉及其诗学问题》,《外国文学评论》,2013年第3期,第5—19页。

——:《催眠·骗局·隐喻——〈山家奇遇〉的未解之谜》,《外国文学评论》,2009年第2期,第70—81页。

张丛、赵大良、张小强:《学位论文再发表的版权与伦理冲突》,《西北大学学报(哲学社会科学版)》,2012年第6期,第88—91页。

张辉:《二语学习者句法加工的ERP研究》,《解放军外国语学院学报》,2014年第1期,第88—99页。

张小强、赵大良:《学位论文再次发表的版权与学术不端问题分析》,《编辑学报》,2011年第5期,第377—79页。

周俊强:《署名权问题探析》,《知识产权》,2011年第10期,第55—72页。

庄智象:《构建具有中国特色的外语教材编写和评价体系》,《外语界》,2006年第6期,第49—56页。

朱刚(编著):《二十世纪西方文论》,北京:北京大学出版社,2006年。

——:《重读〈麦琪的礼物〉》,《外国文学评论》,2001年第2期,第46—52页。

庄智象:《关于我国翻译专业建设的几点思考》,《外语界》,2007年第3期,第13—23页。

——:《建构有中国特色的外语教材编写和评价体系》,《外语界》,2006年第6期,第49—56页。

《科学技术报告、学位论文和学术论文的编写格式》国家标准(GB7713-87)

《0502外国语言文学一级学科简介》

《〈外国文学评论〉投稿说明》,2016年第3期,第239页。

图书在版编目(CIP)数据

外国语言文学学术规范与方法论研究/杨金才主编.—南京:南京大学出版社,2020.1(2022.1重印)
(学术规范与学科方法论研究和教育丛书/叶继元主编)
ISBN 978-7-305-09554-2

Ⅰ.①外… Ⅱ.①杨… Ⅲ.①外国文学—文学理论—方法论—研究 Ⅳ.①I0

中国版本图书馆 CIP 数据核字(2019)第 225663 号

出版发行　南京大学出版社
社　　址　南京市汉口路 22 号　　邮　编　210093
网　　址　http://www.NjupCo.com
出 版 人　金鑫荣

丛 书 名　学术规范与学科方法论研究和教育丛书
丛书主编　叶继元
书　　名　**外国语言文学学术规范与方法论研究**
主　　编　杨金才
责任编辑　郭艳娟
助理编辑　刘慧宁

照　　排　南京紫藤制版印务中心
印　　刷　南京玉河印刷厂
开　　本　787×1092　1/16　印张 10　字数 220 千
版　　次　2020 年 1 月第 1 版　2022 年 1 月第 3 次印刷
ISBN　978-7-305-09554-2
定　　价　40.00 元

网　　址　http://www.njupco.com
官方微博　http://weibo.com/njupco
官方微信　njupress
销售咨询　(025)83594756

* 版权所有,侵权必究
* 凡购买南大版图书,如有印装质量问题,请与所购图书销售部门联系调换